마녀식당으로 오세요

마녀식당으로 오세요

구상희 장편소설

다산책방

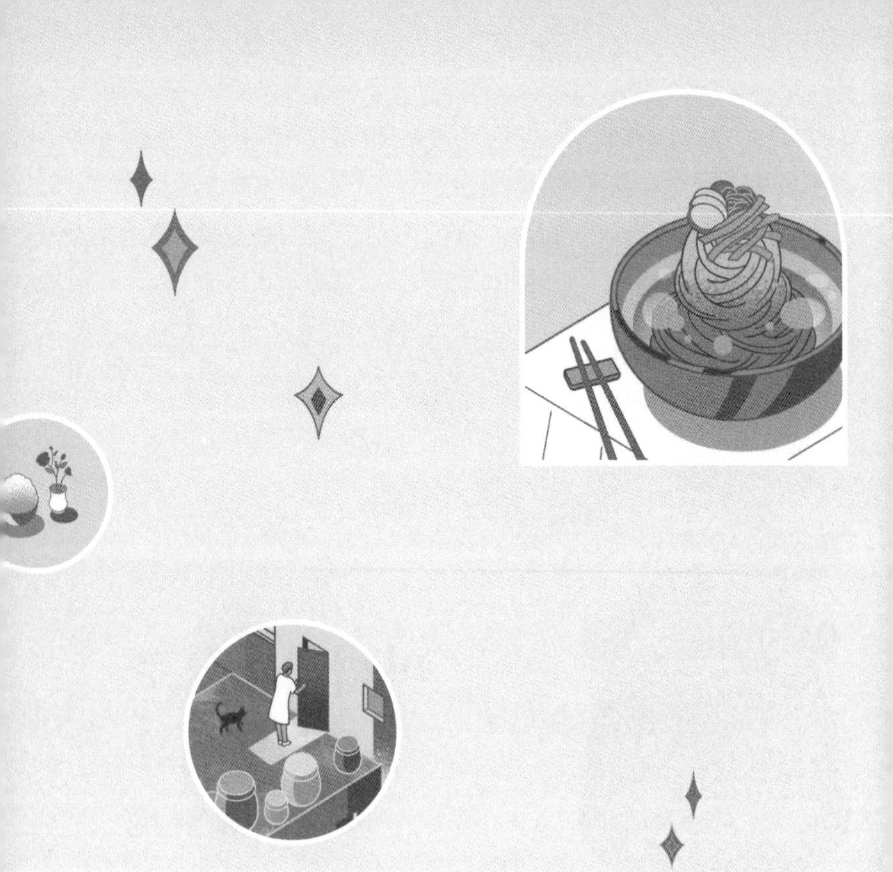

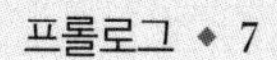

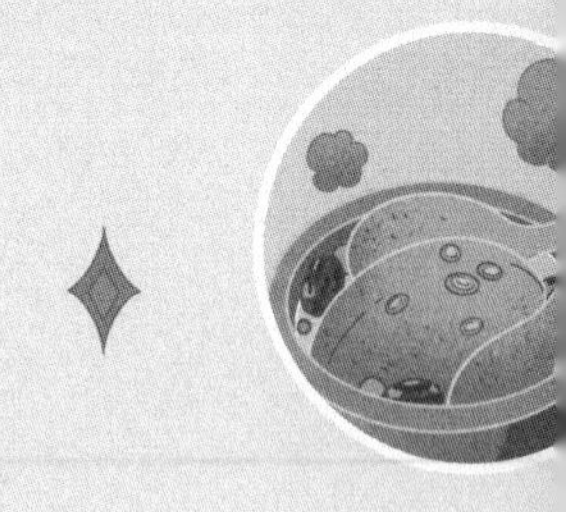

차례

프롤로그

여기 식당이 있다.

붐비지도, 그렇다고 한적하지도 않은 어느 골목길, 주의를 기울이지 않으면 지나쳐갈 만한 그런 평범한 모습으로. 마천루가 즐비한 국제도시이든 중세시대를 연상케 하는 유럽의 어느 고도(古都)이든 이런 골목길 하나쯤은 있는 법이고, 이런 골목길에는 역시 이런 평범한 식당 하나쯤은 존재하기 마련이다. 그러나 길가의 가로수에 눈길을 주는 이들이 드물듯, 이런 식당에 관심을 갖는 이들은 그다지 많지 않다.

그 존재가 너무도 당연하여 존재감이 느껴지지 않는 존재.

식당은 그렇게 풍경에 녹아든 채로, 아니 풍경 그 자체로 손님이 오기를 조용히 기다린다.

물론 이따금씩 이 식당에 관심을 보이는 이들이 있기는 하다. 보통은 잎새에 이는 바람에도 괴로워하는 민감한 감수성의 소유자이거나, 이웃집 부부가 부부관계를 일주일에 몇 번이나 하는지 알아내야 직성이 풀리는 극한 오지랖의 소유자이거나, 혹은 틀린 그림 찾기 기네스 기록(진짜 그런 기네스 기록이 있는지는 차치하자) 보유자 빰치는 날카로운 관찰력의 소유자가 그들이다.

어쨌든, 식당의 존재를 포착한 그들은 식당 쪽으로 다가간다. 수차례 이 길을 다녔음에도 전에는 한 번도 식당의 존재를 알아차리지 못한 그들은 스스로 의아해하며 식당 안을 기웃거린다.

'어라, 여기 식당이 있었네? 왜 전에는 못 봤지?'

간판으로 보건대 식당이 분명하건만 무슨 음식을 파는 곳인지는 도통 알 수가 없다. 메뉴 이름이나 사진 따위로 외관을 장식한 여느 식당과는 달리 이곳은 메뉴를 알 수 있는 그 어떤 표시도 없는 탓이다.

'대체 뭘 파는 거야? 식당이 맞긴 한 거야?'

식당 유리벽에 코를 바짝 갖다 대고 안을 살피지만 어둠에 잠긴 식당은 쉽사리 자신을 내보이지 않는다. 그 대신, 뭔가 오싹한 기운이 목덜미를 타고 내린다.

'뭐야…… 영업 안 하나?'

이쯤 되면 잠시나마 식당에 관심을 기울였다가도 이내 포기하고 돌아설 테지만, 호기심을 이기지 못한 몇몇은 식당 출입문 손잡이에 손을 올린다. 뒤늦게 문에 붙어 있는 안내문이 눈에 들어온다.

〈안내〉

영업시간: 해 질 무렵부터 해 뜰 때까지.

메뉴: 의뢰 내용에 따라 달라짐.

가격: 어마어마하게 비싸서 아무나 못 먹음.

여기까지 읽은 그들은 온몸의 피가 얼굴로 확 솟구치는 놀라운 경험을 한다. 평소에 고혈압 같은 지병이 있었다면 뒷목을 잡고 쓰러지고도 남을 만한 분노가 이글이글 타오른다. 바로 '어마어마하게 비싸서 아무나 못 먹음'이라는 문구 때문이다.

졸지에 '아무나'가 된 그들은 욕지거리를 내뱉는다.

"뭐? 어마어마하게 비싸서 아무나 못 먹어? 염병, 별 거지

같은 데를 다 보겠네. 내가 돈이 없어서 안 먹는 게 아니라 더럽고 치사해서 안 먹는다, 안 먹어!"

여기에 캬악, 시원하게 가래침을 뱉어주는 것은 덤이다.

그들은 불에 덴 듯 문손잡이에서 손을 떼고는 식당을 뒤로 한다. 문을 열고 들어가지 않는 것이 진짜 그들이 말한 대로 '더럽고 치사해서'일까? 아니면 정말 '어마어마하게 비싸서' 먹지 못할 때 느낄 서러움과 모욕감을 감당할 엄두가 나지 않아서일까? 어떤 것이 진실이든 그리 중요한 것은 아니니 넘어가도록 하자. 중요한 건 바로 이것이다.

단, 어떤 소원이든 가능. 효과는 확실함.

졸지에 '아무나'가 되어버린 탓에 흥분하여 미처 보지 못한 문구. '어마어마하게 비싸서 아무나 못 먹음'이라는 문구 바로 아래 적혀 있는 말이다. 만약 그들이 이 문구를 보았다면 모멸감 따위는 느끼지 않아도 되었을 것을…… 안타까운 일이다.

식당에서 등을 돌린 그들은 이제 빠른 걸음으로 식당과 멀어져간다. 식당과 거리가 멀어질수록 그들 머릿속에 남겨진 식당의 기억도 점점 흐릿해진다. 식당의 존재 자체를 잊는 것이 그들이 받았던 모멸감을 지우는 유일한 방법인 까닭이다. 그리고 결국엔 그들의 기억 속에서 식당의 존재는 완전히 사라져버리고 만다.

존재하지만 누구의 기억 속에도 존재하지 않는 식당.

이쯤해서 당신은 궁금해할지도 모르겠다. 이 식당에 과연 손님이 있기는 한 걸까? 당연히 있다. 찾는 손님이 있으니 식당이 존재하는 게 아니겠는가. 손님이 식당의 존재 이유이자 목적이니 말이다. 그러니 조금만 더 기다리시라. 얼마 남지 않았다.

이윽고 시간은 흘러 해가 저물고 드디어 식당에도 불이 켜진다. 탁탁탁, 지글지글, 보글보글. 분주히 음식을 준비하는 소리가 흘러나오고 군침을 돌게 하는 음식 냄새까지 풍기는 모습은 여느 식당과 다르지 않다. 그러나 여전히 식당을 찾는 이는 없다.

다시 시간이 흘러 어느덧 자정에 가까워진 시각, 마침내 골목 어귀에서 누군가 나타난다. 드문드문 켜진 가로등 불빛에 의지한 채 걷는 그의 발걸음은 빠르지만 어쩐지 불안하고, 주변을 살피는 시선 또한 무척 초조해 보인다.

그런 그의 발이 멈춘 곳은 바로 식당 앞. 간판을 확인한 후 다시 한번 주위를 살피는 그의 머릿속에는 오만 가지 생각이 스치고 지나간다.

'내가 지금 여기서 뭘 하고 있는 거지? 그 따위 말도 안 되는 소리에 현혹되다니, 미쳐도 단단히 미쳤어.'

'그래, 물론 이게 다 사기일 수도 있어. 하지만 밑져야 본전 아니겠어? 난 더 이상 잃을 것도 없다고.'

'아니야, 이성적으로 생각해야 해. 세상에 어떻게 그런 일이 가능하겠느냔 말이야. 이제라도 정신 차리고 돌아가자. 꼴 우스워지기 전에.'

결국 그는 돌아가기로 결심하지만, 이윽고 여기가 아니라면 더 이상 희망은 없다는 절실함이 그의 발목을 잡는다.

그는 지푸라기를 잡는 심정으로 식당의 문손잡이를 잡아당긴다. 문을 열자마자 그의 코끝에 풀잎을 태우는 듯한 향기가 훅 끼쳐온다. 마른 흙과 꽃잎과 풀 냄새가 뒤섞인 난생 처음 맡아보는 향은 옛 시골집에 온 듯한 정취를 자아내고, 거기에 더해 촛불을 켜놓은 듯한 은은한 조명은 그의 긴장을 풀어주기에 안성맞춤이다.

고요한 식당 안. 제일 먼저 홀 가운데 놓인 둥글고 커다란 테이블이 눈에 들어온다. 오래된 저택의 마루처럼 원목으로 된 바닥은 반짝반짝 윤이 나고, 벽은 짙은 색으로 회칠 되어 있다. 그 외에 별다른 장식은 없다. 어찌 보면 밋밋하고 또 어찌 보면 깔끔한 것 같기도 하다. 해골이나 짐승의 사체 따위가 가득한, '유령의 집' 같은 곳을 상상했던 그는 평범한 식당의 모습에 안도하면서도 한편으로 묘한 실망감을 느낀다.

째깍째깍 울리는 시곗바늘 소리를 들으며 서 있기를 잠시, 문득 고개를 숙인 그는 테이블 아래 바닥에 그려진 그림 하나를 발견한다. 테이블보다 조금 더 큰 크기의 원 안에 기하학적인 무늬와 뜻을 알 수 없는 문자들이 뒤섞여 있는 그림은 오컬트적인 분위기를 자아내고 있다. 장소가 장소이니만큼 단순한 장식은 아닐 거란 생각과 함께 소름이 확 끼친다. 그는 저도 모르게 뒷걸음질 친다. 그러다 벽에 놓인 화분이 그의 발에 차여 쓰러진다.

'제기랄!'

그는 주섬주섬 흩어진 흙을 쓸어 담으며 반쯤 밖으로 나온 화초를 다시 화분에 구겨 넣다가 꿈틀, 화초를 잡은 손 안에서 움직임을 느낀다.

'착각이겠지…….'

하지만 또 한 번 꿈틀. 무심코 손을 바라본 그는 자신의 눈을 의심하며 멍하니 화초를 바라본다. 동그란 머리에 팔과 다리, 화초의 뿌리는 분명 사람의 형상을 하고 있다. 마치 갓 태어난 아기 같은 모습이다.

‘이, 이게 뭐야?’

그는 완전히 얼어붙는다. 얼음을 깨는 듯한 여자의 목소리가 들려온다. 차갑고도 맑은 목소리다.

“맨드레이크예요. 저희 요리에 자주 쓰이는 재료라 직접 키우고 있죠.”

여자의 갑작스러운 등장에 화들짝 놀란 그가 ‘맨드레이크’를 쥔 손을 놓자 그것은 꾸물꾸물 스스로 움직이며 화분의 흙 속으로 파고든다. 이제 겉으로 보기엔 평범하기 짝이 없는 화초의 모습이다. 마치 이 식당처럼. 겉으로 보기엔 평범하지만 그 속의 진실은 이상하기 짝이 없는.

그는 잠시 멍하니 있다가 부들부들 떨리는 다리로 간신히 일어선다. 왜 이런 곳에 왔을까 후회가 밀려든다. 그러나 후회의 반대편엔 희망이 존재한다. 이곳에서라면 소원을 이룰 수 있을 거라는 희망. 그가 입을 연다.

“저, 오늘 자정으로 예약했는데요…….”

여자가 이미 알고 있다는 듯 살며시 미소 지으며 답한다.

“네, 어서 오세요. 마녀식당에 오신 걸 환영합니다.”

마녀식당 비긴즈

올록볼록 주먹만 한 기포가 쉴 새 없이 올라오는 솥단지 안을 진은 한 시간째 젓고 있었다. 팔이 떨어져 나갈 것 같았고 어깨와 옆구리 근육은 통증을 느끼는 수준을 진즉에 넘어 아예 감각을 잃은 지 오래였다. 솥에서 올라오는 열기로 땀이 비 오듯 했지만 땀을 닦을 틈도, 물 한 모금 마실 여유도 없었다.

"시계 반대 방향으로, 색이 맑게 갠 하늘처럼 투명해질 때까지 저어야 해."

약 한 시간 전, 마녀가 진에게 내린 명령이었다.

"잠시도 멈춰선 안 돼."

진은 군말 없이 주걱을 집어 들었다. 수령 천 년이 넘은 떡

갈나무로 만들었다는 주걱은 얼마나 오랫동안 썼는지 새까맣게 때가 타 있었고, 오래된 만큼 언제 부서질지 모르니 조심스럽게 다뤄야 했다. 게다가 솥은 어른이 충분히 들어가고도 남을 만큼 크기가 컸다. 보기만 해도 왠지 모르게 소름이 끼치는 커다란 솥. 진은 솥 근처에 있을 때면 마녀가 등을 떠밀 것만 같아 뒤를 힐끔힐끔 살피곤 했다.

"만든 지 3일이 안 된 무덤에서 퍼온 흙 한 줌, 엄마 배 속에서 나온 아기의 첫 울음소리, 사형당한 죄수의 시체에서 얻은 머리털 몇 가닥, 기원전 백 년경, 아니 천 년인가? 아무튼 오래 되기만 했지 맛대가리라고는 고양이 눈물만큼도 없는 와인 세 방울."

솥에는 이런 재료들이, 한 번 빠지면 빠져나올 수 없을 것만 같은 늪의 색을 띠며 부글부글 끓고 있었다. 덩달아 진의 속도 부글부글 끓고 있었다.

'난 이것들이 뭔지 알고 싶지도 않다고!'

그로테스크하기 짝이 없는 재료들. 마녀는 요리 때마다 재료들을 일일이 진의 코앞에 들이밀며 설명했다. 그럴 때마다 진은 비명을 지르고 싶은 것을 꾹 눌러 참아내야만 했다.

'저 할망구는 내가 몸서리치는 것을 보며 쾌감을 느끼는 게 분명해. 변태 같은 할망구.'

진은 곁눈질로 마녀를 노려보았다. 시선 끝에 '할망구'라고 부르기엔 젊고 아름다운 마녀가 있었다. 그래서 속이 더 부글부글 끓었다.

어쨌거나 그 할망구인지 아가씨인지 모를 마녀가 이 구역질나는 재료들을 세세하게 설명해준 덕분에, 진은 솥을 젓는 동안 누군가 무덤을 파내 유리병 속에 흙을 넣는 장면하며, 머리가 댕강 잘린 죄수의 머리털이 뽑히는 장면을 머릿속에서 생생히 재생시키지 않을 수 없었다. 그로 인해 수도 없이 목구멍에서 올라오는 신물을 다시 삼키느라 그야말로 죽을 지경이었다.

다시 한 시간이 지났다. 환기도 되지 않는 주방에서 뜨겁게 끓어오르는 솥 앞에 서 있기를 두 시간, 이제 한계에 이르렀다. 마녀의 명령이고 뭐고, 계약이고 나발이고, 계속 솥을 젓다가는 정말이지 죽을 것만 같았다.

일단 살고 보자. 견디다 못한 진이 손에 쥐고 있던 주걱을 놓아버리려 하는 순간, 늪지 색을 띠던 액체가 거짓말처럼 서서히 맑아지며 눈 깜짝할 사이에 투명한 물로 변했다. 진은 눈을 깜박이며 솥 안을 뚫어지게 쳐다보았다. 솥에서 부글부글 끓고 있는 것은 틀림없이 맑은 물이었다.

'음, 헛것이 보이는 건 아니네.'

솥을 내려다보며 잠시 생각에 잠겼던 진은 담담히 이 마법 같은 상황을 받아들였다. 아니, 이건 마법 '같은'이 아니라 진짜 마법이었다.

"흠, 이제 됐군."

마녀가 뒤에서 불쑥 고개를 들이밀었다.

"으악!"

진은 비명을 질렀다. 하마터면 솥에 빠질 뻔했다. 어쩌면 이게 마녀가 노리는 것일지도 몰랐다. 씩, 한쪽 입꼬리만 올리며 웃는 마녀의 얼굴을 보자니 그럴 것이라는 확신이 들었다. 마녀가 양손을 짝 소리 나게 맞잡고는 말했다.

"본격적으로 요리할 준비를 하도록. 『마법의 책』을 꺼내와."

진은 고개를 끄덕이고 왼쪽 벽 구석에 있는 서랍으로 가 『마법의 책』을 꺼냈다. 핏빛이 도는 진한 갈색의, 손을 댈 때마다 마치 사람 피부를 만지는 듯한 착각을 불러일으키는 『마법의 책』. 책에는 온갖 요리의 레시피들이 들어 있었다. 이를테면 젊음을 돌려주는 호박 샐러드라든지, 미운 인간에게 골탕을 먹이는 허니 애플파이, 영혼과 대화를 나눌 수 있게 하는 닭고기 수프 같은 것들이다. 누가 개발한 것인지는 몰라도 모두 기상천외했고 효과 또한 확실했다.

"오늘은 어떤 요리인가요?"

진이 마녀 앞에 책을 대령하며 물었다.

"사랑을 이루어주는 요리."

마녀가 빠른 손놀림으로 책장을 넘기며 답했다. 그건 진이 원하는 대답이 아니었다. 오늘 사랑을 이루어주는 요리를 만든다는 것쯤은 이미 알고 있었다. 예약 당시 손님이 벌써 주문한 내용이기 때문이다.

"그러니까 그 사랑을 이루어주는 요리라는 게 대체 뭐냐고……."

진의 말이 끝나기도 전에 마녀가 책을 가리켰다. 마녀의 손끝에는 'Hot, Hot Chocolate'이라는 글씨가 쓰여 있었다. 맵고 뜨거운 초콜릿이라는 의미였다.

이어 마녀가 말했다.

"오늘의 요리, 'Hot, Hot Chocolate'. 이른바 사랑의 요리. 사랑의 모든 맛을 다 담고 있어. 혀가 녹아내릴 만큼 아주 달콤하지만 동시에 치명적인 매운맛을 내기도 하지. 사랑이라는 게 처음엔 달콤하지만 그 끝은 고통스러운 것처럼 말이야."

마녀는 눈으로 페이지를 꼼꼼히 읽어 내려갔다. 그러더니 주방 이곳저곳을 다니며 재료들을 하나하나 챙기기 시작했다. 벽마다 천장부터 바닥까지 빼곡히 들어차 있는 선반과 서랍장, 그 안에 담겨 있는 다양한 재료들. 그렇게 온 주방을 가득 메운 재료들의 위치를 정확하게 파악하고 있는 마녀의 능력은 혀를 내두를 정도로 대단했다.

참고로 말하자면, 이 식당은 홀보다 주방이 더 큰 부분을 차지하고 있다. 이곳에서 만들어 파는 음식의 요리 과정이 복잡하고도 많은 시간이 소요된다는 점이 그 첫째 이유고, 세상에 존재하는 별별 재료들을 수납하기 위한 넓은 공간이 필요하다는 점이 그 둘째 이유다. 하여 주방의 입구를 제외한 모든 벽에는 선반과 서랍장을 쭉 짜 넣고, 중앙의 빈 공간에는 커다란 솥도 거뜬히 감당할 수 있는 튼튼한 화로를 설치, 그 옆에는 두툼하고 널찍한 나무로 된 작업대 겸 조리대를 놓았다. 물론 가스레인지나 오븐, 냉장고 같은 현대적 시설들도 선반과 서랍장 사이에 요령껏 설치해 놓았다. 반면, 홀은 주방 크기의 반도 되지 않는 데다가 테이블은 딱 하나뿐이다. 예약 손님만, 그것도 한 번에 한 손님만 받다 보니 테이블이 여러 개일 필요가 없는 것이다.

자, 이제 요리로 다시 돌아오자. 마녀가 오늘 만들 'Hot, Hot Chocolate'을 위해 모아놓은 재료들은 다음과 같았다.

연한 갈색빛의 카카오빈, 다크 초콜릿, 붉은 청양고추, 계피, 옥수수, 넛맥, 칠리페퍼 가루, 우유, 생크림, 코냑, 레드와인, 히말라야산 천연암염.

핫초콜릿 한 잔을 만드는 데 필요한 재료가 이렇게나 많았다. '평범한' 재료들만 해도 이 정도였다.

마녀는 제일 먼저 카카오빈을 작은 무쇠솥에 볶기 시작했다. 빈이 검은 숯덩이처럼 변할 때까지 계속 볶았다. 그다음 그것을 솥에서 절구로 옮긴 후, 진에게 명령을 내렸다.

"빻아."

여부가 있겠나이까. 진은 팔이 빠져라 공이질을 하여 카카오빈을 가루로 만들었다. 그러고는 숨을 돌리려는데 마녀의 지시가 이어졌다.

"고추는 잘게 다지고 옥수수는 알을 빼놓도록 해. 암염은 갈아서 가루로 만들고."

진은 마녀의 지시에 따라 고추를 다지고 옥수수알을 빼고 암염을 갈아 가루로 만들었다. 알싸한 고추의 매운 내 때문에 코가 마비될 지경이었지만, 딱딱한 옥수수 때문에 손톱이 빠질 것 같았지만, 암염을 스테인리스 강판에 갈다가 손가락까지 갈 뻔했지만 불평은 하지 않았다. 어차피 불평해봤자

들어줄 사람이 있는 것도 아니고, 이게 자신의 숙명임을 일찌감치 받아들인 탓이기도 했다.

"다 됐나? 그럼 이제 본격적으로 시작해볼까."

마녀는 양손을 우두둑우두둑 소리 나게 풀고는 본격적인 요리에 돌입했다.

먼저 솥에서 펄펄 끓고 있던 액체에 카카오빈 가루를 넣는다. 그런 다음 한두 번 휘휘 저어주고, 다크 초콜릿과 다진 청양고추, 계피, 옥수수알, 넛맥, 칠리페퍼 가루를 차례대로 투하. 그러고는 잘 섞이도록 다시 저어주고, 조금 기다린 다음 우유와 생크림을 붓는다. 이제 관건은 불 조절. 우유와 생크림을 넣으면 잘 넘치므로 불을 잘 조절하며 걸쭉해질 때까지 졸인다. 이게 가장 어려우면서도 지루한 과정이다. 몸져누운 시어머니 한약 달이듯이, 온 정성으로 몇 시간이고 졸여야 하기 때문이다. 그러다 마침내 젓기도 힘들 정도로 걸쭉해지면 여기에 향이 진한 코냑과 레드와인을 한 컵씩 첨가한다. 아직 완성은 아니다. 히말라야에서 채취한 분홍빛의 천연암염을 넣어야 한다. 소금은 재료의 단맛을 극대로 이끌어내므로 단 음식에는 필수적이다. 그럼 이제 완성…… 은 아니고 딱 한 가지 과정이 더 남았다. 바로 주문 외우기다.

마녀가 솥을 저으며 눈을 감고는 낮은 목소리로 노래와

같은 말을 읊조렸다. 지금은 사라진 고어(古語) 같기도 하고 어린 아이의 노랫소리 같기도 한 주문을 외우는 것이야말로 마법의 요리를 만드는 데 핵심이라 할 수 있었다.

여기까지 마치고 나자 벌써 시간은 자정이 다 되어 있었다. 손가락 들 힘도 남아 있지 않을 정도로 녹초가 되었고 다른 차원으로 여행이라도 간 것처럼 몽롱했다. 진은 주방 바닥에 철퍼덕 앉아 거친 숨을 몰아쉬었다. 짤랑짤랑, 출입문에 걸어놓은 풍경이 울렸다. 손님이 왔다는 신호였다.

주방 문을 열고 나가니 홀에 한 여자가 우두커니 서 있었다. 붉게 상기된 얼굴엔 흥분과 초조함이 뒤섞여 있었다. 진은 허리춤에 맨 앞치마에 손을 닦으며 여자에게 다가가서는 자신이 지을 수 있는 가장 밝은 미소를 띠며 말했다.

"어서 오세요. 마녀식당에 오신 걸 환영합니다."

아마 눈치 빠른 당신이라면 이쯤에서 알아차렸을 것이다.

그렇다. 여기는 마녀식당. 손님들에게 소원을 이루어주는 요리를 제공하는 곳이다. 그 소원이 사랑을 이루는 것이든, 부자가 되는 것이든, 복수를 하는 것이든, 손님이 원하는 것이라면 무엇이든 요리로 만들어 대령한다. 효과는 백 퍼센트. 하늘에 맹세코 장담하는 바다. 단, 그에 대한 대가를 지불하기만 한다면.

앞으로 당신에게 들려줄 이야기는 이 마녀식당에 관한 이야기다. 그러려면 이 식당이 어떻게 생기게 됐는지에 대해 먼저 들려줘야 할 것 같다. 그리 지루하지는 않을 것이다. 자, 지금으로부터 딱 몇 달 전으로 거슬러 올라가자.

◆

비가 오려는지 후덥지근한 날이었다. 모든 운명적인 사건은 뜨거운 여름밤이나 폭풍우가 몰아치는 밤에 일어난다는 법칙 아닌 법칙에 따라 그날 밤도 꽤나 무더웠다. 아직 봄이라는 것을 감안하면 더욱 그랬다.

때마침 텔레비전에서는 지구온난화에 관한 다큐멘터리를 방영 중이었다. 진은 조금이나마 열기를 식히려고 차가운 방바닥에 얼굴을 대고 누워 텔레비전에 시선을 고정하고 있었다. 비쩍 마른 어미 북극곰과 죽어가는 새끼 곰. 지구온난화 문제는 북극곰들의 위기였고, 이제 몇 시간만 있으면 월요일이란 사실은 진을 비롯한 모든 직장인들의 위기였다. 시급하고 해결 불가능하다는 점에서 두 위기는 공통점이 있는 셈이었다.

'차라리 곰이 되고 싶다.'

진은 내일 출근하지 않을 수만 있다면 곰이 되어도 좋다고, 진심으로 생각했다. 머릿속으로 하얀 곰이 되어 녹아가는 빙하 위를 어슬렁거리는 자신을 상상하는 사이, 어느새 엄마가 바짝 다가와 앞에 앉아 있었다.

"어머니, 저리 비키시죠."

진이 낮잠을 자는 사이 미용실에 다녀온 엄마의 머리는 크게 부풀어 있었다. 그 머리에 가려 북극곰이 보이지 않았다.

"딸, 회사 다니기 힘들지?"

엄마가 나긋한 목소리로 말을 걸었다.

아, 이번엔 뭘까. 진은 엄마의 목소리만 듣고도 덜컥 겁이 났다. 엄마가 이런 목소리로 말을 할 때면 뭔가 사건이 벌어지곤 했다. 아니나 다를까, 진이 올려다보자 엄마가 반짝반짝한 눈망울로 자신을 내려다보고 있었다.

"하고 싶은 말이 뭐야?"

진이 못 이기는 척 물었다.

"우리 식당 하자."

잠시 정적이 흘렀다. 진은 동요하지 않았다. 엄마가 무언가를 하겠다고 나서는 건, 늘 있는 일이었다. 참고로 엄마의 별명은 '마이너스의 손'이었다.

"경희 언니 너도 알지? 왜 옛날에 우리 옆집 살던. 너도 경희 이모, 경희 이모 하면서 따랐잖아. 며칠 전에 그 언니를 길에서 우연히 만났지 뭐니. 아이고, 어찌나 반갑던지 한참을 서서 얘기를 하는데 글쎄 언니가 가까운 데서 식당을 하고 있더라고."

경희 아줌마라면 진도 어렴풋이 기억하고 있었다. 이마 가운데에 점이 있었는데, 어린 나이에 그게 웃겨 보이던 아줌마였다.

"그래서?"

"그래서 모처럼 만난 김에 언니 식당에 가서 밥을 먹었지. 처음엔 기대도 안 했어. 왜냐하면 그 언니 음식 솜씨는 옛날부터 맛대가리 없기로 소문이 나 있었으니까. 그런데 세상에, 숟가락을 내려놓기 싫을 정도로 너무 맛있는 거야. 얘, 난 세상에 태어나서 그렇게 맛있는 청국장은 처음 먹어봤어."

엄마는 그 청국장을 떠올리는 것만으로도 군침이 도는지 침을 꿀꺽 삼켰다.

"그래서?"

"그래서 알고 봤더니 주방장은 따로 있더라고. 그 주방장의 음식 솜씨가 아주 기가 막혔던 거지. 점심시간이 훌쩍 지났는데도 손님이 바글바글하더라."

"그게 부러워서 우리도 식당을 하자는 거야?"

"아니지, 아니지. 너도 알다시피 내가 음식 만드는 재주는 없잖니. 그래서 탐은 났지만 식당 차릴 생각은 하지도 않았어. 그런데 말이야, 경희 언니가 은근슬쩍 나를 불러서 말하는 거야, 내가 한다면 식당을 싸게 준다고."

"잘되는 식당을 왜 우리한테 넘겨?"

"왜겠어, 이미 돈은 벌 만큼 벌었으니까 넘기는 거지. 경희 언니가 그러더라고, 이제는 여행도 다니면서 인생을 즐기고 싶다고. 게다가 요즘 몸도 안 좋아져서 좀 쉬어야겠다 싶었대. 나 돈 좀 벌라고 넘기고 싶다는 거야. 우리가 남도 아니고 서로 돕고 살아야지 않겠냐고 하면서 말이야."

진이 피식 웃었다.

"경희 아줌마랑 우리가 남이 아니면 뭔데?"

그러자 엄마는 발끈했다.

"당연히 남이 아니지. 우린 이웃사촌이었잖아, 피보다 진한 이웃사촌!"

기가 막혀 웃음이 터져 나왔다. 엄마는 진의 웃음을 긍정의 의미로 받아들였는지 함께 웃었다.

"그럼 식당, 하는 거지?"

진은 웃음을 딱 멈췄다.

"아니, 절대로 안 돼. 내 눈에 흙이 들어가기 전까지는."

운명은 진의 다짐대로 흘러가지 않았다. 인생의 최대 변수가 발생한 것이다. 그 변수는 5년간 사귄 남자친구의 갑작스러운 이별 통보로 시작됐다.

"나도 이제 새로운 사람을 만나보고 싶어."

남자친구는 겨우 전화 한 통으로 관계를 정리했다. 새벽 2시, 술에 잔뜩 취한 목소리였다.

"이유가 뭐야?"

삼십 분 동안 전화기를 붙잡고 눈물 콧물을 짜다가 물었을 때, 그는 그저 새로운 사람을 만나고 싶다는 말만 되풀이했다. 그러고는 이런 말을 덧붙였다.

"나 너무 졸려. 그만 끊자."

망할 놈. 그게 할 소리냐. 욕지거리가 목까지 올라왔지만 그 욕을 퍼부어주기도 전에 전화가 끊겼다.

그로부터 며칠 후, 실연의 아픔에 빠져 있을 여유도 없이 또 다른 재앙이 찾아왔다. 인사 발령, 그것도 지방 지사로 발령받았다.

그까짓 인사 발령이 어때서 그러느냐고? 회사 생활을 하다 보면 원치 않는 인사 발령도 감내해야 하는 것 아니냐고?

뭐, 틀린 말은 아니지만 지사가 영화 「집으로」의 배경인 시골 할머니 댁 같은 곳에 있다면 얘기는 달라진다. 한번 상상해보시라. 산업화를 겪은 나라에 남아 있는 물 좋고 공기 좋은 곳이 대체 어떤 곳일지를.

"너희 팀장이 널 마음에 들어 하지 않았나 봐. 지속적으로 인사 교체를 요구해왔대. 업무 능력이 영 부실하다고. 그건 표면적인 이유고 원래는 군대 갔다 온 남자 직원을 원했던 것 같아. 빠릿빠릿하고 알아서 잘 기니까. 너희 팀장, 마초로 유명하잖아. 사업 부서에 여자가 있는 것 자체가 마음에 안 들었던 거지."

인사팀 동기는 딱하다며 진에게 술을 샀다. 진은 그날 맥주와 소주를 배가 부르도록 마시고는 완전히 뻗어버렸다. 어떻게 온 건지는 기억나지 않지만 아침에 눈을 뜨니 침대 위였다. 입에서는 지독한 술 냄새가 풀풀, 머리카락에는 구토의 흔적이 남아 있었다.

"회사에서 무슨 일 있었어? 아님 남자한테 차이기라도 한 거야?"

엄마가 해장국을 끓여주며 말했다. 가슴이 뜨끔, 진은 속으로 대답했다.

'예, 어머니. 둘 다랍니다. 회사에서는 밀리고 남자한테도

차였어요.'

그러자 엄마는 마치 진의 대답을 들은 것처럼 말했다.

"너무 속 끓이지도 말고, 너무 아등바등하지도 말아라. 인생 뭐 있어. 하고 싶은 대로, 마음 가는 대로 살다가 가야 후회가 없는 거야."

'오, 엄마가 웬일이래, 이렇게 있어 보이는 말을 다 하고. 이런 게 연륜이라는 건가?'라고 감탄이 끝나기도 전에 엄마가 말을 덧붙였다.

"그러니까 인생은 한 방이야. 열심히 일해봤자 아무짝에도 쓸모없어. 로또 1등이면 게임 끝이거든."

역시 엄마다운 결론이었다.

"이 식당이 우리한테는 로또야. 그깟 회사 때려치우고 엄마랑 식당이나 하자. 이 꼴 저 꼴 험한 꼴 보지 말고 편하게 살자고, 응?"

짬뽕 술로 인한 숙취와 회사에 대한 분노와 실연의 아픔으로 머리가 지끈거리던 진은 결국 그 말에 홀딱 넘어가고 말았다. 정신을 차렸을 때는 이미 식당의 주인이 되어 있었다.

식당의 이름은 진미식당. 진이 결혼 자금으로 모았던 돈과 퇴직금은 물론이고 대출까지 받아 인수한 식당은 생각보다 외진 데에 위치한 작고 허름한 곳이었다. 시골 변두리에서나

볼 법한 촌스러운 외관과 테이블 6개의 작은 규모. 엄마가 도맡아서 진행한 모든 서류 작업이 끝나고서야 처음 식당을 본 진은 전 재산을 건 식당이 이렇게나 초라하다는 사실에 실망을 금할 수가 없었다.

'이러다가 쫄딱 망해먹는 거 아니야?'

진은 밤잠을 설쳐가며 걱정했으나, 진미식당의 주인이 되어 처음으로 맞는 점심시간이 되자마자 그것은 기우였음이 밝혀졌다. 12시가 되기 전부터 밀려오는 손님들. 1시가 넘어서자 식당 입구에는 긴 줄이 늘어섰고 2시쯤에는 재료가 떨어져 손님을 받지 못할 정도로 식당은 문전성시를 이루었다. 비결은 전에 엄마가 말한 대로 숟가락을 내려놓기 싫을 정도로 엄청난 주방장의 요리 솜씨였다. 모녀는 장사가 끝난 밤이면 손을 맞잡고 기쁨의 눈물을 흘렸다.

"이제 우리가 부자 되는 건 시간문제야. 역시 인생은 한 방이라니까!"

당신도 예상했겠지만, 부푼 꿈은 오래지 않아 빵, 하고 터져버렸다. 만약 꿈이 이루어졌다면 이 이야기는 탄생하지도 않았을 테니 말이다.

식당을 인수하고 보름이 지났을 무렵이었다. 직원들이 하나둘씩 순차적으로 식당을 그만두기 시작했다. 처음엔 홀 직원이, 그다음에는 주방 보조, 또 그다음에는 다른 홀 직원이 차례차례 식당을 나갔다. 어머니가 쓰러지셨다는 둥, 비자에 문제가 생겼다는 둥 이유는 제각각이었으나 말릴 방도는 없었다. 꼭 다 같이 식당을 그만두기로 작전이라도 짠 것 같았다. 여기까지는 그럭저럭 괜찮았다. 홀이나 주방 보조 파트는 새로 구하기 쉬운 편이었고 주방장만 있다면 당장 영업에 지장을 줄 만한 일은 아니었다. 결정타는 따로 있었다. 첫 월급을 받은 주방장이 갑자기 출근을 하지 않은 것이다.

분명히 전날까지 있었던 주방장의 소지품이 몽땅 사라졌다. 이 사실을 알게 된 엄마의 입에서 포효하듯 주방장을 향한 욕이 쏟아져 나왔다.

"이런 망할 년 같으니라고! 그만두고 싶으면 미리 말해서 사람을 구할 시간은 줘야 할 것 아니야! 참내, 어디서 스카우트 제의라도 받았나 보지? 사람이 아무리 돈이 좋아도 그렇게 살면 안 되는 거야. 자식 키우는 사람이 그렇게 살면 안 되지."

진이 다가가 엄마의 어깨를 다독였다.

"주방장 욕은 나중에 하시고, 일단 오늘은 문을 닫읍시다."

씨알도 먹히지 않았다.

"절대 안 돼! 하루 문 닫으면 손해가 얼만데. 그리고 영업

집은 장사 쉬면 안 되는 거야. 손님 다 떨어져."

"그럼 음식은 누가 해?"

엄마는 조금의 주저도 없이 답했다.

"내가. 이래 봬도 주부 경력 30년이야. 이깟 음식들, 내가 다 할 수 있어."

진은 기가 차서 말이 안 나왔다. 언제였던가, 엄마가 만든 메밀국수를 먹고 바로 게워 냈던 기억이 떠올랐다. 메밀국수에서는 간장에 흙을 섞은 맛이 났더랬다. 어디 그뿐인가, 도시락을 싸서 다니던 학창 시절에는 엄마가 싸준 반찬이 맛이 없어 반 아이들에게 따돌림을 당할 뻔하기도 했다. "너희 엄마는 도시락을 쓰레기통에서 주워 오나 봐." 못된 계집애 하나가 했던 말이 아직도 진의 가슴에 맺혀 있었다.

진의 만류에도 엄마는 끝까지 고집을 부렸다. 어쩌겠는가, 그럼 따라야지. 진은 살아 돌아오지 못할 것을 알면서도 전쟁터로 떠나는 군인의 심정으로 점심시간을 맞이했다. 결과는? 지휘관 없이 출전하는 전투가 어떨지는 불 보듯 뻔한 것. 그야말로 아수라장인 점심시간이 펼쳐졌다. 여기저기서 터져 나오는 손님들의 아우성이 식당을 가득 메웠다.

"죄송합니다, 죄송합니다."

하루 종일 손님들에게 머리를 조아리느라 진은 뒷목이 뻐

근할 지경이었다. 시킨 음식을 먹지도 않고 '당연히' 계산도 하지 않은 채 식당을 나가는 손님들의 뒷모습을 보며 진은 쓰디쓴 눈물을 삼켰다.

하루하루 지날 때마다 느는 것은 빚이요, 날리는 것은 똥파리. 주방장이 식당을 나간 후 매출은 급속도로 떨어졌다. 임대료도 밀리고 직원 월급도 감당이 안 돼, 다른 직원들은 다 내보내고 주방 보조 한 사람과 진과 엄마 셋이서 식당을 꾸려나가던 어느 날이었다. 잠시 은행에 다녀온다고 나간 주방 보조 아줌마가 헐레벌떡 뛰어왔다.

"사장님, 좀 나와 보세요. 글쎄, 저 큰길가에…… 식당이…… 새로…… 생겼어요."

숨이 차는지 아줌마는 말을 제대로 잇지 못하면서도 뭔가를 빨리 전달하려 애쓰고 있었다.

"그래? 그래서 이렇게 손님이 없는 건가."

진과 엄마는 대수롭지 않게 반응했다. 불경기인지라 식당이 망하고 또 새로 생기는 것은 다반사였다.

"그런데 그 식당이 우리랑 똑같아요. 심지어 이름까지요!"

모녀는 그 자리에 얼어붙고 말았다.

참맛식당

'참맛식당'의 간판을 올려다보며 엄마는 순진하게 이런 말을 내뱉었다.

"우리 식당이랑 뭐가 같다는 거야?"

진이 엄마의 팔을 툭툭 치며 식당 앞에 걸린 현수막을 가리켰다.

(구)진미식당이 새로운 모습으로 돌아왔습니다. 변함없는 맛, 변함없는 가격으로 여러분을 모시겠습니다. 오픈 기념! 음료수 무료 서비스!

참맛식당은 대놓고 진미식당의 새로운 버전임을 표방하고 있었다.

"어머! 말도 안 돼!"

엄마가 손으로 입을 가리며 거의 울음에 가까운 소리를 냈다. 진 또한 입 밖으로 내지는 않았지만 속으로 비명을 지르고 있었다. 젠장, 망했구나.

진과 엄마는 참맛식당 안으로 들어갔다. 오후 1시를 막 넘긴 시각, 식당은 손님들로 북적이고 있었다. 시끌벅적한 소음을 뚫고 안쪽으로 가니 낯설지 않은 풍경이 눈에 들어왔다. 생전 처음 와보는 장소가 낯설지 않게 느껴진 것은 그곳에서 일하는 사람들이 낯설지 않은 까닭이었다.

"어서 오세요. 자리 금방 나니까요, 잠시만 기다리세요."

진과 엄마를 맞이한 사람은 어머니가 편찮으시다며 진미식당을 관둔 직원이었다.

"에구머니나."

그 직원은 진과 엄마를 보자 기겁을 하며 주방으로 쏙 들어가버렸다. 주방 안을 보니 역시 진미식당을 나갔던 직원들이 모두 일하고 있었다. 월급을 받자마자 종적을 감춘 주방장도 그중 하나였다.

진은 고래고래 소리를 질렀다.

"누구야, 여기 사장 누구야. 누가 상도도 모르고 이따위 짓을 한 거야!"

뒤에서 익숙한 목소리가 들렸다.

"어디 영업집에 와서 행패야. 썩 나가지 못해!"

목소리의 주인공은 다름 아닌 경희 아줌마였다.

"경희 언니, 언니가 여기 왜 있어?"

눈에 보이는 현실이 믿기지 않은 엄마는 경희 아줌마를 향해 천진하게 물었다.

“내 식당이니까 내가 있는 건 당연하지.”

경희 아줌마가 뻔뻔한 얼굴로 쏘아붙였다.

진은 번개로 머리를 맞은 것처럼 모든 것을 깨달았다.

‘제대로 엿 먹었구나.’

진은 속으로 중얼거렸다.

“아줌마, 아줌마가 어떻게 우리한테 이럴 수가 있어요? 권리금까지 다 받아 챙겨서 식당을 넘겨놓고 어떻게 코앞에다가 똑같은 식당을 차릴 수가 있냐고요!”

진이 두 주먹을 불끈 쥐고 경희 아줌마에게 소리쳤다.

“똑같은 식당은 무슨 똑같은 식당. 거긴 진미고, 여긴 참맛이잖아.”

경희 아줌마가 태연한 얼굴로 대꾸했다.

“진미나 참맛이나 마찬가지잖아요!”

“마찬가지? 그럼 똥이나 된장이나 마찬가지라는 얘기야? 무슨 헛소리를 하고 있는 건지 모르겠네.”

“그럼 저건 뭔데요?”

진이 식당 앞에 붙어 있는 현수막을 가리켰다.

“저거? 원한다면 바로 떼어줄 수도 있어.”

아줌마는 말이 끝나기가 무섭게 밖으로 나가 현수막을 떼어 가져왔다.

"아, 아줌마, 어떻게 사람의 탈을 쓰고 이따위 짓을……."

진은 흥분하여 횡설수설, 소리를 질러댔다. 엄마가 조용히 진의 팔을 잡으며 말을 막았다.

"넌 좀 가만히 있어봐."

엄마의 목소리는 의외로 굉장히 차분했다.

"언니, 이게 어떻게 된 거야. 장사는 그만하고 여행이나 다닐 거라고 했잖아. 그런데 왜 여기서 또 장사를……."

엄마는 미처 말을 맺지 못했다. 엄마는 차분했던 것이 아니라 믿을 수 없는 현실에 힘이 빠져버린 거였다.

"사람 마음이 달라질 수도 있는 거지, 뭘 그래. 며칠 쉬다 보니까 몸이 근질근질해서 다시 나온 거야."

멍하니 넋을 잃고 서 있는 엄마를 대신해 진이 따졌다.

"이건 사기야, 엄연한 사기. 내가 가만히 있을 줄 알아? 내 친구 중에 변호사도 있고, 검사도 있어. 당신, 내가 사기죄로 고소할 거야!"

그런 친구가 있다는 말은 뻥이었고 고소하겠다는 말은 진심이었다.

"아이고, 어디 무서워서 살겠나. 어디 한번 해봐, 어디 한번 해보라고."

어디 믿는 구석이라도 있는지 경희 아줌마가 생글생글 웃으며 대꾸했다.

“하라면 내가 못 할 줄 알아? 당신 각오해!”

언성이 높아지자 손님들 몇몇이 시끄럽다고 투덜거리며 식당을 나갔다. 그것을 본 경희 아줌마가 눈에 쌍심지를 켜고 꽥꽥 악을 썼다.

“한창 장사할 시간에 영업방해를 하면 어떡하자는 거야? 지금 너 죽고 나 죽자는 거야?”

진도 지지 않고 악을 썼다.

“그래, 너 죽고 나 죽자는 거다!”

“뭐? 너? 야 이년아 너 지금 나보고 너라고 했냐? 이게 어디서 어른도 몰라보고 너래!”

“네가 이따위 짓을 하고도 어른 대접을 받길 원해? 야, 사람 취급해준 것만으로도 고마워해.”

“어쭈, 터진 입이라고 나불나불 잘도 지껄인다.”

그러면서 경희 아줌마는 엄마를 향해 삿대질을 했다.

“딸 한번 참 잘 키웠수다. 자기 엄마뻘 어른한테 반말을 하질 않나, 바락바락 대들지를 않나. 이런 막돼먹은 딸 하나 있어 참 든든하겠수.”

내 참, 기가 막혀서. 진이 경희 아줌마 머리끄덩이라도 잡으려는데 엄마가 진의 손을 붙들고 밖으로 나왔다.

"다시 찾아와서 행패 부리기만 해봐. 영업방해로 경찰도 부르고 손해배상도 청구할 테니까 알아서 하라고!"

뒤에서는 경희 아줌마의 고함 소리가 들려왔다.

"엄마……."

진은 답답한 마음에 엄마를 불렀다. 엄마는 입을 굳게 다물고 아무 말도 하지 않았다. 세상을 잃은 듯한 표정을 본 진도 더는 아무 말도 할 수 없었다.

그날 밤, 진은 엄마에게 말했다.

"엄마, 왜 바보같이 당하기만 했어? 욕이라도 실컷 해줬어야지!"

엄마가 기운 없는 목소리로 대답했다.

"욕을 하면 뭐가 달라져? 달라지기만 한다면 나는 무릎이라도 꿇었을 거야. 아니, 달라지기만 한다면 내 눈알 하나를 빼줘도 아깝지 않았을 거야. 하지만 눈알 하나가 아니라 내 심장을 내줘도 바뀔 건 아무것도 없는데 욕은 뭣 하러 해……."

"그래도 속은 시원해지잖아."

"욕을 한다고 속이 풀리겠니……."

엄마의 눈에서 눈물이 뚝뚝 떨어졌다. 처음으로 보는 엄마의 눈물이었다.

"우리 딸, 엄마가 미안하다. 네가 힘들게 번 돈인데 그걸 다 말아먹게 생겼으니…… 내가 미친년이다, 미친년……."

엄마는 어깨를 들썩이며 흐느꼈다.

"엄마 울지 마. 경희 아줌마랑 그 여자들 내가 가만 안 둘 거야. 다 복수할 거야."

진은 이를 악물었다.

"네가 무슨 수로 복수를 해? 복수를 궁리할 시간에 네 행복을 궁리하는 게 더 똑똑한 거야."

'엄마는 복수가 아니라 행복만 궁리해서 이 모양 이 꼴인 거야?'라는 말이 목구멍에서 튀어나오려 했다. 하지만 그렇게까지 말하는 못된 딸이 되고 싶지는 않았다.

막바지에 접어든 더위는 극성을 부렸다. 식당을 부동산과 인터넷에 매물로 내놓았지만 단 한 군데서도 연락이 오지 않았다. 마지막으로 남았던 직원마저 내보내고, 식당에는 진과 엄마, 단둘만 남게 되었다.

그날도 파김치가 되어 집으로 돌아왔다. 진이 막 샤워를 하고 나오는데 전화벨 소리가 울렸다. 엄마가 전화를 받았다.

"여보세요. 네, 제가 오한양 씨 부인입니다만……."

오한양, 아빠의 이름이었다. 진은 아빠의 이름이 나오자

귀를 쫑긋 세우고 통화 내용에 귀를 기울였다. 좋은 일은 분명 아닐 터였다.

"별수 있나요, 제가 가야죠. 내일 당장 내려가겠습니다."

통화를 마친 엄마는 진이 묻기도 전에 아빠의 소식을 전했다.

"뇌졸중이래. 치매기까지 있나 봐. 그런 인간이 간병인한테 찝쩍댔다가 병원에서도 쫓겨나서 집에서 혼자 지내고 있대."

엄마는 아주 간단명료하게 설명을 하고는 주섬주섬 짐을 챙기기 시작했다.

"갑자기 그게 무슨 말이야? 그리고 짐은 또 왜 챙기는 거야?"

"왜긴, 남편이 쓰러졌다는데 부인이 가서 병간호를 해줘야지. 내일 당장 너희 아빠가 있는 시골로 내려갈 거야."

엄마는 뭘 그런 당연한 질문을 하냐는 투로 대답했다.

진은 어처구니가 없었다. 엄마와 아빠가 남남처럼 산 세월이 벌써 이십 년이었다.

자, 여기서 아빠에 대한 설명을 잠시 해야 할 것 같다. 이름 오한양. 원래는 오한량인데 동사무소 직원의 실수로 오한양으로 이름이 바뀌었다는 설이 있는 아빠는, 이름처럼 평생을 한량으로 살아온 인물이었다. 지방 유지였던 부친을 둔

덕택에 젊은 시절부터 흥청망청 세월을 보내던 아빠는 늙수그레한 노총각이 되었을 때 어리고 순진한 처자였던 엄마와 선을 보아 결혼을 하고 슬하에 딸 하나를 두었다. 그럼에도 '제 버릇 개 못 준다'는 옛말을 몸소 실천하며 결혼 후에도 방탕한 생활을 계속했고 부친의 재산은 모조리 탕진, 알코올 중독에 폭력까지 두루 갖춘, 차라리 없는 것이 나은 남편이자 아버지가 되었다. 진이 학교에 들어갈 무렵, 할아버지가 세상을 떴다. 할아버지는 눈을 감으며 아들 몰래 꽁꽁 숨겨놓았던 논 몇 마지기의 문서를 며느리 손에 쥐여주었다. 아들놈은 어디서 술을 퍼마시고 있는지 코빼기도 보이지 않았다. '아가, 미안하다'라는 말이 할아버지 유언이었다. 엄마는 시아버지의 장례를 치르자마자 진을 데리고 고향 동네를 떠났다. 아빠도 엄마를 찾지 않았고 엄마도 아빠를 다시 찾지 않았다. 그로부터 이십 년의 세월이 흘렀다.

여기까지 들었으니 아마 이해할 것이다. 엄마가 아빠의 병구완을 위해 시골로 내려간다는 것은 정말이지 말도 안 되는 일이었다. 서류상으로는 이혼하지 않은 상황이었지만 남편 노릇 한번 한 적 없는 남자가 뭐가 예쁘다고 그 힘든 병 수발을 자처하는 것인지 진의 머리로는 도저히 이해 불가였다.

진이 가지 말라며 울고불고 생난리를 치는데도 똥고집인

엄마는 들은 척도 않고 계속해서 짐을 쌌다. 여행이라도 가는 사람처럼 즐거워 보이기까지 했다.

"식당은 어떡할 거야?"

집을 나서는 엄마에게 물었다.

"어차피 열어봤자 장사도 안 되는걸. 그냥 문 닫아. 앞으로 어떻게든 되겠지."

엄마는 불과 며칠 전의 악몽은 까맣게 잊었는지 그게 뭐 대수냐는 듯이 어깨를 으쓱이고는 집을 떠났다. 진에게 잘 지내라, 밥 잘 챙겨 먹어라, 문단속도 잊지 말아라, 같은 보통 엄마가 할 만한 당부는 한마디도 남기지 않았다.

경희 아줌마에게는 아주 치밀하게 당해, 법으로도 해결하기가 힘들었다. 마지막 희망으로 찾은 변호사 사무실에서 진은 상담 비용만 날리고 터덜터덜 식당으로 향했다. 겨우 며칠 문을 닫았을 뿐인데 썰렁하다 못해 으스스하기까지 했다. 마치 오랫동안 사람의 손길이 닿지 않은 지하실에 내려온 듯한 기분이었다. 불도 켜지 않고 카운터 아래를 뒤졌다. 마침 오래되어 누렇게 변색된 A4 용지 몇 장이 계산대 밑에 있었다. 매직도 하나 찾아냈다. '급처분, 임대문의'라는 문구와 휴대폰 번호를 매직으로 적은 다음, 스카치테이프로 유리문에 붙였다. 울컥 눈물이 쏟아졌다. 눈물을 훔치며 뒤로 도는데 짤랑짤랑, 문에 달아놓은 풍경이 울렸다.

"저희 영업 안 하는데요."

진이 고개를 돌리자 앞에 한 여자가 서 있었다.

"이 식당, 팔려고 내놓은 건가요?"

여자의 목소리는 묵직하면서도 맑았다. 까만 단발머리에 몸집이 자그마한 여자였다.

"네, 맞아요. 가게 알아보시려고요? 시세보다 저렴하고 괜찮은 가게예요. 바로 계약하신다면 원래 가격보다 더 싸게 드릴 수도 있어요."

진은 저도 모르게 호들갑을 떨었다. 이게 웬 행운인가, 이게 웬 굴러 들어온 호박인가 싶었다. 눈물은 어느새 쏙 들어가 있었다.

"이 식당이 아주 마음에 드는군요."

여자가 붉은 입술 끝을 올리며 씩 웃었다. 정말이지 같은 여자가 봐도 반할 만한 매력적인 미소였다.

신이 난 진은 여자에게 보증금과 월세, 관리비 등등 식당에 대한 설명을 늘어놓았다. 정작 여자는 진의 설명을 듣는 둥 마는 둥 식당 이곳저곳을 살폈다. 진이 조심스레 말을 꺼냈다.

"권리금이 약간 있기는 한데……."

여자는 대꾸하지 않았다. 진은 눈치를 보며 말을 덧붙였다.

"그건 깎아드릴 수 있어요……."

여자는 다시 한번 씩 웃더니 식당을 쓱 둘러보았다.

"사거리에 있는 것도, 볕이 잘 들지 않는 것도 아주 마음에 들어요."

응? 뭐라고? 사거리라서, 볕이 안 들어서 마음에 든다고? 마음에 든다는 이유가 어째 이상했으나 지금은 이런 것 저런 것 따질 처지가 아니었다.

"마음에 드시면 지금 바로 계약하시겠어요? 바로 하시겠다면 권리금은 아예 빼드릴 수도 있어요."

여자는 아무 말 없이 진을 빤히 바라보았다. 왠지 어색한 상황이 연출됐다. 여자의 눈동자는 새까맸는데, 갈색빛이 섞여 있는 보통 동양인의 눈과 달리 오로지 검기만 한 눈이었다. 여자가 그 눈으로 바라보자 진은 마치 덫에 걸린 것처럼 전혀 움직일 수 없었다. 몇 초, 혹은 몇 분, 아무튼 길게는 느껴졌으나 대강의 시간도 가늠되지 않은 시간이 흐른 후 마침내 여자가 입을 열었다.

"저는 돈이 없어요."

너무도 당당한 말투. 이번에는 진이 여자의 얼굴을 빤히 바라보았다. 확 짜증이 올라왔다.

'멀쩡하게 생겨가지고, 지금 나랑 장난하자는 건가? 아니면 방금 정신병원에서 탈출한 여자?'

진은 눈을 부릅뜨고 여자를 꼼꼼히 살폈다. 여자는 엄밀히 말해 미스코리아 같은 전형적인 미인은 아니었다. 꼬집어 말하기 어려운 어떤 매력을 갖고 있었다. 까무잡잡한 피부에 눈은 크진 않지만 깊고 긴 눈매여서 결코 작아 보이지 않았고 코와 입은 큰 편이었다. 키가 작고 대체로 마른 듯한 체형이었다. 특이한 점은 이 모든 것의 조화였다. 여자는 어느 대륙, 어느 나라에 갖다놓아도 현지인처럼 보일 외모였다. 검은 머리에 검은 눈동자, 한국어를 구사하기에 한국 사람으로 보일 뿐이었다. 어느 곳에도 어울리는 사람. 달리 말하면 어느 곳에도 확실히 속하지 않는 것 같은 사람이었다. 게다가 나이 또한 가늠하기 어려웠다. 어깨 가까이 오는 단발머리와 블랙진 차림은 이삼십 대처럼 보였으나 말할 때마다 잡히는 얼굴 주름과 분위기로 짐작건대, 사십 대 많게 본다면 오십 대라고 볼 수도 있을 듯했다.

'이 여자, 대체 뭐지?' 진은 여자의 정체가 궁금했다. 속이라도 읽은 듯 여자는 진에게 명함 한 장을 내밀었다. 검은 바탕에 흰 글씨로 된 명함에는 이렇게 쓰여 있었다.

당신의 어떤 소원이든

마녀.

명함 뒷면에는 휴대폰 번호가 적혀 있었다. 진은 몇 번이나 명함을 뒤집었다 다시 뒤집기를 반복했다. 뭔가 일이 점점 이상한 방향으로 흘러가고 있었다.

"마녀? 당신이 마녀라는 건가요?"

진이 시큰둥하게 물었다.

"네, 어떤 소원이든 이루어주는 마녀랍니다."

여자가 진지한 어조로 대답했다.

진은 식당을 인수하겠다는 여자 면전에서 터지려는 웃음을 간신히 참았다.

"나는 마녀예요. 마법의 힘으로 누군가의 소원을 이루어주는 일을 하죠."

그래서 뭐 어쩌란 말인가, 라는 식으로 진이 여자를 바라보았다.

"마법을 부리려면 장소가 필요해요. 아무 곳에서나 할 수는 없죠. 이 식당 자리가 적격이에요. 야트막한 언덕 위, 사거리에 있으면서 빛이 잘 들어오지 않고 눈에 잘 띄지 않으면서도 너무 외지지 않은 곳."

여자는 말을 잠시 멈추었다. 진을 바라보는 그녀의 눈이 반짝였다.

"얼마나 찾아 헤맸는지 몰라요. 얼마나 이날을 고대했는지 몰라요."

여자의 목소리는 환희에 차 있었다.

"이 식당을 저에게 주세요."

이것이 마녀식당의 시작이었다.

"나는 소원을 이루어주는 마법의 요리를 만들어요."

여자는 자신이 마법을 부리는 방식은 '요리'라고 했다. 특별한 에너지를 지닌 재료들이, 마법의 힘을 불어넣는 조리 과정을 거치면, 마법의 효력을 발휘하는 음식으로 탄생한다는 것이었다.

"무엇을 먹는다는 건 에너지를 섭취한다는 뜻이에요. 마법도 똑같아요. 다른 점이라면 평범한 에너지가 아닌 좀 더 특별한 에너지를 취한다는 것뿐이죠."

여자는 진미식당 자리에 '마녀식당'을 열 것이라고 했다.

"음식을 파는 건 다른 식당과 다를 게 없어요. 다만 음식값에 대한 지불 방식은 좀 독특하죠. 대가를 꼭 돈으로만 받지는 않을 거거든요."

여자는 손님들이 주문하는 소원에 상응하는 대가가 손님의 영혼이 될 수도, 맑은 눈동자가 될 수도, 앞으로 태어날 아기가 될 수도 있다고 했다.

"라푼젤 이야기를 아나요? 라푼젤의 아버지는 양배추 한 통을 얻기 위해 마녀에게 앞으로 태어날 자신의 딸을 바치죠. 양배추 한 통에 대한 대가로 아이 하나. 마법의 지불 체계를 정확히 보여주는 예랍니다. 참으로 공평하지 않나요?"

공평하다고? 어이가 없어 입이 자동적으로 헤벌어졌다.

사실 진은 이 여자가 진짜 마녀이든, 정신병자이든 크게 관심이 없었다. 진의 관심은 오로지 식당을 팔 수 있느냐 없느냐, 하는 것에 있었다. 문제는 돈! 여자는 자신의 입으로 식당을 인수할 돈이 없다고 말했다. 현실 세계이든 마법의 세계이든 언제나 돈이 문제인 건가…… 진은 갑갑한 마음에 한숨을 내쉬었다.

"식당 임대료 내기도 벅차죠? 이 식당을 내게 주면 임대료는 낼 수 있을 거예요. 수익금도 절반씩 나누도록 하죠."

여자는 진의 사정을 빤히 꿰뚫고 있었다.

"식당 상호를 바꾸는 것 외에 다른 서류 작업은 아무것도 필요 없어요. 그러니까 이 식당은 앞으로도 계속 아가씨 것이에요. 쉽게 말해 이 식당을 나에게 빌려준다고 생각하면 돼요. 나를 주방장으로 고용하는 걸로 해도 되고요. 어때요, 아가씨는 손해 보는 것 없지 않겠어요?"

구미가 당기는 제안이었으나 덥석 받아들이기에는 뭔가 찝찝했다. 보이스 피싱을 뛰어넘는 신종 사기일지도 몰랐다. 제정신이라면 당장 여자를 쫓아내는 게 맞을 터였다. 그런 진의 갈등을 알아차렸는지 여자가 귀가 솔깃해지는 제안 하나를 더 했다.

"이렇게 하죠. 내가 아가씨의 소원 한 가지를 들어주겠어요. 그 소원이 정말로 이루어진다면 아가씨는 대가로 내게 이 식당을 빌려주는 거예요."

"무슨 소원이든?"

"무슨 소원이든."

진의 머릿속에는 하나의 생각뿐이었다.

"복수하고 싶은 사람이 있어요."

진은 여자에게 진미식당에 얽힌 이야기를 털어놓았다.

"엄마와 나에게 고통을 안겨준 그 여자에게 복수하고 싶어요. 절대 용서할 수 없어요."

"좋아요. 그 소원을 이루어드리죠. 그럼 이것으로 계약은 성립한 겁니다."

여자가 진에게 손을 내밀었다. 곱상한 얼굴과는 달리 거칠고 투박한, 고된 세월의 흔적이 고스란히 드러나는 손이었다. 그 손을 맞잡자 따스한 온기가 온몸을 타고 번져가며 어쩐지 마음까지 따뜻해지는 듯했다.

"로또 1등에 당첨되게 해달라고 할 줄 알았는데."

여자가 장난스럽게 말했다. 그제야 진은 아차 싶었다. 마치 요술램프의 지니에게 엉터리 소원을 빌어버린 바보가 된 기분이었다.

여자는 재미있다는 표정으로 주방 안으로 들어갔다. 호기심에 진도 여자를 따라갔다. 여자는 가방 안에서 갖가지 것들을 꺼내 놓았다. 평범해 보이는 가방 안에서는 고기와 같은 식재료를 비롯하여 유리병 여러 개, 나무 상자 몇 개, 기다란 주걱 등 별별 물건들이 다 나왔다. 다 합치면 가방 크기의 열 배는 됨 직했다. 혹시 이건 마법의 가방? 여자 몰래 가방을 이리저리 살폈지만 별다른 점은 찾지 못했다.

여자는 먼저 프라이팬을 불에 올리고 기름을 넉넉히 두른 다음 로즈메리와 허브 몇 가지를 기름에 넣었다. 그런 다음 충분히 달궈진 팬에 손바닥만 한 고깃덩어리 하나를 올렸다. 치지직, 고기 표면이 익는 맛있는 소리가 들리고 기름이 파파박, 사방으로 튀겨 나갔다. 그리고 고기를 한 번 뒤집어 반대편을 익히고 뚜껑을 덮어 잠시 더 익혔다.

진의 입에서는 벌써부터 침이 고였다. 며칠 동안 제대로 먹지 못한 탓도 있었지만 익어가는 고기의 향내가 무척이나 자극적인 탓이 더 컸다. 여자는 뚜껑을 열고 고기를 꺼내 흰 접시에 올렸다. 그러고는 곧바로 고기를 구웠던 팬에 버터 한 덩어리와 레드와인, 이름 모를 약초들을 넣고 불을 붙였다. 확, 하고 솟아난 불길. 불길이 사그라지자 그 소스를 고기 위에 부었다. 이것으로 스테이크 완성…… 이 아니고 여자는 스테이크 위에 검은 가루를 뿌리며 눈을 감은 채 뭐라고 알아듣기 힘든 말을 중얼거렸다. 마치 마법의 주문이라도 외우는 듯이.

드디어 완성된 스테이크. 잘 익은 고기 위에는 피처럼 붉은 소스가 끼얹어 있었다. 요리 과정은 단순했지만 스테이크는 군침이 뚝뚝 흐를 정도로 맛있어 보였다. 질 좋은 고기는 그냥 굽기만 해도 맛있으니까. 진은 오직 스테이크에 대한 집념으로 포크와 나이프를 들었다. 어디 앉을 생각도 없이 주방 조리대 앞에 그대로 선 채였다.

여자가 스테이크에 달려드는 진을 제지하며 말했다.

"복수하고 싶은 상대를 떠올리며 먹어요. 내가 받은 상처만큼 그가 괴로워하는 모습을 상상하는 것도 좋지요. 요리는 조금도 남기지 말고 먹어야 해요. 일단 먹은 후에는 돌이킬 수 없답니다."

여자의 마지막 말, 돌이킬 수 없다는 말이 마음에 걸렸지만 진은 홀린 듯 스테이크 한 조각을 잘라 입에 넣었다. 스테이크 안에서는 붉게 덩어리진 액체가 스르르 흘러나왔다. 마치 피를 흘리는 것 같다고나 할까. 아무래도 미리 고기 안에 무언가 비밀 재료를 넣어둔 듯싶었다. 진은 그것이 무엇인지 신경 쓰지 않았다. 설사 그것이 누군가의 피라고 해도 이 맛있는 스테이크를 먹어치울 기세였다.

입 안으로 들어간 고기는 쫄깃했다. 그 쫄깃한 식감을 즐기기도 전에 사르르 녹아들었다. 피처럼 붉은 소스는 부드럽고 달콤했다. 진은 누가 시키지도 않았는데 슬며시 눈을 감고 스테이크의 맛을 음미했다. 물론 여자의 말대로 경희 아줌마를 떠올리는 것도 잊지 않았다. 진은 그렇게 스테이크를 마지막 한 조각까지 먹어치웠다.

아, 잘 먹었다. 진은 부른 배를 두드리며 만족감에 빠졌다. 여자가 예의 그 매력적인 미소를 지으며 말했다.

"이제 당신의 소원은 이루어지고 있는 중이에요. 조금만 기다려봐요. 놀랄 만한 일이 벌어질 테니."

그 말과 함께 여자는 식당에서 사라져버렸다.

순식간이었다. 진은 멍하니 식당 주방에 남아 이게 꿈인가 생시인가 찬찬히 따져보았다. 마치 한낮의 짧은 꿈처럼 황당한 여운이 가슴을 울리고 있었다. 진은 시선을 내려 앞에 놓여 있는 빈 접시를 바라보았다. 분명 꿈은 아니었다.

한창 단잠을 자고 있던 진의 휴대폰이 울렸다.

"두 시간 후, 식당 앞."

여보세요, 라는 말을 하기도 전에 상대방은 대뜸 저런 말을 남기고 전화를 끊었다. 눈을 비비며 휴대폰 화면을 보자 낯선 번호가 떠 있었다. 한참을 생각한 후에야 그것이 마녀라는 여자의 번호임을 알았다.

'이 여자가 내 전화번호는 어떻게 알았지?'

소름이 확 돋았지만 곧 '임대문의'라고 식당 문에 붙여 놓았던 종이에 자신의 전화번호도 함께 기재되어 있었다는 사실을 깨달았다. 그럼 그렇지. 진짜 마녀일 리가 없지. 진은 피식 웃음을 짓고는 나갈 채비를 하기 시작했다.

자신이 왜 그 여자의 말을 따르고 있는가에 대해 자문하며 현관문을 여는 순간 진은 눈앞에 보이는 거리의 모습에 턱관절이 빠진 사람처럼 입을 떡 벌렸다. 뿌리째 쓰러져 있는 나무들, 대체 어디서 왔는지 모를 진흙더미와 쓰레기, 물에 잠긴 집과 상가들. 언뜻 태풍 소식을 뉴스에서 본 기억이 났다. 집에만 처박혀 있던 터라 태풍 피해가 얼마나 심각했는지 알지 못했던 것이다.

진은 인류 종말의 시기에 대비해야 하는 게 아닐까 진지하고도 심각하게 고민하며 식당 쪽으로 걷기 시작했다. 탁월한 선택이었다. 지하철은 운행이 중단됐고 버스는 물에 잠긴 도로를 시속 백 미터의 속도로 달리고 있는 상황에서 가장 효율적인 교통수단은 두 발이었다.

걷기도 힘들 만큼 엉망이 된 길을 한 시간 반쯤 걸어 식당이 있는 동네에 도착했다. 이제 언덕을 올라 골목을 몇 번만 꺾으면 되었다. 진은 밭은 숨을 내쉬며 언덕을 올랐다. 중간중간 침수 피해를 입은 상가들이 보였다. 식당은 언덕 위에 있으니 괜찮을 거라 생각하면서도 왠지 모를 불안감에 걸음이 빨라졌다. 뒤에서 요란한 사이렌 소리가 들리더니 구급차 한 대가 진을 스쳐 지나갔다.

'물난리로 사람까지 다쳤나 보네.'

어라, 구급차가 멈춰 선 곳은 참맛식당 앞이었다. 어떤 예감이 뇌리를 스쳤고 진의 발걸음은 자연스럽게 참맛식당으로 향했다. 진은 몰려든 사람들 틈을 비집고 식당 앞으로 나아갔다. 그야말로 엉망진창이었다.

"오늘 아침에 혼자 가게 안으로 들어가다가 그랬대요."

"물이 차 있으니까 어떻게든 빨리 치우고 장사하려고 급하게 들어갔겠지. 위험할 거라고는 생각도 못 하고 말이야."

"아이고, 감전이라니. 하여간 이 아줌마 돈독이 올라도 단단히 올랐었지. 전에 하던 식당은 어떤 순진한 여자한테 바가지 씌워 떠넘기고 자기는 새로 식당 열었다고 신나서 동네방네 떠들고 다니더니…… 벌 받은 거지, 벌 받은 거야."

"그렇게 악착같이 모은 돈, 제대로 한번 써보지도 못하고 죽어서 얼마나 억울할까요. 아마 그 돈 아까워서 눈도 안 감길 거예요."

사람들이 혀를 차며 수군거렸다.

진은 누군가와 눈이 마주쳤다. 시뻘건 핏줄이 선, 부릅뜬 그 눈은 경희 아줌마의 눈이었다. 정말 써보지도 못한 돈이 아까워 눈이 감기지 않았던 걸까. 아줌마는 눈도 감지 못한 채 세상을 떠났다.

경희 아줌마의 시신은 곧바로 흰 천에 가려졌다. 진은 영원히 그 눈을 잊을 수 없을 것만 같았다. 다리가 후들거렸다. 당장 이곳에서 도망치고 싶었지만 어찌 된 영문인지 몸이 꼼짝하지 않았다. 진은 경희 아줌마를 실은 들것이 구급차에 실릴 때까지 그 자리에 못 박힌 듯 서 있었다.

구급차가 떠나자 사람들은 썰물 빠지듯 흩어졌다.

진만이 홀로 남아 멍하니 어두운 참맛식당을 들여다보고 있을 뿐이었다.

핫, 핫초콜릿

Hot, Hot Chocolate

검은 액체가 담겨 있는 그릇은 제법 크기가 컸다. 컵이라고 하기엔 너무 컸고 대접이라고 하기엔 조금 작은 애매한 크기. 마치 어둠 속에서 내려다보는 늪처럼 진한 검은빛의 그것에서는 모락모락 김이 피어올랐다. 선미는 자신 앞에 놓인 그릇을 내려다보며 어찌할 바를 몰랐다.

"핫, 핫초콜릿(Hot, Hot Chocolate)입니다."

젊은 여자가 테이블 옆에 서서 선미에게 설명했다.

"맵고 뜨거운 초콜릿이란 뜻이죠."

선미는 잠자코 그 'Hot, Hot Chocolate'이라는 것을 바라보았다. 매운 초콜릿이라니, 맛이 상상조차 되지 않았다. 고개를 드니 여자가 선미를 보며 미소 짓고 있었다. '어디 한

번 먹을 수 있으면 먹어봐.' 뭐 그런 약을 올리는 듯한 미소였다.

"지금 이걸 먹으란 말이에요?"

여자가 고개를 끄덕였다.

"네. 맛도 꽤 좋답니다."

왠지 거짓말 같았다. 작게 심호흡을 했다. 달콤한 향기가 콧속으로 밀려들어 왔지만 검디검은 색깔 때문에 입맛이 전혀 동하지 않았다. 선미는 얼굴을 찡그리고 다시 여자를 올려다보았다. 선미의 뜻을 알아차린 여자가 말했다.

"걱정 마세요. 여기는 식당입니다. 먹고 죽을 음식은 판매하지 않아요."

싱긋 웃는 여자의 얼굴. '먹고 죽을 음식'이란 말에 어째 마음이 더 불안해졌다. 선미는 자신이 이곳에 온 목적을 떠올렸다. 설사 이게 '먹고 죽을 음식'이라 할지라도 자신은 이걸 먹어야 했다. 조심스럽게 손을 움직여 하얗고 네모반듯한 냅킨 위에 놓인 스푼을 집어 들었다. 차가운 감촉이 손에 선명히 전해졌다.

"이루고자 하는 소원을 머릿속에 되새기면서 드세요. 조금도 남기지 않으시길 권합니다."

일단 핫초콜릿을 한 스푼 떠 올렸다. 찐득한, 여느 핫초콜릿과 다른 질감이 느껴졌고, 입을 대고 마실 수 없을 정도로 진하기에 스푼을 주었다는 것을 알 수 있었다. 선미는 눈을 질끈 감고 스푼을 입에 넣었다. 숨이 막혔다. 정신이 아득해지고 심장이 뛰는 속도가 빨라졌다. 저도 모르게 눈이 번쩍 뜨였다.

달다.

세상의 그 어떤 것도 이 핫초콜릿보다 달콤할 수는 없으리라. 세상의 모든 달콤함을 응축시켜 놓은 듯한 맛. 세포 하나하나에까지 뻗어가는 달콤함을 느끼며 두 번째 스푼을 입에 넣었다. 그리고 세 번째, 네 번째…….

여자의 목소리가 귀에 울렸다.

"이루고자 하는 소원을 머릿속에 떠올리시는 것, 잊지 마세요."

선미는 눈을 감았다.

달콤하고 끈적이는 뜨거운 초콜릿의 맛을 음미하기 위해. 자신의 소원을 머릿속에 떠올리기 위해.

◆

꽃다웠던 이십 대 시절, 정확히는 스물일곱의 어느 여름날이었다. 뮤지컬 배우가 되기 위해 고군분투하던 그 여름, 선미는 운 좋게도 한 소극장 창작 뮤지컬의 조연 자리를 꿰찰 수 있었다. 조연이라고 해봤자 단역에 가까웠고 어쩌다 얻어걸린 대타 자리였으나, 선미에게 처음으로 주어진 배역다운 배역이자 데뷔 무대였다.

여주인공의 친구로, 지나가는 행인으로, 시골 할머니로 분해 춤을 추고 노래를 부르고 연기를 하던 어느 날이었다. 어두운 객석 구석에서 선미의 눈길을 사로잡는 무언가가 있었다. 하얗게 빛나던 무엇, 그것은 한 남자의 가지런한 치아였다.

두꺼운 안경을 끼고 하얀 이를 잔뜩 드러내며 웃는 남자는 시종일관 선미에게 시선을 고정하고 있었다.

'왜 저렇게 자꾸 웃는 거야?'

파리가 눈앞을 왔다 갔다 하는 것처럼, 묘하게 신경에 거슬리는 남자였다.

남자는 다음 공연 날에도 객석에 앉아 있었다. 여전히 하얀 치아를 자랑하고 있었고 자리는 조금 앞으로 당겨졌다. 그다음 공연에도, 그다음 공연에도 남자는 나타났고 그때마다 자리는 조금씩 앞으로 당겨졌으며 미소는 더욱 커져갔다.

마지막 공연 날이 되었을 때, 남자는 선미에게 꽃다발을 안겼다. 노란 프리지어였다. 선미는 프리지어를 좋아하지 않았지만 공연하는 동안 유일하게 받은 꽃다발이었기에 집에 고이 모셔두었다. 그 꽃이 말라갈 때쯤, 남자와 처음 저녁을 함께 먹었다.

"내 꿈은 말이죠, 좋은 남편이자 좋은 아빠가 되는 거예요."

연탄불 위에 삼겹살을 구우며 남자가 말했다.

시시껄렁한 남자의 농담을 듣는 둥 마는 둥 시큰둥하게 있던 선미는 남자가 자신의 꿈을 이야기할 때 비로소 귀를 기울였다.

"좋은 남편, 좋은 아빠가 뭔데요?"

남자가 힘주어 대답했다.

"끝까지 책임지는 거죠."

그는 그녀의 아버지와는 정반대되는 남자였다. 그것은 곧 그가 그녀의 이상형이라는 것을 의미했다.

책임, 그 한마디에 마음의 문을 연 선미는 고기 두 점을 넣어 남자에게 쌈을 싸 주었다. 남자는 열두 개의 가지런한 치아를 한껏 드러내며 웃었다. 원숭이같이 생긴 얼굴이었다. 고릴라나 오랑우탄 같기도 하고, 영화 「혹성탈출」의 시저 같아 보이기도 했다. 웃을 때는 더욱 그래 보였다.

선미는 생각했다.

'이렇게 환하게 웃는 남자이니 마음은 참 순수할 거야.'

저녁을 먹고 남자는 선미를 집까지 바래다주었다. 집으로 오는 길, 남자는 선미의 손을 잡았고 선미는 그 손을 뿌리치지 않았다. 남자의 이름은 성호. 그가 바로 선미를 마녀식당으로 이끈 장본인이었다.

그때만 해도 호르몬이 넘쳐났기에 둘은 금세 사랑에 빠졌다. 팔자에도 없는 음유시인이 되어 밤하늘을 바라보며 사랑을 속삭이고, 함께 있으면 세상이 핑크빛으로 변하는 과학과 논리로 설명할 수 없는 이상 현상을 경험하기도 했다.

둘의 일화를 하나 꼽아볼까. 눈이 소복이 쌓인 어느 추운 겨울날, 함께 공원 벤치에 앉아 있을 때였다. 성호가 선미의 어깨를 꼭 끌어안으며 말했다.

"저기 빛나는 별보다 네 눈이 더 반짝반짝 빛이 나."

서울 하늘에 영롱히 빛나는 별이 있을 리 없었다. 그러니 가로등 불빛에 비친 선미의 눈이 더 반짝이는 게 당연했음에도 사랑의 호르몬이 온몸에서 불끈거리던 당시의 선미는 성호의 창의력 제로 사탕발림에도 감격하여 "아잉, 몰라." 같은 필살 애교를 선보이며 그의 품에 폭 안겼다. 느글거린다고 욕하지 마시길. 당신도 연애할 때는 다 그랬다. 아니면 말고.

호르몬의 효과가 언제까지나 지속될 수는 없는 법이었다. 이번에는 꼭 합격할 줄 알았던 오디션에서 탈락하고, 아르바이트를 하던 카페에서마저 해고 통보를 받은 어느 날이었다. 선미는 지친 몸을 이끌고 성호가 공부하는 도서관 앞으로 갔다. 그녀의 연락을 받은 성호는 한달음에 달려나왔지만, 그가 나온 곳은 도서관이 아니라 도서관 옆 PC방이었다. 그 모습을 보면서, 선미의 호르몬 분비량은 절반 이하로 급감했다.

"자기, 왜 PC방에서 나와? 공부는 안 해?"

선미가 따져 묻듯 말하자 성호가 미간을 찡그렸다.

"난 쉬지도 못하냐? 사람이 가끔 머리 식힐 시간도 있고 그래야지."

"머리 식힐 시간? 나는 아르바이트 하랴, 오디션 준비하랴, 발에 땀이 나도록 뛰어다니는데 자기는 PC방에서 게임이나 하고 있어? 그럴 시간 있으면 아르바이트라도 해!"

한참 동안 말다툼을 벌이던 끝에, 성호가 말했다.

"우리가 계속 만나려면 누군가는 희생을 해야 해. 꿈만 좇다가는 굶어 죽기 십상이니까. 그렇다면 현실 가능성이 높은 쪽을 위해 그렇지 못한 쪽이 희생하는 게 옳지 않을까?"

순간 선미의 안에서 욱 하고 뜨거운 무언가가 치밀어 올랐다.

'네 꿈은 실현 가능하고 내 꿈은 이룰 수 없다는 얘기야? 나는 뮤지컬 배우감이 아니라는 얘기야? 그런 걸 왜 네 마음대로 정하는 건데?'

선미는 반박하려 했으나 성호가 그럴 기회도 주지 않고 연속타를 날렸다.

"만약 우리 중 누구도 꿈을 포기할 수 없다면…… 우린 서로 각자의 길을 가야겠지."

각자의 길? 순간 두둥, 하는 효과음이 귓전에 울리는 듯했다. 너무 놀라서 말도 나오지 않았다. 심장이 쿵 떨어져 바닥에 데굴데굴 구르는 기분이었다. 사랑을 할 때는 더 많이 사랑하는 사람이 약자라는 것은 만고불변의 진리. 약자였던 선미는 이런 결정을 내릴 수밖에 없었다.

'꿈은 인생 뒷주머니 어디쯤에 넣어두자. 언젠가 여유가 생기면 한번 꺼내보지, 뭐. 살면서 사랑보다 중요한 건 없잖아.'

결심을 한 뒤에 선미는 다행스럽게도 곧바로 취직을 할 수 있었다. 수도권 소재의 식품 제조업체였다. 계약직으로 시작했으나 일 년도 안 돼 정규직으로 전환되는 운도 따랐다. 정기적인 수입이 생기면서 선미는 최선을 다해 성호의 뒷바라지를 하기 시작했다. 데이트 비용을 전적으로 부담했고 옷이며 신발, 화장품 같은 생활필수품을 조달하는 것도 기본이었다. 공무원 시험 교재와 학원 수강료를 대신 결제해 주는 일도 다반사였다. 남자는 수중에 돈이 있어야 기가 산다며 손에 용돈을 쥐여주기까지 했으니, 참으로 대단한 정성이었다.

이런 사정을 아는 친구들은 말했다.

"네가 성호 그 자식 엄마라도 되냐? 정신 차려. 요즘엔 엄마들도 그렇게 안 해."

뺏속까지 맞는 말이었다. 하지만 사랑에 눈먼 사람은 귀도 멀어버리기 마련이었다.

"너 왜 우리 성호 씨한테 그 자식이라고 하니. 함부로 말하지 마."

그야말로 쇠귀에 경 읽기. 선미의 모습에 질린 친구들은 하나둘 선미의 곁을 떠나갔다. 선미 곁에 남은 사람은 오직 성호뿐이었다.

그렇게 십 년이 흘렀다.

"자기, 우리는 언제쯤 결혼해? 집에서 선이라도 보라고 난리야."

선미가 이리 말을 꺼내면, 성호는 첫 삼 년간은 이렇게 말했고,

"조금만 기다려. 내가 빨리 합격해서 우리 자기 모셔갈 테니까."

다음 삼 년간은,

"후, 나도 답답하다. 그래도 뭐 시험에 합격이라도 해야 어떻든 답이 나올 거 아니야. 그러니까 자꾸 보채지 마라."

그리고 그 후에는,

"너 아직 선이 들어오긴 하냐? 눈 밑에 주름이 자글자글한데? 애 둘 딸린 홀아비나 머리 홀랑 벗겨진 영감탱이가 아니고서야 너랑 왜?"라는 말이 비웃음과 함께 돌아왔다.

그럴 때마다 선미는 이를 부득부득 갈았다.

"대리님, 지난번 회식 때 노래방에서 노래 부르시는 거 보니 가수 빰치시던데요? 마침 저희 뮤지컬 동호회에서 단원을 모집 중인데 괜찮으시면 같이 해보지 않으실래요?"

직장 후배가 솔깃한 제안을 한 날도 성호와 한바탕 다툰 후였다.

뮤지컬. 그 단어에 선미의 심장은 첫사랑을 만난 사람처럼 격렬히 반응했다. 문제는 뮤지컬에서 손을 놓은 지 오래였다는 것. 몸도 굳었고 발성법도 잊었으며 체력도 예전만 못했다. 괜히 창피만 당하는 게 아닐까 망설이는데 후배가 선미의 걱정을 다 안다는 듯 설명을 덧붙였다.

"연령대도 다양하고 직업도 다양하고, 뮤지컬을 한 번도 접해보지 못한 분들도 있어요. 선배님 예전에 프로로 활동하셨다면서요. 선배님이 오시면 아마 단번에 에이스로 등극하실걸요."

용기를 얻은 선미는 어디 한번 구경이라도 해보자, 하는 심정으로 동호회에 참석했고 어찌어찌 하다 보니 발표 공연의 여주인공 자리를 맡고 말았다. 「그리스」의 샌디 역할이었다. 열 살도 아니고 스무 살 가까이 어린 나이대를 연기하려니 심히 부담스러웠지만 그만큼 짜릿하기도 했다. 못다 누린 청춘을 무대 위에서 누려보리라, 그런 마음도 없는 건 아니었다.

샌디 역을 맡은 후, 선미는 뮤지컬 연습에 매진하기 시작했다. 어차피 시간은 텅텅 비어 있던 참이었다. 십 년이 넘도록 여전히 '공시생'인 성호는 최근 들어 공부한단 핑계로 얼굴 보기도 힘든 사이가 되어 있었고, 몇 안 남은 친구들은 모두 유부녀가 되어 선미를 만나줄 여유가 없었다.

한 달이 지나고, 두 달이 지나고, 마침내 하루 전으로 다가온 공연. 예행연습을 마친 선미는 성호를 만나러 갔다. 중요하게 할 말이 있다며 성호가 그녀를 불러냈기 때문이었다.

선미는 중요한 말이 무얼까 생각하며 약속 장소인 이탈리안 레스토랑에 도착했다. 성호가 먼저 도착해 그녀를 기다리고 있었다.

성호는 긴장된 얼굴로 코스 요리를 주문하고 와인도 함께 시켰다. 선미는 '이왕이면 로맨틱하게 한쪽 무릎을 꿇고 말해 주면 좋겠는데'라고 생각하며 스테이크를 썰고 와인을 홀짝거렸다. 디저트가 나왔을 때 드디어 성호가 목청을 가다듬으며 말했다.

"우리 그만 만나자."

선미의 입에서 대답이 자동반사로 튀어나왔다.

"내 대답은 예스야!"

선미와 성호 동시에 놀란 표정을 지었다. 먼저 정신을 차린 성호가 말했다.

"쉽게 받아들여주니 고맙다. 너한테 못 해준 게 많아서 맛있는 밥 한 끼는 사주고 싶었어. 계산은 내가 할게. 그럼 먼저 일어난다."

그게 마지막이었다. 선미는 어떤 정신으로 집으로 돌아왔는지 기억나지 않았다. 문득문득, 돌아서는 성호의 바짓가랑이를 붙잡았던 장면과 울면서 거리를 헤매던 장면이 떠올랐으나 술을 마셔 필름이 끊긴 것처럼 온전한 기억은 아니었다.

넋이 나간 채로 밤을 보냈다. 머리가 흔들리고 심장이 흔들리고 영혼까지 흔들리는 통에 제대로 잠을 이룰 수가 없었다. 그러다 겨우 선잠에 빠지면 절벽에서 떨어지는 듯한 충격을 느끼며 화드득 잠에서 깨어났다. 시간은 더디게 흘러갔다. 사랑에 빠진 사람에게는 그토록 빨리 가는 시간이, 이별한 사람에게는 세상에서 가장 느린 속도로 흘러갔다. 느리게 흐르는 시간만큼이나 이별의 통증도 더 길게 느껴야 했다. 시간의 상대성이라는 게 이런 걸지도 모르겠다고 선미는 생각했다.

날이 밝았다. 선미는 공연장으로 향했다. 정신이 반쯤 나간 상태였지만 약속을 저버릴 수는 없었다. 선미는 무대에 올랐다. 조명이 선미를 비췄다. 오로지 선미만을 위한 순간이었다.

무대 위에서 노래하고 춤을 추는 동안 선미는 자신이 뮤지컬 배우를 꿈꾸었던 이유를 기억해냈다. 그것은 희열이었다. 무대에 서는 기쁨을 선미는 사랑의 감정과 맞바꿨던 거였다.

두 시간여의 공연이 끝이 났다. 선미의 눈에서 무대 위에 있는 동안 꽁꽁 싸매두었던 슬픔이 한순간에 쏟아져 나왔다. 눈물에 무대화장이 지워져 얼굴이 엉망이 될 게 뻔했지만 그러거나 말거나, 내가 지금 죽겠는데 얼굴이 뭔 상관이야, 하며 눈물을 펑펑 쏟아냈다. 아이러니하게도 그런 그녀의 눈물을 사람들은 공연을 마친 배우의 벅찬 감동쯤으로 여기며 더욱 강렬한 박수를 보냈다.

선미는 무대에서 내려와 곧장 대기실로 향했다. 아무도 없는 대기실 안으로 들어와 의자에 털썩 쓰러지듯 몸을 날렸다. 바깥에서는 무대에 선 회원들이 축하를 받는 소리가 시끌벅적하게 들려왔다. 귀를 막아버리고 싶었다. 혹시나 성호가 마음을 바꿔 공연을 봐주러 오지 않을까 기대했건만, 기대는 여지없이 무너지고 말았다. 십 년 전 그때처럼 객석에 앉아 자신만 바라봐주는 성호의 모습을 기대했었는데…… 간신히 그쳤던 눈물이 또다시 흘러나왔다. 그때, 흐려진 시야 사이로 꽃다발 하나가 들어왔다. 노란 프리지어. 성호에게 처음 받았던 꽃과 똑같은 그 프리지어 다발이 그녀 자리에 놓여 있었다. '설마 성호가?' 선미는 성호에게 전화도 걸고 메시지도 보내봤지만 자신이 차단당했다는 것만 확인했을 뿐이었다.

'누가 다른 사람 자리랑 착각했나 보다…….'

그렇게 생각할 수밖에 없었다. 선미는 프리지어 향기를 한 번 들이마신 후, 대기실 가운데 있는 공용 테이블에 그것을 갖다놓았다. 자신의 몫이 아니라고 생각하면서…….

선미는 파라솔 아래 의자에 앉아 있었다. 일 미터 후방에는 편의점이 있었고 십 미터 전방에는 성호의 자취방이 있었다. 이곳에서 잠복근무(?)를 한 지 사흘째, 성호는 어디로 갔는지 코빼기도 보이지 않았다. 저 방 보증금에 선미의 돈이 반 이상 들어갔지만 지금 상황에서 그런 건 전혀 중요한 일이 아니었다.

'설마 다른 여자랑 여행이라도 간 건 아니겠지?'

심심할 만하면 불길한 예감이 불쑥불쑥 튀어나왔다. 선미는 그럴 때마다 머리를 쥐어뜯었다. 사람들이 이 동네 광년이가 여기 있구나, 비가 오려나, 하는 시선을 던지며 지나갔다. 아무래도 상관없었다. 따지고 보면 광년이가 맞으니까. 사랑에 빠진 광년이.

어디선가 요란뻑적지근한 소리가 울렸다. 소리의 근원지는 선미의 배 속이었다. 사흘 동안 아무것도 먹지 않았다는 사실이 떠올랐다. 무언가 먹고 싶다는 욕망은 없었으나 허기라는 본능이 그녀를 자리에서 일어나게 했다. 휘청, 다리가 무너지려는 순간에 간신히 균형을 잡았다. 비틀비틀 뒤에 있는 편의점으로 걸음을 옮기는 순간, 저만치서 걸어오는 성호의 모습이 눈에 포착됐다. 선미는 바람처럼 그를 향해 달려갔다.

거리가 일 미터 간격으로 좁혀졌다. 성호가 갑자기 걸음을 멈췄다. 그에게 달려가던 선미도 덩달아 걸음을 멈췄다. 성호가 허둥지둥 주머니에 손을 넣고는 휴대폰을 꺼냈다.

"으구구, 우리 예쁜이 집에 잘 들어갔쪄요? 피곤하지는 않아요? 우잉, 벌써부터 성호는 우리 예쁜이가 보고 싶어용."

혀 짧은 소리가 성호의 입에서 흘러나왔다. 선미는 한 번도 듣지 못한 애교 섞인 말투였다.

'여자였구나.'

맥이 쭉 빠졌다. 선미는 조용히 뒷걸음질을 쳤다. 한 걸음, 두 걸음, 세 걸음. 뒤로 돌아 마치 미친 개에 쫓기듯 달리고 또 달렸다. 숨이 턱에 찰 때까지 달렸다. '달려라 하니'가 왜 엄마가 보고 싶을 때마다 달리는지 이해가 될 것 같았다. 하지만 십 대의 파릇파릇한 체력도 아닌 데다가 영양상태도 좋지 못한 선미는 얼마 못 가 다리에 힘이 풀렸다. 그러다 아차, 하는 순간 앞으로 고꾸라지고 말았다. 손바닥에 피가 송골송골 배어 나왔다. 바지를 걷자 무릎이 심하게 까져 있었다. 아프지는 않았다. 마음의 아픔에 비하면 이 정도는 아무것도 아니었다. 선미는 일어나 절뚝절뚝 걷기 시작했다.

날은 어느 틈엔가 어두워져 있었다. 정확히 반으로 가른 듯한 반달이 머리 위에 둥실 떠 있는 한밤중이었다. 다리가 아파서 더 이상 못 걷게 된 선미는 털썩 그 자리에 주저앉았다. 어디선가 까만 고양이 한 마리가 어슬렁어슬렁 앞으로 지나갔다.

"냥이야, 이리 와봐."

손짓하며 불렀지만 고양이는 본체만체 어디론가 사라졌다. 치사했다.

"너마저 나를 외면하는 거니?"

이제 좋으나 싫으나 집으로 갈 수밖에 없었다. 여긴 어디이고 지금 몇 시나 됐을까. 가방을 뒤져 휴대폰을 찾는데 보이지 않았다. 아까 넘어지면서 가방 안에 들어 있던 게 빠져나간 모양이었다. 다행히 지갑은 남아 있었다.

푹 한숨을 내쉬고 주변을 둘러보았다. 멀찌감치 은은히 빛나는 불빛이 보였다. 선미는 그 불빛에 이끌려 휘청휘청 몇 걸음을 더 걸었다.

마녀식당

독특한 이름의 식당 간판이 눈앞에 있었다.

'이런 데 식당이 다 있네? 지금이 몇 시인데 아직 영업을 하는 거지?'

무심코 시선을 내리니 안내 문구가 눈에 들어왔다.

〈안내〉

영업시간: 해 질 무렵부터 해 뜰 때까지.

메뉴: 의뢰 내용에 따라 달라짐.

가격: 어마어마하게 비싸서 아무나 못 먹음.

단, 어떤 소원이든 가능. 효과는 확실함.

의도한 것도 아닌데 콧바람이 힝 뿜어져 나왔다. 고달픈 몸과 마음에 짜증이 더해졌다. 이곳이 어떤 곳이든 평범한 곳은 아닐 터, 괜한 일에 엮이고 싶지 않았다. 선미가 호기심을 접고 발길을 돌리려고 할 때, 달짝지근하면서도 고소한 냄새가 풍겨오며 선미의 발목을 잡았다. 순식간에 입에 침이 고이고 동시에 극심한 허기가 몰려왔다. 저도 모르게 "아, 배고파"라는 말이 입에서 흘러나왔다. 선미는 다시 몸을 돌려 식당 안으로 들어갔다.

"어서 오세요."

쨍그랑, 경쾌한 풍경 소리가 울리고 동시에 검은 앞치마를 한 젊은 여자가 밝은 목소리로 선미를 맞았다. 그녀는 식당 한 가운데에 있는 테이블을 정리하는 중이었다.

"앉으시겠어요?"

여자의 안내에 선미가 의자를 빼자 끼익, 마룻바닥을 긁는 소리가 났다. 실내는 어두웠고 벽에는 흔한 메뉴판 하나 보이지 않았다. 대신 공기 중에는 꼬집어 말하기 어려운 뭔가 묘한 기운이 감돌고 있었다. 마치 꿈속에 들어와 있는 듯 현실감이 떨어지는 분위기였다. 낯설고 불편했다. 선미는 망설이다 여자에게 물었다.

"저, 여쭤볼 게 있는데요. 들어오다 보니 문에 이상한 안내문이 붙어 있더군요. 그게 무슨 뜻이죠?"

여자가 미소를 지었다.

"보신 그대로예요. 저희는 소원을 이루어주는 요리를 판매합니다."

순간 일시정지 버튼을 누른 듯 사고와 행동이 정지됐다. 1초, 2초, 3초…… 약 10초쯤 지나고 나서야 선미는 피식 웃음을 터뜨렸다. (며칠 만에 처음으로 웃는 거였다.) 여자는 이런 반응 따위 익숙하다는 듯 표정에 아무런 변화도 없었다.

"흠흠, 죄송합니다. 너무 뜻밖의 대답이라서."

선미는 자신의 무례함을 바로 사과했다.

"아닙니다. 믿지 못하시는 것도 무리가 아니죠. 하지만 저희는 정말 마법의 요리를 판매하고 있어요. 어떤 소원이든 그에 맞는 요리를 만들어 대령합니다. 물론 요리에 상응하는 대가를 지불하신다는 전제하예요. 손님도, 소원이 있으신가요?"

일주일 전이었다면 한껏 비아냥댔겠지만 지금은 지푸라기라도 잡고 싶은 심정. 선미는 저도 모르게 여자를 붙잡고 신세 한탄을 줄줄이 늘어놓고 있었다.

"……그러니까 그 자식한테 새 여자가 생겼던 거더라고요."

눈물 콧물을 잔뜩 쏟아내며 횡설수설하는 선미의 어깨를 여자가 토닥여주었다. 선미는 더욱 격앙된 목소리로 말을 이어 나갔다.

"시험도 붙었겠다, 뭐, 아직 합격자 발표가 난 건 아니지만 면접에서 떨어지는 경우는 잘 없으니까요. 아무튼 합격도 했겠다, 어리고 예쁜 여자들이 눈에 들어왔겠죠. 그래도 그렇지 십 년 동안 헌신한 나한테 어떻게 이럴 수 있는 거죠? 사람의 탈을 쓰고 어떻게 이럴 수 있는 거냐고요!"

선미가 개새끼, 소 새끼, 썩을 놈, 염병할 놈, 등등 아는 욕이란 욕은 죄다 동원하여 성호에게 퍼붓고 있는데, 주방 문이 벌컥 열리며 또 다른 여자가 밖으로 나왔다.

"거참, 되게 시끄럽네."

자그마한 몸집에 까만 단발머리가 인상적인 여자였다. 검은 앞치마를 맨 젊은 여자보다 나이대가 조금 높아 보였는데 어딘지 모르게 둘은 닮은 데가 있었다. 이목구비는 다르지만 묘하게 분위기가 닮았다고나 할까.

"그러게 누가 헌신해서 헌신짝 되랬어?"

어느 틈엔가 테이블까지 다가온 단발머리의 여자가 짜증스럽게 말을 툭 내뱉었다.

"지, 지금 뭐, 뭐라고 하셨죠?"

선미는 놀라 말까지 더듬었다. 단발머리 여자는 아랑곳하지 않고 사납게 쏘아붙였다.

"누가 등 떠밀면서 헌신하라고 한 거 아니잖아. 본인이 좋아서 이거 갖다 바치고 저거 갖다 바쳤으면서 왜 이제 와서 생난리야?"

팔짱을 끼고 거만한 자세로 자신을 내려다보는 여자의 기에 눌린 선미는 '이 여자는 대체 뭐죠?'라는 시선으로 젊은 여자를 바라보았다. 그녀는 난처해하면서 단발머리 여자를 소개했다.

"우리 식당의 마녀…… 님이세요."

선미는 한동안 멀뚱히 두 여자를 바라보았다. '마녀? 빗자루 타고 날아다니는 그 마녀?'라고 속으로 생각하는데 젊은 여자가 꼭 독심술이라도 한 듯 고개를 끄덕거렸다. 대체 뭐가 어떻게 돌아가고 있는 건지. 머리가 빙글빙글 도는 것 같아 이마에 손을 짚은 채 입을 열었다.

"나는 있죠, 내 꿈도 포기하고 그 자식을 위해서 살았어요. 내 꿈보다 그 자식이 더 중요했으니까요."

마녀가 말했다.

"정말 그를 위해 본인 꿈을 포기한 게 맞아?"

"그게 무슨 말이에요?"

허를 찌르는 공격에 선미가 할 말을 잃은 사이, 마녀라는 여자가 추가 공격을 퍼부었다.

"내가 보기엔 본인 스스로가 꿈에 대해 자신이 없었던 것 같은데. 성공할 자신이 없으니까 괜히 남자친구 핑계를 대면서 포기한 거잖아, 안 그런가?"

대뜸 반말을 하는 말투부터 신경에 거슬렸다. 마녀고 뭐고 간에 선미는 치미는 화를 터뜨렸다.

"당신이 뭘 안다고 함부로 말하는 거죠? 난 내가 처한 상황에 순간순간 최선의 선택을 하며 살아왔다고요. 내가 꿈을 포기하고 남자친구를 지원한 것도 그때는 그게 최선이었으니까…….”

마녀가 선미의 말을 도중에 잘랐다.

“본인 입으로, 본인 스스로 최선의 선택을 한 거라 말하면서 왜 지금 여기 와서 징징거리는 거지? 본인 말이 사실이라면 누구의 책임도 아닌 본인의 책임인데 누굴 탓할 것도, 원망할 것도 없잖아.”

망치로 머리를 얻어맞은 듯, 사고가 정지됐다. 선미는 당장에라도 여길 뛰쳐나가야 하나 말아야 하나 고민했다. 진짜 마녀라도 되는 것인지 정말이지 성깔 고약한 여자였다. 그러나 한편으론 오기가 생겼다. 선미가 입을 열었다.

“우리는 약속했어요. 사랑을 약속했고 미래를 약속했어요. 내 희생은 그 약속을 기반으로 한 것이었고요. 그가 그 약속을 저버렸으니 그의 책임 아닌가요? 그렇다면 나는 그를 원망할 수 있는 거잖아요.”

악에 받쳐서인지 눈물은 어느새 말라 있었다.

마녀가 슬쩍 콧방귀를 뀌며 대꾸했다.

“사랑의 약속? 흥, 그런 건 다 부질없는 거야.”

선미가 안타까운 눈길로 마녀를 바라보았다.

“당신은 사랑이란 걸 해본 적이 없나 보군요.”

뜻밖에도 마녀는 침묵했다. 그녀는 무언가를 떠올리듯 아득한 눈길로 선미의 어깨 너머 어딘가를 바라보았다. 한 일 분 정도 흘렀을까? 마녀가 다시 선미에게 눈길을 돌리며 말했다.

"그래서, 그에게 어떤 복수를 해주면 될까? 눈을 멀게 할 수도, 두 손목을 잘라줄 수도, 아니면 세상에서 가장 못생긴 여자와 결혼하게 해줄 수도 있는데. 물론 원한다면 죽음의 저주를 내려줄 수도 있고. 단, 이 경우에는 대가가 좀 커."

선미는 어처구니가 없어 입을 헤벌렸다.

"무슨 소리를 하는 거죠? 나는 그에게 복수를 하려는 게 아니에요."

이번에는 마녀가 황당해하며 고개를 갸웃거렸다.

"그럼 왜?"

선미는 깊게 심호흡을 하고, 꿀꺽 마른침을 삼킨 후에 대답했다.

"그가 내 곁으로 돌아왔으면 좋겠어요. 그가 나를 다시 사랑하게 됐으면 좋겠어요. 나는…… 사랑받고 싶어요."

잠깐 동안 생각에 잠겼던 마녀가 팔짱을 풀며 말했다.

"그러니까, 사랑을 원한다는 거지?"

"네."

"정 원한다면야. 음식값은 그 소원에 상응해야 한다는 거, 알고 있겠지?"

"네, 돈이라면 얼마든지 드릴게요. 적금 만기도 얼마 안 남았고, 할부가 되면 여기서 바로 결제할 수도 있어요."

"아니, 아니, 이번엔 돈으로는 어려울 것 같은데. 어떤 소원은 돈으로도 대가를 치를 수 있지만 손님의 경우엔 돈이 아닌 다른 걸로 받아야겠어. 사랑은 돈으로 환산할 수 있는 게 아니잖아. 안 그래?"

선미는 마른침을 삼켰다.

"뭘 원하시는 거죠?"

마녀가 잠시 뜸을 들였다. 입가에 걸린 미소. 그녀는 사냥감의 약점을 살피듯 선미의 눈을 뚫어져라 바라보았다. 선미는 그 눈빛에 심장이 쪼그라들었다. 마녀가 입을 열었다.

"목소리가 참 예쁘네."

"네, 그런 말 많이 들어요."

물색없이 대꾸한 선미는 마녀의 말이 칭찬이 아니라는 것을 깨달았다.

"목소리?"

선미의 되물음에 마녀의 미소가 조금, 아주 조금 더 커졌다.

"그래, 목소리. 목소리를 대가로 받도록 하지."

마녀의 눈빛은 사냥한 먹이를 입에 문 맹수의 그것처럼 반짝반짝 빛이 났다.

◆

눈을 떴을 때 핫초콜릿은 어느새 반이나 비워져 있었다.

'더 먹고 싶어.'

영원히 이 달콤함을 맛볼 수 있다면 악마에게 영혼도 팔 수 있으리라. 그런 생각을 하며 초콜릿을 음미하는데, 갑자기 혀의 한 지점에서 알싸한 감각이 솟아났다. 'Hot, Hot Chocolate'. 매콤하고 뜨거운 초콜릿이라더니 과연 이름 그대로였다.

'맛있어. 매운 초콜릿이라기에 이상할 줄 알았는데 더 매력적인 맛이야.'

선미는 매콤함과 달콤함의 상상 이상의 조화에 매료되었고 어느 순간부터는 성호에 대한 생각조차 까맣게 잊은 채 먹는 행위 그 자체에만 온 신경을 집중했다.

한 입씩 한 입씩, 줄어드는 양을 아쉬워하며 핫초콜릿을 입에 넣던 선미는 갑자기 혀끝에 머물러 있던 알싸함이 입 안 전체로 퍼져나가는 것을 느꼈다. 혀가 마비되는 것만 같았다. 이제 매운 느낌은 더 이상 '맛'이 아니었다. '통증'이었다. 순식간에 달콤함은 사라지고 오로지 맵고 고통스러운 맛만 입 안에 가득 찼다.

혀와 입술이 아리고 콧물이 줄줄 흘렀다. 아저씨가 뜨끈한 해장국을 들이마실 때처럼 땀도 비 오듯 쏟아졌다. 그럼에도 멈출 수가 없었다. 핫초콜릿에 중독된 것이었다.

이제 핫초콜릿은 마지막 한 스푼만 남았다. 그것을 입에 넣자 불에 데는 듯한 통증이 입 안을 넘어 몸 전체로 번져 나갔다.

"무, 물, 물!"

다급히 물을 찾았다. 여자가 가져다 준 물을 벌컥벌컥 마셨지만 매운맛으로 인한 고통은 사그라지기는커녕 더 무서운 기세로 선미를 괴롭혔다. 그 괴로움을 이기지 못하고 몸부림을 쳤다. 의자가 바닥에 넘어지고 선미 자신도 바닥에 나뒹굴었다.

"사랑이란 게 원래 그래. 첫맛은 달콤하지만 끝을 향해 갈수록 알싸한 고통이 심해지지."

귓가에 마녀의 목소리가 울렸다. 커다란 금속 덩어리처럼 묵직하고도 차가운 목소리였다.

"그래도 기억하렴, 그 고통도 언젠간 끝이 날 거야. 거짓말처럼 싹. 사랑의 아픔도 언젠가는 사라지잖아?"

이따위 음식을 팔아놓고 그런 소리가 나오느냐고 한마디

해 주고 싶었지만 그럴 처지가 아니었다. 눈과 코와 입에서 체액이 줄줄 흘러나왔다.

"물론 고통은 잊고 달콤함만을 기억해 또다시 사랑에 빠진다는 점은 비극이지만."

한숨과 조롱이 섞인 마녀의 목소리가 귀에 날아들었다.

선미는 제발 좀 조용히 하라고 소리치고 싶었다. 기운을 짜내 자리에서 벌떡 일어나 이렇게 외쳤다.

"저기요!"

그러다 말을 딱 멈추었다. 거짓말처럼 매운 고통이 완전히 사라진 것이다.

"봐봐, 내 말이 맞지?"

의기양양한 태도로 마녀가 선미를 바라보았다. 선미는 고개를 끄덕일 수밖에 없었다.

"이제 저는 뭘 하면 되죠?"

선미가 조심스럽게 물었다. 매운맛은 가셨지만 입을 여니 지독한 매운 내가 풍겼다.

"기다리면 돼. 요리를 먹는 순간, 마법의 힘이 움직이기 시작했으니까."

마녀가 씩 웃으며 말했다. 매력이 흘러넘치는 미소였다.

선미는 두 여자의 배웅(?)을 받으며 식당을 나왔다. 밖으로 나오자 차가운 공기가 폐를 가득 채웠다. 정신이 번쩍 들었다. 하늘을 올려다보니 달이 지난번 마녀식당을 찾았을 때보다 오동통해져 있었다. 이 모든 상황이 우스워 웃음이 새어 나왔다. 소원을 이뤄주는 마법의 요리를 파는 식당이라니. 열흘 전만 해도 선미는 이런 식당이 있다고 하면 별 미친 소리를 다 듣겠다고 웃어넘겼을 터였다. 설사 그 말을 믿었다 해도 엄청난 대가를 치르고서라도 이뤄야 할 소원이 있는 사람도 아니었다.

선미는 사랑하는 남자를 잃었고 감싸고 있던 세계는 뒤틀려버렸다. 그 뒤틀린 세계의 틈으로 나타난 식당. 선미는 성호에게 받은 상처를 안고 정처 없이 길을 떠돌았더랬다. 그 길 끝에 마녀식당이 있었다. 마녀는 그녀에게 손을 내밀었다.

"너에게 사랑을 줄게. 대신 아름다운 목소리를 내게 줘."

선미는 그 손을 잡았고 마법의 세계에 발을 들였다. 어두운 밤길을 걸어가는 그녀의 구두 소리가 또각또각 경쾌하게 울려 퍼졌다.

◆

아기 볼처럼 뽀얗고 통통한 보름달이 떠 있는 한밤에 선미는 회식을 마치고 집으로 돌아가고 있었다. 택시를 타고 한강 다리를 건너가는데 하필 라디오에서 「7년간의 사랑」이 흘러나오고 있었다. 얼큰히 취했겠다, 감성까지 충만해진 선미의 눈에서 굵은 눈물방울이 후두두둑 떨어졌다. 택시 기사가 휴지를 건넸다. 선미는 통곡을 하며 실컷 울었다. 선미는 택시에서 내렸다. 그런 그녀를 누군가 집 앞에서 기다리고 있었다. 성호였다.

"선미야……."

선미의 집 대문 앞에 쭈그리고 앉아 있던 성호가 그녀를 부르며 일어섰다. 선미는 그 자리에 우뚝 멈춰 섰다. 마녀식당의 마법이 제 힘을 발휘하기 시작한 순간이었다.

자, 이제부터 선미 이야기의 결말이다.

다시 만난 선미와 성호는 알콩달콩 연애를 하다가 결혼하여 아들 딸 낳고 행복하게 살았습니다.

설마, 그렇게 끝날 리가. 이건 동화가 아니다. '알콩달콩'과 '행복하게'란 단어만 뺀다면 맞는 결말이려나? 아니, 새로운 주인공이 등장하며 속편으로 이어진다고 봐야 하려나? 아무튼, 선미 이야기는 다시 시작된다.

선미를 찾아온 성호는 선미 앞에 무릎을 꿇고 손이 발이 되도록 빌기 시작했다.

"내가 미쳤었나 봐. 너무 오래 공부만 했더니 정신이 나간 게 분명해. 그렇지만 선미야, 너 내 맘 알지? 내가 널 얼마나 사랑하는지? 우리가 잠깐 떨어져 있는 동안에도 난 너를 한 시도……."

너무 궁색맞으니 생략하자. 요컨대 성호의 말은 잘못했으니, 한 번만 용서해주고, 다시 만나자는, 단 세 마디로 축약할 수 있는 내용이었다. 상황이 이렇게 흐르면 선미는 감격의 눈물을 흘려야 마땅했으나 웬일인지 그녀의 마음속에서 이런 생각이 불쑥 튀어나왔다.

'진짜 더럽게 못생겼네.'

눈물과 콧물로 범벅이 된 성호는 원래 못생긴 얼굴에 못생김을 추가하여 어마어마하게 못생겨 보였다. 어떻게 이 얼굴과 마주 보고 사랑을 속삭이고 같이 밥을 먹고 키스를 했는지 스스로도 도무지 믿을 수가 없었다.

'내 취향이 독특하긴 한가 보다.'

선미는 그렇게 합리화했지만, 사람들은 이런 경우를 두고 콩깍지가 벗겨졌다고 표현한다. 자신의 두 눈을 가리고 있던 콩깍지가 사라졌음을 모르는 사람은 세상에 오직 선미밖에 없었다. 그럼에도 선미는 성호를 받아들였고 다시 연인이 됐다. 비록 성호의 얼굴을 사랑스러운 눈으로 바라보는 횟수가 좀 적어졌고, 마주 앉아 밥을 먹을 때에도 식탁만 내려다봤고, 성호가 키스를 하려 얼굴을 들이밀 때 눈을 질끈 감고 절대 뜨지 않기는 했지만, 선미는 행복했다. 아니, 행복해야만 했다. 이게 어떻게 얻은 기회인가.

오랜만에 한 침대에 누웠을 때 선미가 물었다.

"자기, 나랑 결혼할 생각은 있는 거야?"

"당연하지."

"그럼 자기 시험도 합격했는데 서두르는 게 어때?"

"응? 합격? 자기야…… 나 이번에도 떨어졌어."

선미와 성호는 둘 다 영문을 모르겠다는 표정으로 서로를 바라봤다.

"무슨 소리야? 자기 합격한 거 아니었어?"

"그랬으면 나도 좋지. 그런데 떨어졌어."

성호는 시무룩한 얼굴로 고개를 떨어뜨렸다. 그러고는 말을 이었다.

"요즘엔 면접에서 떨어지는 경우도 많더라고. 필기시험 점수가 별로 안 높았나 봐."

"그럼 시험에 붙은 줄 알았는데 떨어져서 다시 나한테 돌아 온 거야? 네가 떨어졌다니까 그 여자애가 헤어지자고 하디?"

"아니, 아니, 절대로 그런 거 아니야. 넌 꼭 내가 바람 피운 것처럼 말하더라. 내가 잠깐 다른 애를 만나긴 했지만 그건 엄밀히 말해 바람은 아니지."

성호가 손사래를 치며 부인했다. 뻔뻔한 얼굴로 선미를 빤히 바라보면서. 선미의 손이 불끈 쥐어지고 눈 밑이 실룩실룩, 선미가 여차하면 바로 주먹이 나간다, 하는 식으로 바라보자 그제야 성호는 눈을 아래로 내렸다.

잠시 뒤 성호가 물었다.

"내가 한심해 보여?"

선미가 가차 없이 대꾸했다.

"응."

"내가 떨어지고 싶어서 떨어진 것도 아니잖아."

"떨어진 게 한심한 게 아니라, 십 년 동안 시험이라는 허울 좋은 핑계로 아무 일도 하지 않은 네가 한심해. 시험이야 떨어질 수도 있지만 내일모레 마흔을 바라보는 성인이 돈 한 번 벌어보지 않았다는 건 변명의 여지가 없는 일이지."

선미가 이렇게까지 말하는데도 성호는 삼재가 껴서 그렇다는 둥, 아직 대운이 들어오지 않아서 그렇다는 둥, 마흔만 넘으면 인생이 탄탄대로가 될 거라는 둥, 별 시답지 않은 소리로 변명을 해댔다. 기가 찬 선미는 귀를 막고 억지로 뮤지컬 곡을 흥얼거렸다. 성호의 변명은 선미의 귀에 꽂히지도 못하고 허공에 흩어졌다.

싱글로 지내는 시간은 생각보다 나쁘지 않았다. 평일 저녁에는 운동을 하느라 바빴고 주말에는 혼자서 맛집을 찾거나, 예쁜 카페에 가서 사진을 찍거나, 아니면 책을 읽으며 시간을 보냈다. 성호와 함께하며 소비했던 시간과 돈, 감정적 소모를 오로지 자신에게 투자한다는 것이 꽤 뿌듯하게 느껴졌다. 이번 달부터는 영어회화 학원에도 등록했다. 성호는 여전히 새벽에 '자니' 혹은 '행복하니' 따위의 메시지를 뜬금없이 보내긴 했지만 선미는 단 한 번도 답장을 하지 않았다.

싱글라이프를 너무 열정적으로 즐긴 탓일까. 아침부터 비가 내리던 어느 날, 그날따라 유난히 피곤했던 선미는 퇴근하자마자 침대에 누웠다. 서서히 짙어지는 창가의 어둠을 바라보는 사이 의식이 옅어졌고 어느 순간 꿈이 찾아왔다.

꿈속에서 어디선가 나타난 검은 그림자가 슬금슬금 선미를 향해 다가왔다. 무섭다거나 두렵다는 느낌은 들지 않았다. 그림자는 아주 옛날부터 존재해왔고, 언제나 우리 곁에 존재해왔지만, 그 존재를 알아차리지는 못했던, 그런 존재라는 것을 선미는 꿈속에서 명확히 인식하고 있었다. 반드시 선한 존재가 아니라는 것도, 반드시 악한 존재가 아니라는 것도 느낄 수 있었다. 그리고 피할 수 없다는 것도. 선미는 잠에 반쯤 몸을 맡긴 채 그림자가 다가오기를 기다렸다.

검은 그림자는 소리도 냄새도 공기의 움직임도 없이 말 그대로 그림자처럼 움직여 선미 곁에 와 앉았다. 선미는 응당 그래야 한다는 듯이 입을 벌렸다. 그림자는 그녀의 입가에 작은 유리병 하나를 가져다 대었다. 유리병은 한 손으로 가볍게 잡을 수 있을 정도의 크기였다.

선미의 가슴 안쪽 깊은 곳에서 무언가가 끓어올랐다. 콜라를 마구 흔들다가 뚜껑을 열었을 때 탄산이 솟구쳐 나오는 것처럼, 가슴 깊은 곳에서 끓어오르던 무언가가 목구멍을 타고 입 밖으로 터져 나왔다. 안개처럼 유연하고 어둠 속에서도 은은히 빛나는 그것은 원래 있어야 할 곳은 여기라는 듯 유리병 안으로 빨려 들어갔다. 이윽고 가슴 안 부글거림이 멈췄을 때 그림자가 유리병의 뚜껑을 닫았다. 선미의 입도 자연스럽게 닫혔다.

눈을 떴을 때 창밖으로 희붐한 새벽빛이 비치고 있었다. 오슬오슬 한기를 느낀 선미는 장롱에서 두꺼운 이불을 하나 더 꺼내 몸에 둘둘 말았다. 콜록콜록, 기침이 목구멍 안쪽에서부터 쉴 새 없이 터져 나왔다. 가래가 끓고 폐에 구멍이 뚫린 것 같은 기분이었다.

지독한 감기가 한차례 다녀갔지만 목소리는 여전히 잘 나오지 않았다. 의사소통에 문제가 될 정도는 아니었고 목도 아프진 않았지만 말을 하면 쉰 소리가 났다. 상태가 점점 악화되더니 쇠를 긁는 듯한 거슬리는 소리로 변해버렸다.

'이게 마녀가 얘기한 대가인 걸까?'

선미는 조금 억울했다. 목소리를 대가로 내주었지만 지금 그녀 곁에는 아무도 없었다. 어쨌든 성호가 자신에게 돌아왔으니 소원은 이루어진 셈이었고, 자신의 선택으로 성호를 차버렸으니 소원을 환불할 수도 없는 노릇이었다. 물론 환불을 해줄 마녀도 아니었고.

목소리가 돌아오지 않을 거란 걸 알면서도 선미는 혹시나 하는 마음에 동네 이비인후과를 찾았다. 퉁명스러운 간호사에게 접수를 하고 차례가 되어 진료실로 들어가자 '훈남 스타일'의 젊은 의사가 앉아 환자 모니터를 살피고 있었다. 지적인 이미지가 좔좔 흐르는 의사를 보는 순간 선미의 심장이 쿵쾅거렸다. 십 년 만에 처음 느껴보는 설렘이었다.

의사가 모니터에 시선을 고정한 채 “어디가 불편하세요.” 하고 물었다. 그의 나지막한 중저음의 목소리가 무척이나 달콤하게 들렸다.

“목, 목소리가 잘…… 안 나와서요.”

최대한 고운 목소리를 낸다고 냈는데 의사는 “목이 많이 상하셨네요. 굉장히 탁하고 거친 소리가…….” 하면서 선미 쪽으로 몸을 틀었다.

“…….”

선미의 얼굴을 확인한 의사의 말문이 막혔다. 의사는 빤히 선미를 바라보았다. 그 시선에 선미는 몸 둘 바를 몰랐다. 잘생긴 남자가 자신을 바라보니 심장이 뛰는 속도가 더욱 빨라졌다. 맨날 원숭이같이 생긴 성호의 얼굴을 보다 이런 미남을 보니 적응이 잘 안 되는 것일지도 몰랐다. 이윽고 의사가 입을 열었다.

“진선미 씨, 진선미 씨 맞죠?”

선미가 고개를 끄덕였다. 의사 양반, 저기 환자 차트에 다 나오는데 뭘 또 그리 확인하시나. 선미가 멋쩍게 웃었다. 의사의 얼굴에도 웃음이 번졌다. 가만있어도 잘생긴 얼굴이 웃으니 더 멋져졌다.

“저 기억 안 나세요? 지난 공연 때 맨 앞자리에서 보고 있었는데."

의미를 파악하지 못한 선미가 '네?'라는 표시로 고개를 기울였다.

"제 친구 녀석이 선미 씨랑 같은 뮤지컬 동호회 회원이거든요. 그 친구 초대로 공연을 보러 갔다가 선미 씨를 처음 뵀습니다. 염치 불구하고 뒤풀이까지 따라갔었는데 기억을 못 하시네요."

선미는 기억을 더듬어보았으나 작은 단서도 떠오르지 않았다. 당시 자신의 정신 상태를 고려할 때, 그를 기억하는 게 오히려 더 이상했다.

"사실 저도 뮤지컬 배우가 꿈이었거든요. 이런저런 사정이 있어서 지금은 의사 가운을 입고 있지만, 어쨌든 그랬습니다. 선미 씨 공연을 보고는 엄청난 감동을 받았어요. 세상에 태어나서 그렇게 맑고 고운 목소리는 처음 들었습니다. 그래서 친구 녀석 주려고 가져간 꽃다발도 선미 씨 자리에 갖다놓았었는데, 못 보셨나요?"

순간 대기실에 놓여 있던 프리지어 꽃다발이 떠올랐다. 자기 것이 아니라고 생각했던 바로 그 꽃다발이었다.

"아…… 기억이 나네요. 감사했습니다."

선미가 미소를 지어 보였다. 긴장을 해서인지 미소가 영

어색했다. 의사가 부끄럽다는 듯 살짝 얼굴을 붉히고는 계속 말을 이어갔다.

"그 후에 동호회에도 가입했죠. 그런데 제가 동호회 연습에 참가하고부터 선미 씨가 보이지 않더라고요. 무슨 일 있으셨어요?"

선미는 이번에도 대답 대신 애매하게 웃어 보였다. 동호회에는 공연이 끝난 후부터 나가지 못했다. 처음엔 성호 때문에 정신이 없었고, 나중엔 목소리가 나오지 않아 참여할 수가 없었다. 선미의 대답 없음이 목이 아파서라고 생각한 의사가 말했다.

"말씀하기 불편하실 텐데 죄송합니다. 어쨌든 간신히 선미 씨 전화번호는 얻었는데, 무턱대고 연락드리기는 쑥스럽기도 하고, 예의도 아닌 것 같아 선미 씨가 연습에 나오시기만을 기다렸습니다."

필터를 끼운 듯 세상이 순식간에 핑크빛으로 변해 있었다. 이비인후과만이 아니라 안과에도 가봐야 할 것 같았다.

"그런데 이렇게 뵙게 될 줄이야…… 제가 종교인은 아닌데 오늘은 정말 신께 감사하게 되네요. 이런, 제가 너무 주책을 부렸나요. 먼저 불편하신 목부터 봐드릴게요. '아' 한번 해보시겠어요."

심장이 어찌나 거세게 뛰는지 의사의 지시에 따라 '아'를 하는 선미의 목 밖으로 심장이 그대로 튀어나올 것만 같았다.

"목소리에 비해 목 상태가 크게 나쁘신 건 아니에요. 심리적인 요인 때문일 수도 있으니까 스트레스 받지 마시고 푹 쉬세요. 물 많이 드시고요. 약은 하루 치만 드릴게요. 하하하, 내일 또 오시라고요. 알레르기가 있는 약이나 현재 복용 중인 약, 앓고 있는 질병은 없으시죠?"

"네."

거친 선미의 목소리에 의사는 살짝 미간을 찡그렸다가 다시 미소를 지었다.

"특별한 이상은 없으니 목소리는 금방 회복하실 거예요. 뭐, 금방 회복하지 못하면 어떤가요. 제가 평생 주치의 해드리면 되죠."

의사의 미소를 보는 선미의 귓가에 마녀의 목소리가 울렸다.

'사랑을 원한다는 거지?'

그녀의 소원이 이렇게 이루어지고 있었다. 전혀 예상하지 못한 방향으로.

의사가 떨리는 목소리로 조심스럽게 물었다.

"그리고 선미 씨, 혹시…… 제가 데이트 신청하면 받아주실 건가요?"

선미는 환한 미소와 함께 고개를 끄덕였다.

지금 시작되려는 사랑도 알싸한 매운맛으로 끝날지 모른다. 하지만 사랑의 달콤함은 거부하기엔 너무 강렬하지 않은가?

◆

사랑의 맛을 담은 'Hot, Hot Chocolate'. 앞에 붙은 Hot은 맵다는 의미이고 뒤에 붙은 Hot은 뜨겁다는 뜻이다. 맵고 뜨거운 초콜릿. 사랑의 맛을 담은 초콜릿이다. 처음엔 달콤하게 다가오지만 시간이 지날수록 매운맛이 서서히 올라온다. 매운맛은 통증, 곧 고통이다. 고통에 몸부림치면서도 달콤함에 중독되어 끊을 수 없다는 점에서 'Hot, Hot Chocolate'과 사랑은 닮아 있다. 물론 언젠간 매운 고통도 끝이 난다는 점 또한 같았다.

내색은 하지 않았지만 진은 'Hot, Hot Chocolate'을 먹은 손님에게 유난히 마음이 갔다. 동병상련 같은 거였다. 잘 살고 있으려나? 오랜만에 진은 지나간 사랑을 추억했다. 그와 데이트했던 거리, 자주 가던 단골 식당, 함께 보았던 영화들이 모조리 생생히 떠올랐다. 입에는 아직 아릿한 고통이 남아 있었다. 언젠간 이 고통도 끝이 날 거라 믿었지만 그게 언제가 될지 요원하기만 했다.

또 하나, 엉망이 된 주방을 언제 말끔히 치워놓을 수 있을지도 요원했다. 한 가지 요리를 만들 때에도 재료가 엄청나게 들어가는 데다가 요리 과정도 복잡해서 이렇게 손님이 떠난 주방은 언제나 초토화가 되곤 했다. 중간중간 설거지도 하고 재료도 정리하면서 하면 일이 훨씬 수월하련만 요리를 할 때는 고도로 집중해야 하기에 잠시도 틈이 나지 않았다. 그럼 마녀라도 조금 도와주면 좋을 텐데, 달리 마녀겠는가. 마녀는 그날의 마지막 손님이 나가면 바람처럼 사라졌다. 정말 빗자루를 타고 날아가버리는 게 아닐까 진은 의심하고 있었다.

덕분에 온갖 힘든 잡일과 노동은 진의 몫. 처음엔 진은 사장, 마녀는 주방장, 이라고 시작한 마녀식당이었으나 현재 진은 마녀의 (노예에 가까운) 조수로 전락하고 말았다.

진은 느슨해진 앞치마를 단단히 동여매고 설거짓거리를 한데 모아 개수대에 넣었다. 역시나 오늘도 마녀는 언제 갔는지 보이지 않았다. 가끔은 길고양이들에게 밥을 주러 나갔다가 돌아오기도 하지만 냉장고 옆에 놓인 사료가 그대로 있는 것을 보니 그건 아닌 모양이었다. 어차피 있어봤자 도움도 안 되는 사람, 진은 일찌감치 포기하고 설거지를 시작했다.

허리가 뻐근하게 아파올 때쯤에야 끝이 난 설거지. 절구, 칼, 사발, 식기 등등을 깨끗한 마른 행주로 닦아 물기까지 완전히 없애고 제자리에 갖다놓았다. 마녀식당을 하기 전만 해도 손에 물 한 방울 묻히지 않고 살았던…… 건 아니고 손에 꼽을 정도로만 설거지며 집안일을 했던 자신이었는데 마녀식당을 하면서부터는 손에 물이 마를 날이 없었다. 네일아트는 꿈도 못 꾸고 바짝 깎은 손톱 밑 살은 아려왔으며 습진도 군데군데 생겼다. 먹고사는 게 그렇지, 하다가도 손을 내려다보면 순간순간 울컥 치밀어 오르는 건 어쩔 수가 없었다.

진은 조리대 위에 여기저기 놓여 있던 마법의 재료들과 남은 식재료들도 정리했다. 특히 마법의 재료는 심혈을 기울여 제자리에 돌려놓아야 했다. 단단히 밀봉된 작은 유리병 안에서 빛나는 요정의 날개라든지, 맑은 핑크빛을 발하는 누군가의 첫사랑 설렘 같은 희귀하고도 진귀한 재료들에 한 번 마음이 사로잡히면 현실의 다른 생각은 모조리 사라지고 시공의 감각도, 자기 자신도 잃어버리기 때문이다. 마녀식당 초기, 진은 저도 모르게 찬장 안에 들어 있는 재료들에 마음을 빼앗겨 장장 세 시간 동안 그 자리에 넋을 잃고 서 있던 적이 있었다. 만약 마녀가 진을 부르지 않았다면 죽을 때까지 그러고 있었을지도 몰랐다. 그만큼 찬장 안 세계는 매혹적인 동시에 위험했다.

밖은 어느새 어스름한 새벽빛이 비치고 있었다. 마지막으로 주방과 홀 바닥 청소까지 마친 진은 힘껏 기지개를 켰다. 졸음이 밀려왔다. 피곤한 하루, 집에 가자마자 바로 곯아떨어지겠지만 오늘은 자기 전에 뭘 먹는 것도 좋을 것 같았다. 진은 뭘 먹을까 궁리하면서 앞치마를 벗고 옷을 챙겨 입었다. 그때 눈에 들어온 그것, 거대한 무쇠솥이었다. 가장 중요한, 솥을 닦는 일을 잊어버린 것이다.

진은 짜증 가득한 한숨을 팍팍 내쉬며 솥으로 다가갔다. 옷도 다 입었고 배도 고픈 데다 피곤으로 실신 지경인 상태. 솥을 닦을 엄두가 나지 않았다.

'안 씻어두고 가면 이따 마녀가 날 죽이려 들겠지? 아니지, 아니지. 죽이진 않을 거야. 어찌 됐든 날 계속 부려먹어야 하니까.'

속으로 구시렁거리면서 솥을 내려다보자 까마득한 어둠이 눈에 닿았다. 바닥이 없는 우물, 끝이 없는 동굴처럼 칠흑 같은 어둠이었다.

솥에서는 달콤한 향기가 올라와 진의 코끝을 자극했다. 진은 솥에 꽂혀 있던 기다란 주걱으로 솥 바닥을 긁었다. 찐득거리는 질감이 느껴졌다. 주걱을 밖으로 꺼내자 끄트머리에 꾸덕꾸덕 굳은 초콜릿이 덕지덕지 묻어 있었다. 윤기 나는 검은빛의 유혹을 이기지 못한 진이 주걱에 붙은 초콜릿을 손가락으로 찍어 입에 넣었다. 머리가 어질어질할 정도로 진한 달콤함이 입 안 가득 퍼졌다. 황홀했다. 한 번 더 찍어 입에 넣었다. 그리고 한 번만 더. 결국 진은 주걱을 잡고 혀로 핥아 먹었다. 달콤함 뒤에 무서운 매운맛이 입 안을 공격했지만 멈출 수 없었다.

"마법의 요리는 절대 함부로 먹어선 안 돼."

마녀의 경고가 떠오른 건 주걱이 완전히 깨끗해졌을 때였다.

이미 엎질러진 물이었다. 에라, 모르겠다. 진은 도망치듯 식당을 나와버렸다. 심장이 쿵쾅거렸지만 괜찮을 거라고 스스로를 타이르며 바쁜 걸음으로 버스 정류장을 향해 걸었다. 그런데 그 순간, 쾅 하고 무언가가 얼굴을 강타했다.

"우아악!"

진은 바야바가 산에서 내려올 때 지를 듯한 비명을 지르며 얼굴을 감쌌다.

"괜찮아요? 그러게 무슨 생각을 그렇게 하면서 걸어요."

상대방은 사과가 아니라 비난조로 들리는 말투로 이야기했다. 기분이 상한 진은 아픔도 참고 휙 얼굴을 들었다. 말끔하게 정장을 차려입은 남자의 어깨가 보였다. 어차피 쌍방과실, 잘못을 따지고 들 생각은 없었지만 책임지지 않으려고 선수를 치는 태도가 영 재수 없어 살기등등한 눈빛으로 그를 째려봐 주었다. 남자는 눈을 동그랗게 뜨며 진의 얼굴에 대고 손가락질을 했다.

"저기, 코피 나요."

주르륵, 뜨거운 기운이 인중과 입술을 타고 내렸다. 난생처음 경험하는 코피에 어쩔 줄 몰라 하는 진을 보며 남자가 주머니에서 주섬주섬 무언가를 꺼냈다. 손수건이나 휴지를 주려는 건가 싶었는데 남자가 건넨 것은 명함이었다.

"제가 지금 바빠서요. 진료비 저한테 꼭 청구하세요."

치료비 달라고 연락하면 보험 가입을 강요할 것 같은 미소를 지으며 남자가 말했다. 어디서 많이 본 것 같은 얼굴이었다. 아는 사람인가? 아님 연예인? 잘생긴 편이긴 했지만 연예인처럼 후광이 비치는 얼굴은 아니었다.

"꼭 연락하세요. 부담 갖지 마시고요."

얼떨결에 고개를 끄덕이는데 남자가 다시 한번 씩 웃으면서 진의 뒤를 지나 뛰듯이 걸어갔다. 명함을 본 진은 그제야 그가 누구인지 알아차렸다.

네 영혼을 위한
토마토 수프

점심시간을 알리는 벨이 울렸다. 아이들이 우르르 교실을 빠져나가고, 그 뒤를 선생이 따랐다. 마지막까지 남아 있던 길용은 목발을 짚고 느릿느릿 교실 밖으로 나왔다. 오늘은 다리가 이 모양 이 꼴이 된 후 처음으로 등교를 한 날이었다. 목발 사용이 익숙지 않아 삼보일배를 하면서 가도 이보다는 빠르겠다 싶을 정도로 느린 걸음으로 계단 앞에 다다랐다. 4층, 길용은 까마득히 길게 이어져 있는 계단을 내려다보며 심각하게 고민했다. 그냥 굶을까도 싶었지만 길용은 밥에 대한 집념과 열정으로 첫발을, 정확히는 첫 목발을 내디뎠다.

반 층을 내려왔을 때였다. 차가운 기운이 스며들며 마치 소변을 눌 때처럼 몸이 부르르 떨렸다. 보이지 않는 힘에 이끌리듯 고개가 스르르 뒤로 돌아갔다. 눈으로 확인하기 전부터 한기의 정체를 이미 알고 있었지만, 역시나 주호와 그 똘마니들이 위에서 길용을 내려다보고 있었다.

“사람이 계단에서 구르면 죽을까?”

가운데 서 있던 주호가 말했다. 눈에는 잔인한 흥분이 가득 차 있었다.

“글쎄, 한 번도 안 해봐서 잘 모르겠는데.” 하고 주호 왼편에 있는 녀석이 말했다. “실험해보면 바로 알 수 있을 텐데.” 하며 주호 오른편에 있는 녀석이 말했다. 그러자 주호가 “실험정신은 중요하지”라며 입꼬리를 죽 올렸다. 다리가 부러지던 날 보았던 웃음이었다. 만약 악마도 웃을 수 있다면 분명 저렇게 웃으리라.

“왜, 왜 그래. 나한테 제발 그러지 마.”

길용은 울먹였다. 이대로 계단에서 구른다면 정말 죽을지도 모른다는 공포가 엄습했다.

“왜, 왜 그래에. 나한테에 제에바알 그러지이 마아.”

주호가 길용의 말투를 흉내 내며 얼굴을 바짝 들이밀었다. 담배 냄새가 섞인 미적지근한 숨결이 얼굴에 닿았다.

길용은 콜록거리며 숨을 참았다. 머릿속에 잠시 뒤에 벌어질 일들이 마치 예지몽처럼 생생하게 펼쳐졌다. CCTV 사각

지대, 녀석들이 실수인 척 길용의 어깨를 친다. 중심을 잃고 계단을 데굴데굴 구른다. 계단 밑에 널브러져 고통에 신음하는 나약하고 처참한 자신의 모습. 그러다 선생이 오면 주호는 소중한 학우의 사고를 염려하는 모범생인 양 이렇게 말하겠지. "길용아, 괜찮아? 그러게 도와준다고 할 때 왜 싫다고 했어. 걱정 마. 이제 우리가 옆에 있어줄게."

어쩌면 이 시련을 운명으로 받아들이는 것이 최선일지도 모른단 생각이 들었다. 전생에 죄를 많이 지었나 보지, 뭐. 그러자 몸 안에서 무언가가 쓱 빠져나가는 기분이 들었다. 바로 '공포'였다. 공포가 빠져나간 자리엔 평화가 찾아왔다. 길용은 주호의 눈을 마주 보았다. 가쁘게 몰아쉬었던 숨이 차츰 차분해지고 표정이 편안해졌다. 그럴수록 주호는 점점 이성을 잃어갔다. 물론, 놈에게 이성이란 게 존재한다면 말이지만.

"뭐야, 이 새끼 흥분한 거야? 막 다치고 아프고 그런 게 좋냐? 변태 마조히스트 새끼."

'흥분은 네가 했겠지'란 생각이 들었으나 입 밖으로 소리 내어 말하지는 않았다. 굳이 주호를 더 자극할 필요는 없었다.

"좋아, 원한다면 해주지."

주호의 말이 떨어지자, 그의 똘마니들이 잽싸게 길용을 둘러쐈다. CCTV를 가리기 위함이었다.

'이제 내 몸뚱이는 저 계단에 부딪혀 박살이 나겠구나.'

공포를 몰아냈다고 생각했는데 그게 아닌 모양이었다. 길용의 몸이 한겨울 냉수마찰이라도 한 양 덜덜 떨렸다. 몸속 어딘가 깊은 곳에서 똬리를 틀고 있던 공포가 서서히 고개를 쳐들고 그를 먹어치우려 하고 있었다. 너무 두려운 나머지, 이 와중에도 길용은 바지에 오줌을 지리지는 않을까 걱정이 되었다.

"너희 점심 안 먹고 여기서 뭐 해?"

허스키한 목소리와 함께 구두 굽이 계단에 부딪히는 묵직한 걸음 소리가 들렸다. 찢어진 청바지에 군인들이나 신을 법한 투박한 워커를 신고 계단을 내려오고 있는 사람은 이번 학기에 새로 부임한 국어 선생이었다.

"길용이가 계단을 내려갈 수 있게 도와주고 있었어요."

주호는 당황은커녕 능글맞은 목소리로 술술 거짓말을 내뱉었다. 입가에는 모든 선생들이 깜박 속아 넘어가는 '모범생표 미소'도 장착한 채였다.

여타의 선생들이라면 흐뭇하게 웃으며 주호를 한껏 칭찬해줄 타이밍이었지만, 국어 선생은 틀을 벗어난 차림새만큼이나 보는 눈 또한 남달랐다.

"어째 수상한데?"

국어 선생이 팔짱을 끼고 의심스레 주호 일당을 쓱 훑어보았다.

"뭐가 수상하신데요?"

수가 먹혀들지 않자 주호의 표정이 살짝 일그러졌다. 목소리에 짜증이 묻어남에도 애써 감정을 자제하고 있는 것 같았다.

"길용이 얼굴이 새하얗게 질려 있잖아."

셜록 못지않은 관찰력과 추리력이었다.

"진짜 애들이 도와주고 있었던 거야?"

어쩐지 다정하게 느껴지는 눈빛과 말투에 길용은 심장이 두근거렸다. 희망이 가슴속에서 퐁퐁 솟아났다.

'국어 선생이라면 주호의 뒷배경이 어떻든 눈치 보지 않고 내 편이 되어주지 않을까? 지옥 같은 주호의 손아귀에서 벗어나는 데 힘이 되어주지 않을까?'

진실을 털어놓고 싶은 충동이 목구멍까지 치고 올라왔다.

"선생님……."

결국 길용은 충동적으로 입을 열었다. 동시에 계단 밑에서 교장 선생의 꼬장꼬장한 목소리가 날아들었다.

"선생님, 저 좀 잠시 보실까요?"

국어 선생이 '아이쿠, 걸렸구나' 하는 표정을 지었다. 마치 복장 불량으로 학생주임에게 걸린 학생처럼 국어 선생이 계단을 내려가자 주호가 길용의 귓가에 대고 속삭였다.

"개새끼, 넌 이따 뒈졌어."

SOS를 요청할 기회는 날아가 버리고, 괜스레 긁어 부스럼만 만들고 말았다.

"너희가 도와주고 있던 거라고 말하려고 했어……."

구차하게 변명을 시도해봤지만 씨알도 먹히지 않았다. 악의에 가득 찬 주호의 눈빛을 보고 있자니 오금이 저려왔다.

"학생들에게 모범이 되셔야 할 선생님께서 옷차림이 대체 이게 뭡니까."

계단 아래쪽에서 교장이 국어 선생을 나무라는 소리가 들렸다.

"교장 선생님, 저는 타인에게 해를 끼치지 않는 한 누구나 자유를 누릴 권리가 있다고 생각합니다."

국어 선생이 조곤조곤 대꾸했다.

"자유를 꼭 찢어진 청바지로 누리셔야 되겠습니까?"

"찢어진 청바지를 입을 자유가 제한되어야 할 합당한 이유가 있을까요?"

답답하다는 듯 교장이 손으로 이마를 짚으며 긴 한숨을

내쉬었다.

“T.P.O라는 것이 있지 않습니까!”

“T.P.O라는 게 불합리한 관행 내지는 불필요한 고정관념이라고는 생각하지 않으십니까, 교장 선생님?”

“사람들이 따르는 데에는 다 이유가 있겠지요.”

“그 이유가 대체 무엇일까요?”

“예의 아니겠습니까?”

“저는 예의란 상대를 존중하는 마음이라고 생각합니다. 그렇다면 옷차림새보다는 상대를 대하는 마음가짐과 태도에서 예의가 드러난다고 보는 것이 타당하지 않을까요? 저는 아이들에게 겉모습보다는 그 안에 담긴 진심을 가르치고 싶습니다.”

교장과 국어 선생의 핑퐁 같은 대화를 들으며 길용은 저도 모르게 고개를 끄덕거렸다. 국어 선생의 주장에 공감이 되는 부분도 있었고, 그걸 교장 선생님에게 표현하는 것 자체도 멋져 보였다.

“병신, 너 방금 국어 편 든 거냐? 국어가 네 애인이라도 돼?”

옆에서 이를 보고 있던 주호가 이죽거렸다. 길용은 얼굴이 새빨개져서는 아무 말도 하지 못했다.

“너 혹시 게이냐? 국어가 생물학적으로는 여자인지 몰라도 꼬락서니는 꼭 남자 같잖아."

뒤이어 주호와 녀석들은 국어 선생을 상대로 차마 입에 담기도 힘든 온갖 음담패설을 지껄이기 시작했다. 듣는 사람 얼굴이 다 화끈거릴 정도로 노골적이고 모욕적인 내용이었다. 길용은 그만 닥치라고 소리치고 싶었으나, 끝까지 침묵했다. 방관자 또한 가해자와 다르지 않다. 그걸 누구보다 잘 아는 인간이 똑같이 굴고 있다니. 자신이 정말 쓰레기처럼 느껴졌다.

면담을 위해 교장과 국어 선생이 교장실로 사라졌다. 한참을 시시덕거리며 웃던 녀석 중 한 명이 턱짓으로 길용을 가리키며 말했다.

"얘는 밑으로 던져버릴까?"

주호가 한심하다는 듯 고개를 저었다.

"이 병신들아, 교장이랑 국어가 봤잖아. 이 새끼가 여기서 다치기라도 하면 우리가 뭐가 되겠냐? 됐어, 이번엔 그냥 데려가."

주호의 말이 일리가 있다고 느꼈는지, 아니면 주호의 말이라면 무조건 따르는 머저리들이라 그런지 녀석들은 고개를 끄덕거리며 길용을 팔에 매달고 계단을 내려갔다. 주호 똘마니 중 한 명이 말했다.

"새끼, 너 오늘 운 좋은 줄 알아라."

길용도 이때까지는 오늘이 운수 좋은 날이라 생각했다. 그리고 그것은 현진건의 「운수 좋은 날」과 같은 의미의 운수 좋은 날이라는 점에서 옳은 생각이었다.

선생님들 덕분인지, 아니면 주호와 똘마니들 덕분인지, 아무튼 길용은 무사히 1층까지 내려갈 수 있었다. 점심을 먹지는 못했다. 목발을 짚은 팔로는 식판을 들 수 없어서였다.

혹시나 하는 마음에 길용은 눈빛으로 도움의 손길을 구했다. 아이들은 약속이라도 한 듯 하나같이 길용의 시선을 피했다. 어설픈 동정심에 왕따를 도와줬다가는 자신이 다음 타깃이 될 수 있으니 두려운 것이다. 결국 길용은 밥 한 술 뜨지 못하고 급식실을 나와야만 했다. 속이 상했지만 원망하지는 않았다. 모욕당하는 국어 선생에게 자신 또한 방관자였기 때문이다. 그런 주제에 아이들을 원망할 수는 없었다.

급식실을 나온 길용은 차선책으로 매점으로 향했다. 하지만 계산대 앞에 서고 나서야 돈을 가져오지 않았다는 것을 깨달았다. 이제 남은 선택지는 오직 교실뿐이었다. 인내와 체력의 한계를 시험하는 것도 아니고 이거야, 원. 길용은 스스로의 한심함을 곱씹으며 계단을 올랐다.

교실에 겨우 도착하니 점심시간이 끝나기 십 분 전이었다. 숨이 차고 셔츠 등이 축축하게 젖었다. 숨을 몰아쉬며 자리로 돌아가는데 책상 위에 무언가가 놓여 있는 게 눈에 들어왔다.

빵 한 봉지와 우유 한 팩. 가슴이 두근거렸다.

누가, 대체 누가? 길용은 교실을 둘러보았다. 아이들은 전부 시치미를 떼고 저희들끼리 모여 노느라 바빴다. 길용은 깨달았다. 티를 내지는 않았어도 모두들 마음 한편에서는 길용을 안쓰러워하고 있던 거였다. 자신이 표적이 되지 않게 몸을 사리는 겁쟁이일지언정 모두 주호처럼 악마 같은 본성을 가지고 있는 것은 아닌 거였다. 심장이 뜨끈해지면서 눈물이 왈칵 쏟아질 것만 같았다.

목이 말랐던 길용은 자리에 앉자마자 우유를 뜯어 입에 넣었다. 벌컥, 한 모금 목으로 넘기고 두 번째 모금을 입에 넣는 순간, 퓹, 입에서 우유가 뿜어져 나왔다. 시큼한 기운. 우유팩을 보니 유통기한이 보름이나 지나 있었다.

"왜 안 먹어? 맛이 없어?"

주호가 앞자리 의자에 거꾸로 앉아 물끄러미 길용을 바라보았다.

"상했어……."

"먹어. 둘 다. 한 모금도, 부스러기 하나도, 남기는 거 용납 못 한다."

거역할 수 없었다. 길용은 빵 봉지를 뜯었다. 갈색 테두리가 없는 하얀 식빵 사이에 크림이 발린 빵이었다. 이건 유통기한이 한 달 가까이 지나 있었다. 그래도 방부제가 넉넉히 들어가 있는 덕(?)에 상한 맛은 나지 않았다. 비록 끄트머리에 푸르스름한 얼룩이 있긴 했지만.

주호가 재미있어 죽겠다는 표정으로 말했다.

"십 초 안에 먹는다. 실시."

길용은 마지막 빵 한 조각을 입에 구겨 넣었다.

"목메겠다. 우유도 마셔야지."

손으로 코를 막고 우유를 목구멍에 쏟아부었다. 숨을 쉬지 않으니 역한 맛은 그나마 견딜 수 있었는데, 이롭지 못한 음식을 용케 알아본 위장은 우유를 격렬히 거부하며 목구멍 위로 뱉어내려 했다.

"뱉으면 죽는다."

위장아, 나 좀 살려줘. 길용은 죽기 살기로 우유를 밀어 넣었다. 그러고는 밀봉이라도 하듯 입을 꾹 닫았다. 주호의 입가에 예의 그 악마 같은 미소가 떠올랐다.

신호는 삼 분 만에 찾아왔다. 몸이 거부할 때는 다 이유가 있다는 것을 깨달았지만 이미 늦은 뒤였다. 가장 먼저 배 속에 사르르 찬 기운이 돌았다. 이어 장이 뒤틀리는 듯한 고통에 식은땀이 흐르고, 머릿속이 하얘졌다. 있는 힘껏 항문에 힘을 주었다. 서둘러 배를 부여잡고 바닥에 내려두었던 목발을 찾았지만 어디로 갔는지 보이지 않았다.

수업 시작을 알리는 벨소리가 울렸다. 고민의 여지없이 길용은 한 발로 절뚝거리며 뒷문으로 향했다. 두어 번 넘어지면서 겨우 도착한 뒷문은 어째서인지 꿈쩍도 하지 않았다. 문에 작게 나 있는 창으로 보니 한 아이가 밖에서 열지 못하도록 문을 잡고 서 있었다.

'젠장, 망할 새끼들.'

욕지거리가 절로 나왔다. 더 욕을 할 틈도 없이 절뚝거리며 앞문으로 향했다. 아이들 몇 명이 길용의 앞을 막아섰다. 하나같이 얼굴에 비열한 웃음이 들러붙어 있었다.

"수업 시작하는데 어디 가? 빨리 자리에 앉아."

그동안 눈길 한번 주지 않던 아이가 길용에게 말을 걸고 있었다.

"비켜, 나 급해."

이번엔 다른 아이가 길용의 어깨를 잡으며 말했다.

"다리가 불편해서 그래? 그럼 우리가 자리로 데려다줄게."

아이들은 길용을 뒤로 끌고 가려 했다. 길용은 어디서 그런 힘이 나왔는지 초인적인 힘으로 아이들을 밀치고 앞문으로 걸어갔다. 만약 주호가 발만 걸지 않았다면 무사히 앞문을 빠져 나갈 수 있었을 것이었다.

"으아!"

길용은 비명을 지르며 앞으로 고꾸라졌다. 입에서 침이 흘러 바닥에 뚝뚝 떨어졌다. 고개를 드니 주호가 히죽 웃으며 길용을 내려다보고 있었다. 날카로운 뿔과 날름거리는 긴 혀를 가진 사악한 악마의 모습이 주호의 얼굴과 겹쳐졌다. 길용은 이를 갈았다.

교실 문이 열리고 찢어진 청바지와 워커가 길용의 눈에 들어왔다. 국어 시간이었다. 주호는 전매특허, '안면 변신'을 이용하여 모범생의 얼굴로 표정을 싹 바꾸고는 길용을 일으켜 세워 뒤에 있는 자리로 데려가려 했다.

"그러게 조심 좀 하지. 내가 자리까지 부축해줄게."

길용은 거세게 팔을 뿌리치고는 문으로 향했다. 배 속의 상태는 막 한계선을 넘으려 하고 있었다.

"길용아, 수업 시작했어! 너 어디가?"

아무것도 모르는 선생은 길용을 붙잡아 세웠다.

"선생님, 죄송한데 제가 너무 급해서요……."

길용은 웅얼거리며 앞문을 잡아 열었다. 드르륵, 문이 열림과 동시에 엉덩이 근육의 힘이 쫙, 하고 풀렸다. 고약한 냄새가 길용 주변으로 스멀스멀 퍼져나갔다. 냄새가 퍼지는 속도는 의외로 빨랐다. 냄새가 교실 안을 가득 메우고 나서야 엉덩이에 뜨끈한 기운이 느껴졌다.

"으악, 이길용, 똥 쌌대요."

누군가 큰 소리로 외쳤다. 여기저기서 더러워, 똥쟁이, 미친놈, 하는 모욕적인 말들이 쏟아져 나왔다. 몇 초쯤 멍하니 있다가 국어 선생과 눈이 마주쳤을 때서야 비로소 정신이 돌아왔다. 그가 희망을 보았던 선생의 눈빛에 이제는 경악과 경멸만이 어려 있었다.

'내 편은 아무도 없어.'

길용은 천천히 고개를 돌려 교실 안을 휘 둘러보았다.

하필이면 남녀공학. 길용은 사춘기였고, 그냥 이 자리에서 콱 죽어버리고 싶었다.

그 자리에서 죽지 못한 길용은 홀로 화장실에서 낑낑거리며 뒤처리를 했다. 누가 도와준다 해도 거절했을 테지만 정말 아무도 도와주겠다 나서지 않았다. 그래도 남자 체육 교사가 문밖에 바지 하나를 놓고 가, 그것을 입을 수 있었다. 대충 뒤처리를 마쳤을 때, 길용의 휴대폰으로 동영상 하나가

도착했다. 보지 말아야 했으나 길용은 자기도 모르게 떨리는 손길로 재생 버튼을 누르고 말았다. 유감스럽게도 예감은 정확히 들어맞았다. 동영상의 주인공은 길용 자신이었다. 교실 안에서 비틀거리다가 결국엔 똥을 지리고 마는 장면이 동영상 속에 그대로 담겨 있었다.

더 생각할 것도 없었다.

길용은 그길로 학교를 빠져나왔다.

학교를 나와 정처 없이 떠돌던 길용은 한 가지 방법밖에는 없다고 생각했다. 한강으로 가자니 너무 멀었고, 약을 구하자니 이것도 돈이 없어 불가능했다. 무슨 약을 구해야 하는지도 몰랐다. 다음 방안으로 주변에 보이는 건물들에 잠입(?)을 시도했다. 쉽지 않았다. 처음 들어간 건물에서는 삼엄한 경비의 눈초리에 기가 질려 곧바로 후퇴, 그다음 건물에서는 입구에서 비밀번호를 누르는 보안 시스템 때문에 실패. 여기가 세 번째 건물이었다. 세 번의 시도 끝에 꼭대기 층까지 오를 수 있었던 길용은 창을 향해 서서히 다가갔다.

창가에 다다른 길용은 저 멀리 보이는 달을 바라보며 심호흡을 했다. 먼 길을 오느라 숨이 차고 땀이 났다. 생각이 많아지면 용기가 사라지는 법. 길용은 뜸을 들이지 않고 창문 아래쪽에 있는 손잡이를 돌려 밀었다. 끼이익, 날카로운 금속성 소음이 울리며 창문이 열렸다.

"이런, 씨, 오늘은 어떻게 되는 일이 하나도 없냐."

길용은 중얼거리며 창문을 닫았다. 유리창 자체는 큼직했지만 열리는 아랫부분은 폭이 겨우 사오십 센티 정도 될까 말까 한 작은 크기였다.

"죽는 것도 마음대로 못 하는 바보 천치. 누굴 탓해, 이러니 왕따를 당하는 거지. 병신 새끼."

길용은 유리창에 머리를 박았다. 아팠다. 눈물이 찔끔 나올 정도로 아팠다. 저 아래 바닥에 곤두박질친다면 이것보다 백 배, 아니 만 배쯤 더 아프겠지. 길용은 유리창에 이마를 대고 훌쩍훌쩍 눈물을 흘렸다.

눈물을 훔치던 길용은 저 아래에서 반짝이는 불빛 하나에 묘하게 마음이 사로잡혔다. 간판이었다. 손으로 눈물을 훔치고 뚫어져라 쳐다보았다. 간신히 '식당'이라는 글씨를 읽을 수 있었다. 식당. 식당이란 단어를 보자마자 참기 힘든 허기가 몰려왔다. 점심 때 시원하게 설사까지 쏟아주셨으니 지금껏 참은 게 용할 정도였다. 먹고 죽은 귀신이 때깔도 좋다지. 길용은 다시 엘리베이터에 몸을 실었다.

길용은 숨을 헐떡이며 식당 앞에 서서 간판을 올려다보았다. 특이한 이름의 식당이었다. 심호흡을 한 번 하고 똑똑, 문을 두드렸다. 문이 열리길 기다리는 짧은 순간, 문에 붙어 있는 글이 눈에 들어왔다. 소원이니 효과니 하는 말들도 있었지만 정작 그의 시선을 끈 것은 값이 어마어마하게 비싸다는 내용이었다. 고민할 틈도 없이 안쪽에서 스르르 문이 열렸다.

순간 길용의 숨이 멈추고 심장이 멈추고 시간이 멈췄다.

하얀 피부에 검은 머리카락, 동화 속 공주 같은 여인이 앞에 서 있었다.

"어서…… 오세요?"

길용은 무슨 말이든 하려 했으나 입만 뻥긋뻥긋, 아무 말도 나오지 않았다. 머리가 백지상태가 되어 말을 하려야 할 수가 없었다. 이 상태를 좀 더 구체적으로 설명해볼까. 만약 이게 만화였다면, 길용의 두 눈과 가슴에서 하트가 뿅뿅 튀어나오는 컷이 그려졌을 것이고, 만약 이게 영화였다면, 운명적인 만남을 나타내는 배경음악이 흘렀을 것이란 얘기다.

하지만 안타깝게도 이건 만화도 영화도 아니니, 그저 길용이 그 여인에게 반했다는 것만은 알아주길 바란다.

아무튼 이 운명의 순간에 길용은 앞에 선 그녀를 위해서라면 제 한목숨 기꺼이 바치겠노라 하늘에 대고 맹세했다. 웃지 마시길. 열일곱 소년의 순정은 자못 진지했다.

여자가 말했다.

"들어올래요?"

길용은 바보 같은 표정으로 고개를 끄덕이고 안으로 들어갔다. 그녀의 옆을 스칠 때 은은한 단내가 느껴졌다. 심장이 두근거렸다. 동시에 엉큼한 생각이 길용의 머릿속을 맴돌았다.

식당은 조용했다. 공기는 따뜻하면서도 답답하지 않은 적당한 수준. 그녀의 향기를 지울 만큼 짙은 풀 냄새가 풍겼다. 아니면 향을 태우는 냄새일 수도 있었다.

길용이 식당 분위기를 파악하고 있는데 어디선가 작게 소곤거리는 소리가 들렸다. 귀를 기울이니 소리는 양쪽 벽 아래에서 들려오고 있었다. 그곳에 있는 것이라고는 옹기종기 늘어선 작은 화분들뿐이었다. 설마 식물이 말을 하는 건가. 화분에 정신이 팔린 길용은 그만 오른쪽 목발을 헛짚고 말았다. 균형을 잡을 새도 없이 몸이 기울었다. 꽈당, 커다란 소리를 내며 몸 오른쪽 전체가 바닥과 조우했다.

"괜찮아요?"

지금 이 순간, 길용에게만큼은 천사 같은 여자가 걱정스러운 얼굴로 물었다.

당연히 괜찮지 않았다. 아팠다, 너무 아팠다. 바닥과 부딪힌 몸이 아팠고, 천사 같은 그녀가 제 심장으로 들어와 아팠다.

"잡아줄게요. 천천히 일어나 봐요."

여자가 길용에게 손을 내밀었다.

처음이었다.

그에게 손을 내밀어준 사람은.

"소원이 있나요? 그럼 말해볼래요?"

"아…… 그러니까…… 저……."

길용은 여자의 물음에 선뜻 대답할 수 없었다. 그녀가 내준 따끈하게 데운 우유를 홀짝거리면서 길용은 고심했다. 뭐라고 해야 그럴듯하게 들릴까?

"왜요, 못 믿겠어요?"

길용은 고개를 저었다. 소원을 이루어주는 마법의 요리라. 믿지 않을 이유가 없었다. 첫째, 길용은 해리 포터의 열렬한 팬이었고, 둘째, 이 여자의 말이라면 인류의 조상이 아기공

룡 둘리라고 해도 믿을 것이기 때문이었다.

"소원이 없는 건가요?"

이번에도 길용은 고개를 저었다.

"그냥 편하게 얘기해봐요. 여기에서는 소원을 도덕적 잣대로 판단하지도, 현실 가능성이 없다고 비웃지도 않으니까요. 그건 어떤 소원이든 가능하다는 말이에요."

어떤 소원이든 가능하다는 얘기에 길용은 더욱 간절해졌다. 지금 그의 머릿속을 채우고 있는 것은 단 한 가지였다. 하지만 그 소원을 자기 입으로 얘기하기에는…… 너무 낯부끄러웠다.

소원을 말할 수도, 그렇다고 소원이 없다고 말할 수도 없는 진퇴양난의 상황. 뭐라고 말하면 좋을지 몰라 우물거리고 있는데 문이 열리면서 한 아줌마가 들어왔다.

"어라? 오늘은 꼬마 손님이 오셨네."

단발머리에 까만 옷을 입은 아줌마의 손에는 고양이 사료 봉투가 들려 있었다.

"저 꼬마 아니거든요. 열일곱, 고등학교 1학년이고 조금 있으면 열여덟이에요!"

'꼬마'라는 소리에 발끈한 길용이 항의하듯 외쳤다. 그러나 말을 마치자마자 후회가 파도처럼 밀려들었다. 눈을 가늘게 뜨고 길용을 바라보는 아줌마의 주변에서는 음산하고도 강력한 카리스마가 뿜어져 나오고 있었다.

"이봐요, 꼬마 손님. 안됐지만 열일곱이든 스물일곱이든, 아니 백마흔일곱 살이든, 나에게는 똑같이 꼬마랍니다. 그러니 다시는 그런 식으로 말대꾸하지 말아요."

느릿한 어조였지만 목소리는 뱀의 살갗을 만지는 것처럼 서늘했다. 고함을 치는 것보다 더 강렬하고 절대적이었다. 길용은 곧바로 깨갱, 꼬리를 내렸다. 그녀에게 이런 약한 모습을 보이고 싶지 않은데…… 길용은 마음을 굳게 먹고 허리를 쫙 폈다.

"아까 설명했듯이, 우리 식당의 마녀님이에요."

여자가 길용에게 아줌마를 소개했다.

저 아줌마가 마녀라고? 길용의 시선이 저절로 아래로 고꾸라졌다.

마녀가 물었다.

"그 다리, 누가 그랬지?"

갑작스러운 물음에 길용은 퍼뜩 잠에서 깨어난 사람처럼 몸을 움찔거렸다.

"저, 그러니까…… 같은 반……."

길용은 주눅 든 표정으로 떠듬떠듬 말을 잇기 시작했다.

"같은 반 애가 그랬다는 얘기군."

마녀가 대신 말을 받았다.

"네."

"심하게 괴롭히나? 죽이고 싶을 만큼?"

"네."

"그럼 어떻게 해줄까?"

"네."

이번에도 길용은 자동적으로 대답했다. 그러다 깜짝 놀라 다시 반문했다.

"네?"

답답하다는 듯 마녀가 팔짱을 끼고 한쪽 발을 바닥에 딱딱, 신경질적으로 두드렸다.

"널 괴롭힌 애를 어떻게 해줄까, 이 말이야. 개구리로 만들어서 네 호주머니에 넣고 다니게 해줄 수도 있고, 역할을 바꿔서 네가 개를 괴롭히게 해줄 수도 있어. 네가 개 때문에 겪었던 고통을 똑같이 돌려줄 수 있다는 얘기지."

"저주를 걸 수 있다는 말씀이신가요?"

"그렇지. 똑똑하네. 공부는 꽤 잘하겠어."

길용은 대답하지 않았다.

"아닌가 보네."

마녀는 아무렴 어떠냐는 식으로 어깨를 가볍게 으쓱였다.

"어쨌든 너를 괴롭힌 애한테 고통을 안겨주면 되는 거지?"

마녀가 진리를 설파하는 교주처럼 확신에 찬 어조로 말했다. 감히 그 말에 토를 달 엄두를 내지 못한 길용은 '그게 아닌데…….' 하면서 눈을 몇 번 깜박였다.

"빨리 선택해. 우린 바쁜 사람이야."

"제 소원은……."

마녀의 재촉에 길용이 소원을 말하려는 찰나, 부드러운 손길이 길용의 어깨에 내려앉았다. 위를 올려다보니 여자가 미소 띤 얼굴로 길용을 내려다보고 있었다.

"나랑 잠깐 얘기 좀 할까?"

둘은 식당 앞 디딤돌에 나란히 걸터앉았다. 거리는 진하게 내린 커피처럼 짙은 어둠에 잠겨 있었다. 몇몇 창문에 불이 켜져 있었지만 인적은 없었다. 바람이 차가웠다. 숨을 내쉬면 하얀 입김이 흘러나왔고 바싹 마른 나뭇잎 하나가 바람에 굴러와 발치에서 나뒹굴었다.

"이름이 뭐야?"

여자가 물었다.

"길용이요. 이길용."

"난 지니라고 해."

길용이 눈을 동그랗게 뜨고 그녀를 바라보았다.

"램프의 요정 '지니', 할 때 '지니'요? 그럼 누나도 요정인 거예요?"

여자는 '얘, 과연 정상일까?' 하는 눈빛으로 길용을 바라보았다.

"아니, '지니'가 아니라 진선미 할 때 '진'이야."

길용은 "아하"라고 말하며 고개를 끄덕였다. 어쨌든 발음은 '지니'였다. 나중에 알게 된 사실이지만, 램프의 요정 '지니'를 '진'이라고 부르기도 한단다.

어디선가 고양이 한 마리가 슬그머니 그들 쪽으로 다가왔다. 눈은 초록색으로 빛나고 몸은 온통 검은색인 고양이였다.

"아, 깜짝이야!"

고양이가 다가오는 줄도 몰랐던 길용은 놀라 몸을 움찔거렸다. 하지만 진 누나는 놀라기는커녕 태연하게 고양이의 머리를 살살 쓰다듬어주었다. 고양이가 그녀의 바지에 머리를 비볐다.

"고양이가 누나를 좋아하네요. 여기서 키우는 고양이에요? 아까 보니까 사료도 있던데."

"아니, 오늘 처음 본 고양이야. 고양이를 만진 것도 오늘이 처음이고."

길용이 "와, 신기하네." 하면서 고양이를 향해 손을 뻗었다. 고양이는 귀찮다는 듯이 앞발을 들어 길용의 손을 쳐 냈다. 길용이 "도도한 매력이 있네요." 하면서 민망한 웃음을 지었다. 진이 손가락으로 고양이의 콧등을 살짝 튕기자, 고양이는 잘못했다는 듯이 머리를 숙이고 배를 바닥에 깔았다.

"길용아, 너 혹시 귀신을 본 적 있어?"

웬 뜬금없는 소리인가 싶어 길용이 눈을 깜박이다 고개를 저었다.

"난 본 적 있어. 영화를 보면 사람들이 귀신을 보자마자 비명을 지르잖아, 근데 그거 다 뻥이다. 실제로 귀신을 마주하면 정말 아무 소리도 안 나와. 숨도 안 쉬어져. 정말 정말 무서워서 그 자리에 얼어붙고 말아."

길용은 잠자코 진의 말을 듣고 있었다.

"이건 내가 진짜로 귀신을 보았던 얘기야. 이놈의 마녀식당을 열게 된 계기와 관련된 것이기도 하고. 어때, 한번 들어볼래?"

길용이 힘차게 고개를 끄덕이며 "네." 하고 대답했다. 진도 고개를 끄덕여주었다.

"불과 몇 달 전 일이야. 나는 평범한 직장인이었어. 그런데 어느 날…….”

진은 진미식당이란 곳에서부터 이야기를 시작했다.

“……그렇게 모든 것이 무너지려는 순간, 마녀가 나타난 거야. 마녀는 식당을 빌려 쓰는 대가로 내 소원을 한 가지 들어주겠다고 했어. 나는 두 번 생각도 않고 우리를 이 지경으로 만든 경희 아줌마에게 복수를 하고 싶다고 했지.”

“그래서 어떻게 됐어요? 복수는 성공했어요?”

진이 길용의 두 눈을 가만히 들여다보았다. 그러고는 은밀한 비밀을 전수하듯 낮게 깔린 목소리로 말했다.

“물론이야. 내가 장담할 수 있는 건, 마녀의 요리는 백 퍼센트의 효력을 발휘한다는 거야.”

“그럼 잘된 일 아닌가요? 통쾌하게 복수도 하고 근사한 새 식당도 열고, 일석이조잖아요.”

진이 후후, 자조적인 웃음을 내뱉었다.

“글쎄, 과연 그럴까.”

진은 한 박자 쉬었다가 이야기를 이어나갔다.

“물론 복수는 성공했어. 지난여름에 유난히 물난리가 많았던 것 기억하지? 그때, 이 동네에도 피해가 좀 있었어. 경희 아줌마는…… 그 물난리 때 감전사로 세상을 떠났어. 난 그때 보았던 붉게 물든 아줌마의 두 눈을 절대 잊지 못할 거야."

"그 아줌마의 눈을 봤어요?"

"응. 봤어. 똑똑히. 그런데 그게 마지막이 아니었어."

이제부터 진짜 중요한 이야기가 시작되고 있었다.

"그로부터 사흘이 지난 밤이었을 거야. 아니면 나흘째였을 수도 있겠다. 나는 며칠째 잠을 못 이루고 있었어. 생각해 봐, 내가 얼마나 괴로웠을지. 복수를 원하긴 했지만 아줌마가 죽기를 원한 건 아니었으니까. 난 그때까지만 해도 마법의 결과가 꼭 내가 원하는 방향대로, 내가 예상했던 방식으로 이루어지는 건 아니라는 사실을 몰랐거든. 그러다 어느 순간 깜박 잠이 들었던 모양이야. 뭔가가 가슴을 짓누르는 듯한 기분에 잠이 깼어. 꼭 거대한 얼음 조각을 가슴 위에 올려놓은 것 같더라고. 그런데 있지, 왠지 눈을 뜨면 안 될 것 같은 예감이 드는 거야. 눈을 뜨면 눈앞에 뭔가 봐서는 안 될 것이 있을 것만 같은 예감, 바로 그런 무서운 예감 때문에 나는 다시 잠들지도 못하고, 그렇다고 눈을 뜨지도 못하고 벌벌 떨고 있었지."

"그래서요?"

"그런데 사람이라는 게, 무서우면서도 너무 궁금한 거야. 나는 결국 호기심을 이기지 못하고 눈을 뜨고 말았어."

진은 입으로 길게 숨을 내뱉었다가 길게 들이마셨다. 미간을 찌푸리고 먼 곳 어딘가를 바라보았다. 발치에 있던 고양이가 불안한지 야옹야옹 울어댔다.

"눈을 떴을 때, 내 앞에 경희 아줌마가 있었어."

길용의 입이 떡 벌어졌다. 놀라 휘둥그레진 눈으로 진을 바라보았다.

"그 아줌마는 죽었다면서요."

"응, 경희 아줌마는 분명 죽었어. 그러니까 그때 내 가슴을 누르고 있던 경희 아줌마는……."

"아줌마의 원혼이었군요."

"그래, 그렇게 말할 수 있겠다. 경희 아줌마의 원혼이 내 앞에 나타난 거야. 아줌마는 머리를 산발한 채로 내 가슴팍에 앉아 나를 내려다보고 있었어. 푸른 기가 도는 창백한 얼굴에 부릅뜬 두 눈. 두 눈은 마지막 모습 그대로 붉은 핏줄이 거미줄처럼 엉켜 있었어. 마치 피에 물든 것처럼……."

"정말 무서웠겠어요."

길용은 소름이 돋아 몸을 부르르 떨었다.

"무엇보다 무서웠던 건 아줌마의 공허한 눈빛과 표정이었어. 차라리 나에 대한 원망과 분노를 표현했다면 조금은 덜 무서웠을지도 몰라. 아줌마는 나에게 할 말이 있는지 입을 벌렸어. 나도 입을 벌렸지. 비명을 지르려고 했거든. 그런데 비명은커녕 작은 신음 소리 하나 낼 수가 없더라. 아줌마는 계속 입을 벌린 채 나를 내려다보았어. 나는 눈을 감을 수도 없었어. 눈을 감으면 아줌마의 입이 나를 삼켜버릴 것만 같아서 무서웠거든. 그렇게 나는 동이 틀 때까지 아줌마의 원혼 밑에 깔려 있어야 했지."

길용이 주먹을 불끈 쥐고 말했다.

"그놈의 귀신인지 원혼인지, 제 눈앞에 나타나면 제가 아주 혼쭐을 내줄 텐데요!"

진이 소리 내어 웃으며 자신의 어깨를 길용의 어깨에 톡 하니 부딪쳤다.

"아이고, 말이라도 감사합니다."

진의 터치에 길용의 온몸이 빳빳하게 굳어버렸다. 이대로 석고상이 되어버리는 게 아닐까 걱정이 될 정도로. 심장이 심하게 나대는 통에 그 박동 소리가 진의 귀에 들리지는 않을까 걱정이 된 길용은 소리를 지우려 얼른 큰 소리로 이렇게 물었다.

"근데 그거…… 꿈이 아니었어요?"

진이 어깨를 으쓱였다.

"꿈? 글쎄…… 나도 아침에 일어났을 땐 간밤의 일이 꿈이라고 생각했어. 극심한 오한을 느끼긴 했지만, 가슴에 푸른 멍이 들긴 했지만 대수롭지 않게 넘겼지. 그런데 다음 날 밤에도, 그다음 날 밤에도, 아줌마는 계속 내게 나타났어."

"꿈이 아니었군요."

진은 고개를 끄덕였다.

"응. 난 꿈이 아니었다고 확신해. 어쩌면 그건 내 죄책감이 만들어낸 환영이었을지도 몰라. 하지만 그게 뭐 그리 중요하겠어. 내가 밤에 잠도 못 이룰 정도로 무서웠단 게 중요하지, 안 그래?"

"그렇죠."

길용이 맞장구를 치는 동시에 고양이가 몸을 일으켜 어둠 속으로 사라졌다. 너희들 얘기는 지루해, 라고 말하는 듯한 뒷모습이었다.

"그 후에는 어떻게 됐어요?"

"마녀에게 마법의 약을 하나 얻어먹었지. 덕분에 난 '마녀 식당'의 주인에서 마녀의 조수로 전락하게 된 거고."

길용이 안타까움이 그득 담긴 눈으로 진을 바라보았다.

"길용아, 내가 하려는 말을 이해하겠어?"

길용은 고개를 끄덕였다.

"복수를 하려거든 원혼에 시달릴 각오를 해야 한다, 이 말씀이신 거죠?"

바라던 대답은 아니었는지 진이 고개를 갸우뚱거렸지만 곧 웃으며 말했다.

"그렇다고 볼 수 있지. 똑똑하네."

그러고는 아까 고양이에게 향했던 것보다는 조금 더 상냥한 눈길로 길용을 바라보았다. 길용의 온몸이 깃털 더미 속에 빠진 것처럼 간질거리고 지독한 독감에 걸린 것처럼 확 달아올랐다.

"그럼 다시 물을게. 원혼에 시달릴 각오를 하고서라도 복수를 원하는 거야?"

길용은 입술을 깨물었다. 그녀가 왜 이런 얘기를 꺼냈는지 모르지 않았다. 복수란 나를 향한 화살이 될 수도 있다는 경고 혹은 조언을 해주는 것이리라. 그러나 지금 그녀는 단단히 오해를 하고 있었다. 문제는 그 오해를 풀어주기가 곤란하다는 것. 그리하여 길용은 이런 마음에도 없는 엉뚱한 말을 내뱉고 말았다.

"그렇지만 세상엔 권선징악도 필요하잖아요. 주호 같은 녀석이, 저를 괴롭힌 애 이름이 주호예요, 아무 벌도 받지 않는 건 너무 불공평해요. 개구리로 변하게 하는 것까지는 아니더라도 약간 골려주는 건 괜찮지 않을까요?"

"뭐, 네가 정 원한다면. 하지만 내가 아까 말했듯이, 아무리 작은 마법이라도 대가를 치러야 한다는 거 명심해."

길용은 물론이라고 대답하면서 질문을 던졌다.

"누나, 제발 진실을 말해주세요. 누나에게 나타난 원혼 얘기, 정말이에요? 아니죠? 저 때문에 지어내신 얘기죠?"

진은 끝까지 대답하지 않았다.

먼저 자리에서 일어난 진이 툭툭 엉덩이에 묻은 먼지를 털어내고는 길용에게 손을 내밀었다.

"자, 그만 들어가자. 어떤 소원을 빌든 선택은 자신의 몫이야. 그에 따른 책임도 자신의 몫이고."

길용은 고개를 끄덕였다. 대가를 치를 각오도, 책임을 질 각오도 되어 있었다.

길용은 진이 내민 손을 잡기 위해 팔을 뻗었다.

운명의 장난처럼 때마침 그녀의 앞치마에서 휴대폰 벨소리가 울렸다. 불길하고도 경박한 음악 소리가 어둠을 갈랐다.

"여보세요?"

진은 길용에게 내밀었던 손을 거두고는 그 손으로 전화를 받았다.

◆

"여보세요? 지금 안 바빠요? 통화할 수 있어요?"

휴대폰 저편에서 남자의 목소리가 흘러나왔다.

"잠깐 괜찮아요. 그런데 왜 전화했어요?"

너무 좋은 나머지 몸을 비비 꼬면서도 진의 말투는 무척이나 새침했다.

"왜 전화하긴요, 목소리 듣고 싶어서 전화했죠."

한밤의 라디오 DJ처럼 감미로운 목소리의 주인공, 그의 이름은 탐 킴이었다. 탐 킴. 이름에서 유추할 수 있다시피 그는 유학파 칼럼니스트였다. 주요 전문 분야는 문화와 연애. 특히 연애 분야에서 유명세를 타고 있었고, 지금껏 쓴 칼럼보다 출연한 방송이 더 많은, 나름 케이블 방송계의 떠오르는 '핫가이'였다.

그런 탐을 처음 만난 건 마녀식당에서 집으로 향하던 새벽녘이었다. 정확히는 사랑의 'Hot, Hot Chocolate'을 먹은 손님이 방문한 날이었다. 그와 부딪혀 코피를 쏟았던 진은 그에게 명함을 받았고, 명함에 적힌 이름과 칼럼니스트라는 직업을 보고 난 후에야 그가 누구인지 확실하게 알 수 있었다.

잘생긴 외모로 여심을 사로잡고 있는 인기 칼럼니스트 겸 방송인. TV를 자주 보지는 않았지만 채널을 돌리다가 몇 번

본 적이 있었다. 눈을 가느다란 새우 모양으로 만들며 웃는 모습이 꽤 매력적이던 남자. 진은 다소 건방지고 허세기가 다분하지만 언변 하나만큼은 끝내주던 사람으로 그를 기억했다.

진은 집으로 돌아와 인터넷 검색을 통해 얻은 지식으로 지혈을 했다. 코피는 다행히도 곧 멈췄다. 혹시 몰라 병원에 가 검사를 했지만 코뼈가 부러지거나 금이 가지는 않았다. 병원비는 청구하기에 애매하게 나왔다. 객관적으로 생각했을 때 쌍방과실이었으므로 진은 명함의 주인공에게 연락할 생각이 애초에는 없었다. 만약 '그 사진'을 보지 않았더라면 아마 그에게 끝까지 연락할 일은 없었을 것이다.

그러니까 진으로 하여금 탐에게 연락을 하게 한 그 사진은 순전히 우연히 '목격'되었다. 맹세컨대 그럴 의도는 전혀 없었다. 헤어진 옛 남자친구의 근황이 담긴 사진을 찾아볼 의도 말이다. 진은 뼈에 문제는 없다지만 시퍼렇게 멍든 코 때문에 인터넷 검색을 하고 있었다. 그러다가 아주 약간의 호기심이 생겨 탐이라는 칼럼니스트에 관한 정보를 찾아 들여다보게 되었고, 또 그러다가 연애와 결혼을 주제로 한 어떤 블로그에서 글 하나를 클릭하게 되었고, 그러다 마침내 그 사진을 보게 되었다.

헤어진 남자친구의 결혼 사진.

정확히는 스튜디오 사진이었다. 한쪽 무릎을 꿇고 신부에게 꽃을 바치는 신랑과 수줍게 꽃을 받아드는 신부의 모습이 담긴 사진. 뒤로 난 커다란 창문에서는 뽀얗게 부서지는 빛이 비쳐 들어오고 있었다. 게시 날짜는 지금으로부터 두 달 전이었고, 게시자는 그들의 결혼식을 맡은 웨딩 플래너였다.

진은 한동안 말없이 사진을 들여다보았다. 거기에서 멈췄어야 했는데. 그래봤자 좋을 게 하나도 없다는 것을 알면서도 그녀의 손은 움직이고 있었다. 클릭 몇 번 만에 이 결혼에 관한 정보가 '홍수'처럼 밀려 들어왔다. 결혼식은 한 달 후였고, 예비 신부는 서울 소재 유명 사립대 출신의 약사였다. 신부의 취미가 여행이라는, 유럽을 특히 좋아하며, 명품을 '겟'한 후기를 쓰길 좋아한다는 것도 클릭 몇 번으로 알아냈다. 그리고 그들이 사귄 지 일 년이 막 넘었다는 것도, 결코 알고 싶지 않지만, 알게 되었다. 일주년을 맞아 호텔에서 저녁 식사를 한 사진이 떡하니 올라와 있던 것이다. 진이 그와 헤어진 지 겨우 반년 남짓이라는 것을 감안하면, 그 자리에서 바로 쓰러지지 않은 게 용한 일이었다.

진은 이 엄청난 충격에 앓아눕는 대신 탐의 전화번호를 누르는 것으로 화답했다. 마음속에 어떤 오기 같은 것이 불끈 솟아나 번호를 누르는 손가락에 용기를 심어주고 있었다.

전화가 연결되자마자 진은 대뜸 이렇게 말했다.

"제 코 책임지세요."

잠깐 동안 말이 없던 상대는 쿡쿡 웃음을 터뜨리더니 사뭇 진지한 말투로 대답했다.

"얼마든지 책임질게요. 이번 토요일에 시간 괜찮아요?"

그런 인연으로 탐과 데이트를 시작한 지 한 달이 조금 넘어가고 있는 현재. 진은 탐에게 흠뻑 빠져 있었고 관계는 급속도로 진전되어 갔다. 쉽게 사랑에 빠진 적이 없던 진의 연애사에 비추어볼 때, 탐과의 연애 속도는 매우 이례적인 것이었다. 가끔은, 아주 가끔은, 혹 그날 먹었던 'Hot, Hot Chocolate'의 효과로 탐과 사랑에 빠진 것은 아닐까 의심이 들기도 했다. 하지만 이미 사랑의 달콤함에 중독된 진에게 그건 그다지 중요한 사항이 아니었다.

탐이 말했다.

"밤에 일하느라고 힘들지 않아요?"

"이제 익숙해져서 괜찮아요."

탐에게는 야간에만 여는 식당에서 일하고 있다고 이야기해 두었다. 언젠가는 마녀식당의 비밀을 밝혀야겠지만, 지금은 때가 아니었다. 섣부른 고백으로 관계를 망치고 싶지는 않았다.

"초밥 좋아하죠? 내가 내일 맛있는 초밥 포장해서 집으로 갈게요."

"알았어요. 기다릴게요."

진이 최대한 담담한 목소리로 가장하여 대답했다.

"그럼 이따 봐요."

탐이 전화기에 대고 쪽 키스를 날린 후 전화를 끊었다. 진은 전화를 끊자마자 만세를 부르며 춤을 추었다. '달밤의 체조'라는 말이 딱 어울리는 행태였다.

통화를 끝낸 진이 식당으로 들어왔을 때 길용은 테이블에 앉아 경건한 자세로 손을 무릎 위에 가지런히 올려놓고 있었다. 마녀는 보이지 않았다. 주방으로 들어가니 마녀는 한창 요리 중에 있었다.

(무쇠솥이 아닌) 속이 깊은 냄비에는 밀가루를 묻힌 큼직한 소고기와 알록달록한 색깔의 야채들, 당근, 양파, 피망, 양송이, 브로콜리, 감자, 양배추 등이 가득 들어 있었다. 기름 위에서 달달 볶아지는 고기와 야채들의 향연. 한여름의 빗줄기처럼 시원한 소리를 내며 익어가는 재료들에서는 벌써부터 고소하고 향긋한 냄새가 풍겼다. 그 옆에는 껍질 벗긴 토마토와 수제 홀토마토, 토마토 페이스트가 다음 차례를 기다리고 있었다.

"마늘 으깬 거랑, 허브 좀 가져와."

진은 마녀의 말이 떨어지기가 무섭게 그 자리에서 바로 마늘을 으깨 냄비 속에 넣었다.

"허브는 어떤 걸로 가져올까요?"

"바질이랑 월계수, 로즈메리, 말린 쑥 조금, 맨드레이크 잎도 하나만 따 와. 그것 말고도 네가 원하는 것으로 몇 가지 더 가져와도 돼."

진은 허브를 올려두는 선반에서 마녀가 이야기한 종류를 챙긴 다음, 홀에 있는 맨드레이크 화초에서 재빨리 잎을 하나 땄다. 심술이 난 듯, 맨드레이크는 귀를 울리는 날카로운 소리를 냈지만 진은 "미안"이라고 말하고는 주방 안으로 도망치듯 들어와버렸다. 그 모습을 길용은 신기한 듯 쳐다보고 있었다.

마녀가 맨드레이크 잎을 잘게 찢어 넣으며 설명했다.

"쑥은 설사나 복통에 잘 들어. 맨드레이크는 만능약이라 할 수 있고."

진은 "그렇군요"라고 대답한 다음, 왜 약용 효과가 있는 재료를 넣는 것이냐고 물었다.

"저 꼬마 손님, 오늘 속이 좀 불편했을 거야. 배를 든든히 채워주면서도 위에 부담을 주지 않는 요리가 필요해. 이 토마토 수프는 야채가 가득 들어 있어서 영양도 만점이지."

마녀가 그리 말한다면 그런 거였다. 진은 토를 달지 않고 몇 가지 허브를 더 추가했다. 애플민트와 딜, 타임이 잘 어울릴 것 같았다. 애플민트는 향이 좋아 진이 좋아하는 허브 중 하나였다. 딜은 위장에 좋은 허브였고, 타임 또한 소화를 도왔다.

몇 분이 흐르고, 이제 냄비 속의 재료들은 갈색의 캐러멜 빛깔을 덧입고 속까지 푹 익어 있었다. 마녀는 여기에 토마토들을 넣고 케첩과 우스터 소스를 약간 첨가했다. 그런 다음 '이걸 다 넣어도 괜찮아?' 싶을 정도로 엄청난 양의 버터를 투하했다. 무시무시한 칼로리가 짐작되고도 남았지만 맛은 기가 막힐 터였다.

잠시 뒤, 토마토가 흐물흐물해지자 마녀는 냄비에 물을 붓고 비프 스톡을 넣었다. 보글보글 주홍빛으로 끓고 있는 토마토 수프. 마지막으로 여기에 소금 약간을 뿌리고 주걱으로 휘휘 저은 다음 불을 껐다.

'뭔가 빠졌는데…….'

검은색 볼에 국자로 붉은 수프를 퍼 담는 마녀를 보며 진은 뭔가 허전하다는 생각을 했다. 그게 무엇인지 알아차린 것은 수프가 길용 앞에 놓이고 난 뒤였다.

"이루고자 하는 소원을 머릿속에 떠올리면서 먹어요."

진은 손님에게 하는 당부를 잊지 않고 말해준 다음 마녀에게 살며시 다가가 물었다.

"마녀님, 저건 어떤 마법의 요리죠?"

"뻔하잖아. 아까 저 꼬마 손님이 주문한 거……."

마녀가 말끝을 얼버무렸다. "괴롭히는 친구에게 되갚아주는, 그런 건가요?"

"응, 응, 맞아."

"그런데 제가 먹었던 스테이크는 아니네요. 저주를 내리는 요리는 피가 뚝뚝 흐르는 스테이크잖아요. 저건 다른 마법인가요?"

"그래, 그래. 저건 말이지…… 상대의 손에 물갈퀴가 자라게 하는 마법의 요리야."

"그런 마법도 있어요?"

"마법은 언제나 상상초월이지."

"그건 그렇고 주문은 왜 안 외우셨어요? 그리고 재료도 너무 평범했는데요."

"네가 안 볼 때 외웠어."

"언제요?"

"거참, 너는 왜 오늘따라 자꾸 꼬치꼬치 캐물어? 평소에도 좀 이렇게 열의를 가져봐라."

마녀는 짜증을 부리며 주방으로 사라져버렸다. 암만해도 수상했지만 쫓아 들어가 물어본들 말해줄 마녀가 아니란 것을 알고 있었다. 진은 여전히 찝찝한 기분으로 길용을 바라보았다. 허겁지겁, 오래 굶은 사람처럼 수프를 퍼먹는 모습을 보고 있자니 왠지 마음이 짠해져왔다.

◆

수프는 새콤하면서도 고소했다. 진하고 무게감 있는 국물에 싱그러운 야채의 향기. 주홍빛이 감도는 붉은색의 토마토 수프는 이 두 가지가 어우러져 아무리 먹어도 질리지 않을 다채로운 맛을 냈다.

'이건 고기, 이건 피망, 이건 토마토구나.'

붉은 국물 안에는 재료들이 넉넉하다 못해 넘칠 정도로 충분히 들어 있었고, 각각의 재료들은 씹으면 무엇인지 알 수 있을 만큼의 식감은 살아 있으면서도, 순식간에 뭉개질 정도로 푹 익혀져 위에 전혀 부담을 주지 않았다. 평소 야채라면 질색하는 길용이었으나 이 수프 속 야채들은 고기보다도 강한 감칠맛이 느껴졌다.

길용은 허겁지겁, 거의 마시다시피 수프 한 그릇을 뚝딱 해치웠다. 뜨끈한 기운이 배 속을 꽉 채우고 온몸 곳곳으로 따스한 온기를 전달했다. 한차례 전쟁을 치렀던 길용의 장속에 비로소 평화와 안녕이 깃드는 듯했다.

"소원을 빌면서 먹었어?"

길용이 수프를 먹는 모습을 흐뭇하게 바라보던 진이 물었다.

아차차. 너무 배가 고픈 나머지 먹는 데에만 집중해버렸다. 이를 어쩐다. 먹었던 것을 게워낼 수도 없고…… 낭패감에 울상을 짓고 있으려니 마녀가 수프 한 그릇을 더 내왔다. 이번엔 수프 옆에 흰 밥도 한 그릇 놓여 있었다.

"빵도 어울리지만 밥과도 괜찮아. 아직은 속이 불편할 테니 빵보다 밥이 나을 거야. 수프에 밥을 말아도 좋아."

마녀가 말했다.

"잘 먹겠습니다."

골골거렸던 위는 진정이 됐지만 배고픔은 완전히 채우지 못했던 길용은 기쁜 마음으로 두 번째 수프를 맞이했다. 문득 자신의 속이 불편했던 걸 마녀가 어떻게 알았을까 궁금했으나 수프가 입에 들어가는 순간 세상 모든 잡념은 수프 속에 녹아들고 말았다.

밥 한 술, 수프 한 술. 과연 마녀의 말대로 수프는 밥과도 잘 어울렸다. 길용이 막 수프에 밥을 말려 할 때, 진이 말했다.

"이번엔 소원을 비는 것, 잊지 마."

명심하겠나이다. 길용은 정신을 똑바로 차리고 마음속으로 간절히 소원을 빌었다.

'비나이다. 비나이다. (이렇게 하는 것이 맞겠지?) 천지신명께 비나이다. (이게 아닌가?) 제가 진이 누나 곁에 평생 머물게 해주세요. 곁에서 누나를 지켜주고 싶습니다. 누나에게 멋진 남자가 되고 싶습니다. (이게 맞나? 왠지 불안한데)'

길용은 몇 번이고 기도하듯 소원을 빌며 수프를 먹었다.

여기서 잠깐, 길용의 소원이 아무래도 좀 이상하지 않은가? 눈치 빠른 당신이라면 벌써 알아차렸겠지만, 그렇지 못한 이들을 위해 잠시 시간을 거슬러 올라가는 게 좋을 것 같다.

약 한 시간 전, 길용은 진과 함께 식당 밖에 앉아 있었다. 하지만 전화벨이 울리고 진은 길용에게 내밀었던 손을 거두고는 그 손으로 전화를 받았다. "여보세요?" 원래도 상냥했지만 만 배는 더 상냥해진 목소리였다. 밤의 고요 속에서 통화 소리가 길용의 귀에까지 들렸다. 남자라는 건 확실했고, 미소 띤 진의 얼굴로 미루어볼 때 목소리의 주인이 남자친구라는 것 또한 분명히 알 수 있었다.

'그래, 당연히 있겠지. 누나처럼 완벽한 여자를 남자들이 그냥 둘 리가 없잖아.'

길용의 기분이 급속도로 저하됐다. 길용은 일어나 식당 안으로 들어갔다. 마녀에게 긴히 할 말이 있었다.

안에서는 마녀가 벽 앞에 쪼그리고 앉아 화초에 물을 주고 있었다. 물은 붉은색을 띠고 있었다. 물에 피를 몇 방울 떨어뜨린 것 같은 색깔이었다. 마녀는 화초의 잎사귀를 어루만지며 뭐라고 중얼거렸다. 꼭 화초와 대화를 나누는 것처럼 보였다.

'우리 할머니도 꽃이랑 나무랑 종종 대화하시곤 했는데. 돌아가시기 직전엔 허공에 대고 혼잣말을 하시기도 했고 말이야.'

길용은 그렇게 생각하며 마녀에게 다가갔다. 고개를 돌려 밖을 살폈다. 진은 여전히 통화에 정신이 팔려 있었다. 뭐가 좋은지 손가락으로 머리칼을 비비 꼬며 계속 웃고 있었다. 온몸에 맥이 쭉 빠지는 것이, 낮에 교실에서 '그 일'이 벌어졌을 때 느껴졌던 힘이 쫙 풀리는 느낌과 무척 비슷했다.

"그래서, 결정했니?"

마녀가 일어서며 물었다. 손에 묻은 붉은 물이 피처럼 보였다. 마녀가 막 짐승의 내장을 갈라 뜨거운 김이 피어오르는 심장을 꺼내 의기양양 들고 있는 장면이 현재의 광경과 오버랩됐다. 지나친 상상일 테지만 길용은 자기도 모르게 뒤로 한 발자국 물러섰다.

"네. 결정했어요."

마녀가 눈썹을 추켜세우며 씩 웃었다. 웃는 표정인데도 길용은 심장이 오그라들고 오금이 저렸다. 문득 길용은 마녀와 진이 누나가 닮았다는 데 생각이 미쳤다.

"개구리가 좋을까나? 아니면 엉덩이에 꼬리를 붙여줄까나? 말만 해. 네가 원하는 대로 그 녀석을 혼내줄 테니. 대신 대가는……."

신나게 혼잣말하는 마녀의 말을 길용이 중간에 잘랐다.

"그게 아니에요."

마녀는 길용이 말을 잘라먹자 언짢은 기색을 노골적으로 드러냈지만 별다른 말은 하지 않았다.

"제 소원은……."

길용이 숨을 크게 내쉬고는 입을 열었다.

"제 소원은…… 영원히 누나 곁에 머물면서 누나를 지켜주는 것이에요."

또박또박 한 글자 한 글자에 힘을 실었다. 소원을 말해보라고 재촉하는 진에게는 차마 할 수 없었던 말, 이곳이 마법의 식당이라는 것을 알게 된 직후부터 마음에 품은 유일한 소원이었다.

마녀는 흥미롭다는 듯 입을 쭉 내밀고 입꼬리를 아래로 내려뜨렸다. 그러고는 두어 번 짧게 고개를 끄덕거렸다.

"그래, 알았어."

그걸로 끝이었다. 좀 더 극적인 반응을 예상했던 길용은 김이 빠진 사이다를 마신 듯한 기분이 들었다.

"대가로는 뭘 드리면 될까요?"

길용이 초조한 마음으로 물었다.

'설마 내 목소리를 달라고 하는 건 아니겠지? 왕자 곁에 가기 위해 마녀에게 목소리를 바친 인어공주 이야기처럼 말이야.'

마녀가 말했다.

"너."

"네?"

길용이 되물었다.

"너. 대가가 '너'라고. 마침 일꾼이 하나 더 필요하던 참이었어. 네 소원을 이루어줄 요리를 만들어줄게. 대신 너는 이곳 마녀식당의 노예가 되는 거야."

"네, 그렇군요."

멍청히 대답부터 한 길용은 삼 초쯤 지난 후에 '노예'라는 단어의 의미를 깨닫고는 놀라 외쳤다.

"네? 뭐라고요? 노예요?"

목소리가 컸던지 밖에서 통화 중이던 진이 식당 안을 기웃거렸다. 길용은 목소리를 낮추었다.

"그럼 저는 소금만 넣은 주먹밥만 먹으면서 소처럼 일해야 하는 건가요? 마녀님 기분이 안 좋을 때는 채찍질을 맞아가면서요?"

마녀가 인상을 찌푸렸다.

"너 영화를 너무 많이 봤나 보구나. 그것도 옛날 영화만. 나는 소금 주먹밥보다 맛있는 식사를 제공해줄 거고, 네가 일을 못한다고 해서 채찍을 휘두르지도 않을 거야. 하지만 내가 그래야 한다고 판단하면 너를 악마에게 팔아넘길 수는 있겠지."

마녀의 얼굴에는 웃음기가 없었다. 농담이 아니었다.

"왜, 싫어? 싫음 말고."

마녀는 길용에게서 등을 돌린 채 벽 아래 모여 있는 화초에 물을 마저 주었다. 왠지 저 물의 성분에 피가 포함되어 있을 것 같다는 생각이 들었다. 화분의 흙이 약하게 들썩거렸다. 아기가 젖병을 빨듯 화초의 뿌리가 물을 빨아들이고 있었다. 흙 밑에서 새 울음소리와 비슷한 소리가 약하게 흘러나왔다. 확실히 평범한 화초는 아니었다. 이 식당에서 노예가 되어 일한다면 이런 이상한 일들은 일상이 될 터였다.

하…… 그거 신나겠는걸?

길용이 말했다.

“하겠어요. 누나 곁에 있을 수만 있다면 뭐든 하겠어요.”

마녀가 흡족해하는 얼굴로 말했다.

“꼬마, 그런데 왜 하필 진 곁에 있고 싶다는 소원을 비는 거지? 원한다면 진이 너와 사랑에 빠지게 해줄 수도 있는데.”

길용은 가만히 생각하다 대답했다.

“그런 식으로 누나의 사랑을 얻고 싶진 않아요. 그건 가짜 사랑이니까요. 저는 정정당당하게 누나의 마음을 얻을 거예요. 시간은 걸리겠지만 저는 겨우 열일곱이잖아요? 기다릴 시간은 충분해요.”

마녀가 자리에서 일어나며 말했다.

“그래, 그게 바로 진짜 사랑이지.”

마녀가 손을 내밀었다.

“이걸로 계약은 성립된 거다.”

“네, 좋아요.”

길용이 마녀의 손을 맞잡았다.

길용은 김수현이나 이민호, 아니면 요즘 잘나가는 모델처럼 멋진 외모를 갖게 해달라고 빌 걸 그랬다는 후회를 하기도 했다. 그럼 누나의 마음을 사로잡기가 훨씬 수월해질 텐데. 뭐, 정 필요하다면 그때 가서 또 마녀에게 소원을 빌 생각이었다. 그때는 대가로 뭘 내놓아야 하려나? 걱정은 하지 않았다. 길용은 진을 위해서라면 영혼까지 바칠 각오가 되어 있었다.

◆

마녀식당으로 출근하는 길. 길용은 여느 날과 마찬가지로 전철에 몸을 싣고 멍하니 진 누나 생각을 하고 있었다. 얼굴을 떠올리는 것만으로도 좋아 히죽히죽 웃고 있는데 정차한 역에서 낯익은 교복을 입은 학생들이 우르르 전철 안으로 들어왔다.

"야, 주호 데뷔 무대 봤어? 완전 소름! 아이돌 준비한다는 얘기를 듣긴 했는데 이렇게 빨리 데뷔할 줄은 몰랐어."

"앞에서는 모범생인 척, 뒤로는 호박씨 까는 일진인 건 알지만 솔직히 무대에서는 대박 멋지더라. 팬클럽 생기면 나

바로 가입할 거야."

"저기요, 팬클럽 벌써 생겼거든요. 이렇게 정보가 느려서야. 난 어제 가입했지롱."

학교 아이들이 자신을 알아볼까 고개를 푹 숙이고 있던 길용의 귀에 '주호'란 이름이 날아와 꽂혔다. 길용은 잽싸게 주머니에 있던 휴대폰을 꺼내 검색했다. 포털 사이트에 들어가자마자 주호가 리더로 있는 아이돌 그룹의 기사가 메인에 주르륵 떠 있었다. 주호 특유의 가식적인 미소가 담긴 사진들과 주호를 보며 열광하는 팬들을 보고 있자니 뱃속이 뒤틀리고 심장이 조이듯 아팠다.

'마녀님에게 주호를 괴롭혀 달라는 소원을 빌었어야 했나?'

일 초 동안 이런 후회가 들었지만 곧 지워버렸다. 주호는 더 이상 그의 인생에 아무것도 아닌 존재였다. 아무것도 아닌 존재에게 소중한 소원을 낭비할 수는 없었다. 길용은 진의 얼굴을 떠올렸고 그러자 아팠던 심장이 차츰 편안해졌다. 다시 소원을 빌기 전으로 돌아간대도 길용은 같은 소원을 빌 터였다. 진 누나 덕분에 살아갈 힘을 얻었으니까. 삶을 지탱하는 사랑의 힘은 이렇게 대단했다.

힘을 내요,
영계백숙

한 시간이 지났다. 한 시간 동안, 들어가는 사람도 나오는 사람도 없었다. 길에는 개미 새끼 한 마리 보이지 않았다. 아, 검은 고양이 한 마리가 어슬렁거리기는 하는군. 하지만 셈에 넣지 않아도 되겠지. 윤기는 점퍼 주머니 속에 손을 집어넣었다. 손바닥보다 조금 긴 플라스틱 물체가 만져졌다. 손에서 축축하게 배어나온 땀 때문에 길고 날렵한 물체는 손 안에서 미끄덩거렸다.

전봇대 옆, 불법 주차해놓은 트럭 뒤에 몸을 숨기고 있던 윤기는 자리에서 일어났다. 휘청, 현기증이 일어 전봇대를 잡고 간신히 중심을 잡았다. 장장 네 시간 동안 추위 속에서 쪼그리고 앉아 있던 탓이었다. 아니면 지난 나흘간 초코파이

한 개로 끼니를 때운 탓일 수도 있고. 그것도 아니면 집에서 네 시간 거리를 걸어온 탓일 수도 있었다. 뭐 아무려면 어떤가. 윤기는 주머니 속 물체를 꺼내 들었다. 연보라색 손잡이를 잡고 연보라색 칼집을 벗기자 날카로운 칼날이 몇 미터 앞에 있는 간판 불빛을 받아 번뜩였다.

마녀식당

며칠 동안 이 근방을 돌아다니며 물색해놓은 장소였다. 사실 물색했다는 말은 옳지 않았다. 아르바이트로 사채 광고지를 배포하다가 몇 번 눈에 들어왔던 게 전부니까. 작정을 하고 눈여겨봐두었단 게 아니라는 얘기다. 그저 우연히, 나흘을 굶고(초코파이 하나를 먹긴 했지만) 침대에 힘없이 널브러져 숨만 쉬고 있는데 불현듯 이 식당이 눈앞에 떠올랐을 뿐이었다. 마녀식당이라니, 이름 참 특이하기도 하지. 윤기는 그길로 고시원을 나와 식당으로 걸음을 옮겼다. 고시원 싱크대 서랍에 들어 있던 연보라색 과도를 챙기는 것도 잊지 않았다.

문자 그대로 한 걸음 한 걸음, 걸어서 도착한 마녀식당. 한낮에 출발했건만 도착하니 벌써 어둑어둑 어둠이 내리고 있었다. 걸어서 간 것은 걷기를 좋아해서도, 체중 감량을 위해서도 아닌 단순히 차비가 없기 때문이었다. 이 얼마나 비장미 넘치는 이유인가. 중간에 지쳐 다시 돌아가고 싶었지만 이미 절반 가까이 온 터라 그러지도 못했다. 걸어서 돌아가느니 그냥 가던 대로 가는 게 나았다.

식당 앞에 도착한 윤기는 일단 건너편 트럭 뒤에 몸을 숨기고 식당의 동태를 살폈다. 한 시간 전쯤, 부부로 보이는 남녀 한 쌍이 다녀간 후로는 손님이 전혀 없었다. 예상이 딱 맞아떨어지고 있었다. 심야에만 여는 식당. 예약제라 손님은 드물고 게다가 일하는 사람도 여자 둘뿐이다. 이보다 최적의 장소는 없으리라.

윤기는 주변을 살피며 살금살금 식당을 향해 걸어갔다. 문을 열기 직전, 확인 삼아 좌우를 둘러보니 보이는 것이라고는 깊은 어둠이 전부였다. 심장이 뭍 위로 올라온 물고기처럼 팔딱팔딱 뛰었다. 에라, 모르겠다, 일단 저지르자. 윤기는 문을 박차고 후다닥 안으로 들어갔다.

"손 들어, 꼼짝 마!"

어디서 많이 들어본 대사였다. 목소리를 내는 순간, 위협적인 음성을 내는 법을 연습이라도 할 걸 그랬다는 후회가 밀려 들었다. 안 그래도 미성인 목소리는 마치 유치원 선생님처럼 들렸다. 위협이라고는 반 푼어치도 되지 않을 목소리였다.

"어서……."

앞치마를 맨 젊은 여자가 말하던 입 모양 그대로 얼어붙었다. 눈이 마주쳤다. 그 순간 또다시 복면을 했어야 했다는 뼈아픈 후회가 몰려왔다. 바보 같은 놈. 얼굴을 가려야 한다는 기본 중에 기본도 생각하지 못하다니.

윤기는 불안한 마음을 감추려 휙휙 칼을 휘두르며 좀 더 위협적으로 보이려 노력했다. 그러고는 테이블에 앉아 있는 한 녀석을 발견했다. 부부가 나간 뒤로 손님이 들어가는 건 못 봤는데? 앞치마를 맨 모습을 보니 아르바이트생인 듯했다. 젠장, 여자들만 있는 줄 알았는데, 돌이키기엔 너무 늦어버렸다. 다행히도 녀석은 어려 보였다. 몸집도 윤기보다는 작았다. 녀석이 덤벼도 충분히 제압이 가능하리라.

"있는 것 다 내놔. 현금, 지갑, 현금, 어…… 값나가는 건 다 내놔."

찌르겠다는 위협의 일환으로, 앞뒤로 스텝을 밟으며 칼을 휘둘렀다. 꼭 펜싱 같은 동작이었다. 짧은 칼로 펜싱이라니. 스스로도 웃기는 짓이라 생각했다. 물론 정말로 웃지는 않았다. 윤기는 주머니에서 검은 봉투를 꺼내 여자를 향해 던졌다.

"여기에 담아!"

전봇대 밑에서 굴러다니던 것을 주운 것이었다. 무게감 없는 봉투는 공기를 타고 천천히 바닥으로 내려오다 윤기의 발밑에 떨어졌다.

"젠장!"

당황한 윤기는 허둥지둥 봉투를 주워 여자의 손에 직접 쥐여주었다. 그러다 의도치 않게 칼로 여자의 손을 베고 말았다. 추위에 손이 곱아 움직임이 제어되지 않은 탓이다. 붉은 핏방울이 바닥에 뚝뚝 떨어졌다.

"헉! 아이코, 죄송……."

반사적으로 사과를 하려다 급히 입을 다물었다. 약하게 나가서는 안 된다. 일부러 얼굴을 험악하게 구겼다.

"빨리빨리 담아!"

테이블에 앉아 있던 남자애가 벌떡 일어났다. 덤비려는 건가? 순간 움찔하는데 남자애는 윤기는 거들떠보지도 않고 여자에게로 달려갔다.

"누나, 많이 아파요?"

남자애는 여자의 손을 살피고 윤기를 매섭게 노려본 다음, 몸을 돌려 어디론가 움직이려 했다. 윤기가 다급히 외쳤다.

"무슨 허튼수작을 하는 거야! 너, 그 자리에서 꼼짝 말고 움직이지 마! 그리고 너, 너는 빨리 봉투에다 돈 담아. 피를 더 보고 싶지 않으면 시키는 대로 해, 알았어?"

여자가 고개를 끄덕였다. 눈가가 붉게 물들어 있었다. 어깨가 미세하게 떨리는 게 보였다. 더 늦기 전에 여기서 그만두자는 충동이 일었다. 진심으로 그러고 싶었다. 무릎을 꿇고 사정을 설명하고, 눈물을 흘리며 사죄하면 경찰에는 신고하지 않아줄지도 모른다. 하마터면 정말 그럴 뻔했다. 만약 테이블 위에 놓여 있던 토스트를 보지 않았다면 정말 그럴 뻔했다.

'맛있겠다.'

창자가 뒤틀리듯 배가 고팠다. 제 다리를 뜯어 먹고 싶을 정도로 배가 고팠다. 여기서 그만둔다면 또 얼마 동안 굶어야 할 지 몰랐다. 먹지 못하면 기력이 없어 일도 하지 못한다. 일을 못 하면 빚을 갚을 수가 없다. 빚을 갚지 못하면…… 머리가 어질어질했다.

여자가 안쪽에 있는 좁고 긴 옷장을 열고 주섬주섬 무언가를 꺼냈다. 혹시 휴대폰으로 신고를 할까 봐 가까이 다가가 움직임을 살폈다. 남자애가 앞치마 주머니에 손을 집어넣는 것이 눈에 포착됐다.

"이 새끼, 너 당장 손 안 빼? 내가 보이게 두 손 들고 있어!"

카랑카랑한 목소리가 식당 안을 울렸다. 여자가 검은 봉투에 지갑을 떨어뜨리며 말했다.

"현금은 없어요."

식당에 현금이 없다고? 그게 말이 돼? 또 무슨 수작이냐고 닦달하려는데, 새로운 목소리 하나가 더 등장했다.

"왜 이렇게 시끄러워."

주방으로 보이는 안쪽에서 한 여자가 걸어 나왔다. 굉장히 성가시다는 말투였다.

맞다, 여자가 하나 더 있었지. 왜 그걸 잊었을까. 일이 자꾸 꼬여가고 있었다. 윤기는 왼손으로 봉투를 낚아챘다.

"아주머니, 아니, 아가씨인가? 아니, 아무튼 너, 너도 빨리 지, 지갑 내놔. 그리고 비밀번호, 현금카드 비밀번호도 말해. 거짓말하면 가만 안 둘 줄 알아."

귀찮아 죽겠다는 듯, 어이가 없다는 듯, 새로 등장한 여자가 피식 콧방귀를 뀌었다.

"가만 안 두면 어쩔 건데?"

자신을 얕잡아보는 태도에 윤기의 이성 한 조각이 떨어져 나갔다. 윤기는 왼쪽 팔로 젊은 여자의 목을 휘감고는 오른손에 든 칼을 그녀의 얼굴에 겨누었다.

"빠, 빨리, 시키는 대로 하, 하라고!"

나이 든 여자가 두어 발자국 성큼 앞으로 다가왔다.

"후회할 거다."

소름 끼치도록 낮고도 차가운 목소리였다. 여자는 위협적이면서 동시에 침착했다. 강도 앞에서 내보일 만한 두려움 따위는 보이지 않았다. 두려움을 느낀 것은 오히려 윤기였다. 여자가 한 걸음 더 다가왔다.

"다, 다가오지 마."

그렇게 말하며 칼을 더 바짝 들이대는데 다리에 날카로운 것이 박히는 듯한 통증이 느껴졌다. 반사적으로 아래를 내려다보니 검은 고양이 한 마리가 이빨을 드러내며 '하악질'을 하고 있었다. 깜짝 놀란 윤기는 여자를 끌고 뒷걸음질을 쳤다. 그러다 벽 쪽에 있던 화분이 발에 걸려 넘어지면서 와장창 소리를 내며 깨지고 말았다. 그 소리에 또 놀라 잠시 정신이 팔린 사이, 넓적한 무언가가 얼굴을 강타했다.

비명 소리 한번 내지 못하고 꽈당, 바닥에 그대로 넘어진 윤기. 눈앞에 무수히 많은 별들이 쏟아져 내리고 그 사이로 그와 함께 넘어진 여자가 비틀비틀 일어서는 모습이 시야에 잡혔다. 여자가 일어서며 자신의 배를 팔꿈치로 누르는 바람에 헉, 마른 비명이 터졌다. 까딱하다가는 붙잡히게 생겼다. 윤기는 서둘러 몸을 일으키려다가 무심코 돌린 시야에 누군가, 아니 무언가의 시선이 닿았다.

잔뜩 심통이 난 표정, 오밀조밀 모여 있는 눈 코 입. 통통한 인삼처럼 생긴 그것이 깨진 화분과 흙더미 사이에서 윤기를 쳐다보고 있었다. 내가 이제 헛것을 다 보는구나, 라고 생각하려는 찰나, 그것이 오징어처럼 꾸물꾸물 몸을 비틀며 윤기의 얼굴 쪽으로 다가왔다. 1초, 2초, 3초가 지나기 전에 윤기는 정신을 잃었다.

◆

윤기는 고3 수험생이다. 그런 그에게 아버지가 말한다. 기술을 배워라. 그것만이 살길이다. 그는 말한다. 아버지, 나 공부하고 싶어. 사람이 빵만으로 살 순 없잖아. 그러곤 대학으로 가는 문을 열어젖힌다.

대학생이 된 윤기는 숨이 차다. 다리도 아프다. 쉴 틈은 없다. 일이 고되지 않으면서 최저시급 이상을 챙겨주는 아르바이트를 알아봐야 하기 때문이다. 당연히 그런 일자리가 있을 리 없다. 그럼 어떡해, 닥치고 일은 고되고 최저시급도 안 되는 일이라도 해야지. 이거라도 해야 다음 학기에는 복학도 하고 생활비도 모아놓을 수 있으니까.

어찌어찌 달려 이제는 졸업반이 된 윤기는 벌써부터 녹초가 되어 있다. 내년이면 서른이다. 등록금 모으느라 휴학하고 생활비 버느라 휴학하고 취업할 때까지 졸업을 유예하느라 이 나이가 됐다. 서른이 넘으면 취업시장에서 신입으로는 노땅 중에 노땅이다. 아주 똥줄이 탄다.

그저 그런 4년제 대학 사학과 출신, 애매한 스펙, 서른이 넘은 나이. 그 어디에도 그를 받아주는 곳은 없다. 졸업을 한다. 그와 동시에 학자금대출이며 생활비대출까지 빚만 4천만 원이 그의 손에 쥐어진다. 문득 고고학자라는 어릴 적 꿈이 떠오른다. 고대의 숨겨진 보물을 찾으면 빚 4천쯤은 한 방에 해결될 텐데. 기막힌 아이디어다. 하지만 윤기는 탐험을 떠나는 대신 새벽 인력시장을 향해 떠난다.

시간은 덧없이 흐르고 어느덧 윤기는 검은 정장 차림이다. 내가 드디어 출근을 하나? 기쁨은 금세 사라진다. 그가 있는 곳은 아버지의 빈소다. 팔리지도 않는 군고구마를 영하 20도 날씨에 팔다가 쓰러진 아버지는 영영 깨어나지 못한다. 호강은커녕 외식 한번을 못 해드린 한에 가슴이 미어진다. 너는 나처럼 살지 마라. 기술을 배워라. 아버지가 입버릇처럼 했던 말이 생각난다.

그 정장을 입고 이번에는 정말로 출근을 한다. 신입사원 연수부터 시작이다. 백 명 남짓한 사람들이 강의실에 모여 있다. 영상자료를 보고 난 후, 고급 정장을 쫙 빼입은 남자가 앞에 나와 강의를 시작한다. 다이아몬드 등급이 되면 백만장자가 될 수 있는 기회를 설파하는 그는 거의 종교 지도자에 가깝다. 사람을 널리 이롭게 하라는 홍익인간 정신에 부합하는, 인맥이 곧 재산이라는 네트워크 마케팅의 핵심 전략을 교리를 외우듯 다 같이 따라 외운다.

윤기는 회사를 떠난다. 자의가 아닌 타의다. 투자를 하라는데 돈이 없다. 신용카드라도 만들어서 카드등록을 하라는데 은행에서 카드발급 대상자가 아니란다. 그럼 친구들이라도 데려오란다. 네트워크, 라는 말을 꺼내자마자 친구들이 그를 피한다. 아, 나도 다이아몬드 등급의 백만장자가 될 수 있었는데. 이마저도 운이 안 따라주는구나.

윤기는 검은 정장을 벗고 땀내 나는 작업복을 입고 있다. 공사장에서 잔심부름을 하며 일당을 받는다. 일당은 꽤 쏠쏠하고 함께 일하는 아저씨들한테 가끔 막걸리도 얻어먹는다. 바짝 모아서 다음 달부터는 취업에 전념할 테야. 다음 순간, 윤기는 병실에 누워 있다. 팔다리 골절상. 깁스를 푼 후 그는 신용 불량자로 다시 태어난다.

숨을 한 번 내쉬었다 들이쉬니 이제 그는 관 속에 누워 있다. 아니다, 관 속이 아니라 한 평짜리 고시원이다. 내가 왜 여기 누워 있지? 맞다, 반지하방 보증금을 다 까먹었지. 창문도 없고 욕실도 없고 TV도 없고 냉장고도 없다.

우리 아들 잘 먹어야 기운이 날 텐데, 어디선가 엄마가 나타나 말한다. 잘 먹고 있으니까 걱정 마. 씩씩하게 대답하고는 고민에 빠진다. 엄마 나 사실 배가 너무너무 고파. 나 밥 먹게 10만 원만 빌려줘. 하지만 예순이 넘어서도 파출부 일을 하는 엄마에게 차마 입이 떨어지지 않는다.

배가 고프다. 꿈속에서도 배가 고프다. 희한하네. 참고 참고 참다가 고시원 공용 냉장고에서 누가 먹다 넣어놓은 치킨을 훔쳐 먹는다. 그러고는 밤새 토악질을 한다. 양심이 체한 건지 치킨이 체한 건지 도통 알 수가 없다. 아니면 간만에 기름기가 들어가니 배 속이 놀란 건가?

"아…… 치킨이나 실컷 먹었음 소원이 없겠다."

변기를 끌어안고 윤기는 중얼거린다.

강도질…… 꿈은 이제 현실과 맞물린다.

◆

툭툭, 발을 치는 감각에 눈을 뜨니 얼굴 세 개가 자신을 내려다보고 있었다. 남자 하나, 여자 둘. 밝은 빛은 보이지 않았다. 죽은 건 아니군. 윤기는 몸을 일으키려 했으나 꼼짝도 할 수 없었다. 묶여 있는 건가? 아니었다. 그냥 힘이 빠져 일어날 기운도 없는 것뿐이었다. 남자애가 손을 뻗었다. 그 손을 잡고 상체를 일으켰다. 누가 시키지도 않았는데 자연스레 무릎이 꿇어졌다.

"죄송합니다. 죽을죄를 졌습니다."

아무도, 아무 말도 하지 않았다. 식당 안을 울리는 것은 윤기의 메마른 목소리뿐이었다.

"나홀을 굶었습니다. 순간 눈이 뒤집혀 이성을 잃었습니다."

윤기는 절을 하듯 허리를 숙이고 머리를 숙였다.

"죄송합니다. 죄송합니다. 감히 선처는 바라지도 않겠습니다. 죄송합니다."

계속해서 정적만이 흘렀다. 윤기는 잠시 후면 경찰차 사이렌 소리가 들릴 것이라 예상했다. 고시원에서 치킨을 훔쳐 먹은 것도 죄에 포함될까? 아마도 그럴 것이다. 남의 것을 훔친 것은 훔친 것이니까. 경찰이 윤기의 고시원을 탐문수사한다면 치킨의 주인이 없어진 치킨에 대해 증언할 것이고 재수가 없다면 다른 분실 도난 사건까지 윤기가 전부 뒤집어쓸 수도 있다. 지금껏 재수 없게 살아온 자신이니 충분히 가능성 있는 시나리오였다. 그런데 아무리 기다려도 사이렌 소리는 들리지 않았다. 차가 밀리나? 벌써 자정이 넘었는데? 그때 짜증 섞인 목소리가 윤기의 귀를 후벼팠다.

"식당에 왔으면 주문을 해야 할 것 아니야?"

놀란 윤기가 경기하듯 딸꾹질을 하며 고개를 들었다. 단발머리의 나이가 좀 있어 뵈는 여자가 그를 내려다보고 있었다.

"귓구멍이 막혔어? 우린 바쁜 사람이야. 그러니까 빨리 소원을 주문하도록."

"네? 뭘 주문하라고요?"

어리둥절한 윤기가 되묻자 단발머리 여자가 꽥 소리를 질렀다.

"소원!"

그 기세에 눌린 윤기가 얼떨결에 입을 열었다.

"취업…… 하고 싶은데요. 이왕이면 번듯한 직장에."

취업. 취업하고 싶다. 머릿속에서 무한 반복되던 그 말이 재생버튼을 누른 것처럼 자동적으로 튀어나왔다.

"일자리가 필요하다는 거군."

윤기가 동의의 표시로 고개를 끄덕였다. 단발머리 여자가 입술 양 끝을 아래로 내린 다음, '뭐, 원한다면' 식의 긍정도 부정도 아닌 시큰둥한 태도로 어깨를 으쓱였다.

"알았어."

그러고는 주방 안으로 쑥 들어가버렸다. 이어 젊은 여자가 그를 보고 한숨을 내쉬고는 단발머리 여자를 따라 주방으로 사라졌다. 죄스러운 마음에 감히 눈도 마주치지 못했다.

윤기는 깊은 숨을 토해냈다. 머리가 빙빙 돌았다. 어떻게 돌아가는 상황인지 전혀 갈피를 못 잡고 있는데 걸걸한 목소리의 소년이 윤기의 어깨를 톡톡 쳤다.

"아저씨, 그만 일어나요."

남자애가 입을 앙다물고, 가히 호의적이라 할 수 없는 표정으로 윤기를 쳐다보고 있었다.

"시간이 좀 걸릴 거예요. 저기 앉아서 기다리세요."

남자애가 테이블을 가리켰다. 팔다리를 웅크리면 잠을 잘 수도 있을 만큼 널찍하고 튼튼한 테이블은 식당 조명을 받아 반짝반짝 윤이 났다. 언뜻 테이블 아래 희끗한 문양이 그의 시선을 끌었지만 그의 관심은 온통 테이블 위에 놓인 토스트에 쏠렸다. 갈색빛이 도는 잘 구워진 빵에 치즈 한 장과 불그스름한 잼이 듬뿍 발라져 있는 토스트. 꿀꺽, 순식간에 입 안 그득 고인 침을 주체하지 못해 큰 소리를 내며 침을 삼켰다.

남자애가 토스트 접시를 내밀었다.

"배고프면 이거라도 먹을래요?"

그 말에 놀란 윤기는 눈을 동그랗게 떴다.

"왜…… 나한테?"

남자애가 접시를 거두며 말했다.

"싫음 말고요."

윤기는 잘 먹겠다는 말을 던지고 바람처럼 빠르게 토스트를 집어 입 안에 넣었다. 버터 냄새가 솔솔 풍기는 바삭한 빵, 새콤달콤한 잼, 깊은 풍미의 고소한 치즈가 가히 환상적인 맛을 자아냈다…… 는 개뿔, 맛을 느낄 새도 없이 목구멍으로 꿀떡꿀떡 넘겨버렸다. 누가 뺏어 가기라도 할 것처럼 그렇게 토스트 두 쪽을 허겁지겁 먹어치운 그는 염치 또한 같이 먹어버렸는지 이렇게 물었다.

"더 없을까?"

입을 떡 벌리고 윤기가 토스트를 먹는 모습을 바라보던 소년이 혀를 내둘렀다.

"아까 나흘이나 굶었다더니 거짓말이 아니었네요."

"내가 왜 그런 거짓말을 해."

"동정심을 자극하는 빤한 거짓말인 줄 알았죠. 경찰에 신고하지 않게 하려고."

윤기는 머리를 숙였다.

"거기에 대해선 할 말이 없다. 지금이라도 경찰에 신고한다 해도 괜찮아. 죗값을 달게 받을게."

"그건 제가 결정할 문제가 아니에요. 마녀님이 아저씨를 손님으로 받아들인 이상, 경찰에 신고하지는 않으실 것 같아요. 하지만 각오는 단단히 해두시는 게 좋아요. 마녀님은 받은 건 반드시 곱절로 되갚아주는 분이거든요. 우리 진이 누나를 다치게 했으니 그냥 넘어가지는 않으실 거예요."

시선을 아래로 떨어뜨리고 묵묵히 남자애의 말을 듣던 윤기가 번쩍 고개를 들었다.

"마녀? 너 지금 마녀라고 그랬니? 일종의 콘셉트 같은 거야?"

"콘셉트가 아니라 진짜 마녀예요. 마법의 힘을 가진 진짜 마녀요."

"그럼 너는 호그와트 학생이고?"

윤기가 비아냥거리듯 말했지만 남자애는 가볍게 어깨를 으쓱일 뿐이었다. 평상시 같았으면 깔끔하게 장난으로 치부해버렸겠지만, 오래 굶어서인지 머리를 한 대 얻어맞아서인지 판단이 제대로 되지 않았다. 어린애 장난으로 여기기엔 뭔가 껄끄러운 구석이 있었던 것이다. 윤기는 더 말려들어서는 안 되겠다 싶어 은근슬쩍 화제를 돌렸다.

"그런데 너 학생 아니야? 학생이 이 시간에 여기 왜 이러고 있어?"

남자애가 한심하다는 투로 말했다.

"아저씨, 지금 방학이거든요."

윤기는 "그렇지, 참." 하면서 고개를 끄덕였다. 남자애가 잠깐의 간격을 두고 덧붙였다.

"뭐, 어차피 학교는 그만둘 생각이지만요."

윤기가 고개를 끄덕이며 대꾸했다.

"학교 다니는 게 힘들긴 하지. 선생도 개떡 같고, 애들도 개떡 같고, 공부도 개떡 같고, 그중에서 제일 개떡 같은 건 바로 나 자신이고."

남자애의 얼굴에 놀라움과 반가움이 동시에 번졌다.

"아저씨 뭘 좀 아시네. 맞아요. 학교는 진짜 개떡 같아요. 그리고 나도……."

동지애를 느낀 두 남자가 서로를 마주보며 고개를 끄덕였다. 하이파이브라도 할 기세로 윤기는 손을 들었지만 상대가 호응을 하지 않자 슬그머니 손을 내렸다. 무안함에 헛기침이 나왔다.

"바보 같죠?"

잠시 침묵을 지키던 남자애가 입을 열었다.

"아니, 전혀."

"그깟 학교에 적응 못 해 도망치려 하잖아요. 난 비겁한 겁쟁이예요."

남자애는 고개를 떨어뜨리고 입술을 깨물었다. 어찌나 세게 물었는지 입술이 하얗게 보일 지경이었다.

"내 생각은 달라."

이번엔 윤기가 단호하게 말했다. 목소리에 힘이 실렸다. 남자애가 고개를 들고 약간은 기대에 찬 눈으로 그를 바라보았다.

"자퇴? 적응을 못 해서가 아니야. 결단력과 용기가 있는 거지. 자신의 삶을 책임지고 지켜낼 용기와 그것을 실행에 옮길 결단력. 난 그렇게 생각한다."

남자애가 입술을 풀었다. 입술 끝이 약간, 아주 약간 위를 향해 올라갔다.

"그리고 나쁜 마음을 먹지 않고 앞날을 헤쳐나갈 생각을 한 것만으로도 참 기특하다. 다만, 부모님께는 꼭 상의드리고. 만에 하나 부모님이 네게 힘이 되어주시지 않는다 해도, 세상은 너의 편이라는 걸 기억해. 내가 너에게 조언을 할 처지는 아니다만…… 힘내라고 하고 싶다."

남자애의 입술 끝이 조금 더 위를 향했다.

"고마워요. 진짜 힘이 좀 나네요. 그런 말 해준 어른, 아저씨가 처음이거든요. 진이 누나가 있기는 하지만, 누나한테 제 약한 모습은 보이고 싶지 않아서 이런 얘기는 꺼내지도 않았어요. 아마 누나는 내가 이런 고민 하는 줄은 짐작도 못 할 거예요."

남자애는 어깨를 축 늘어뜨리고 작게 한숨을 내쉬었다. 그러고는 속으로 '힘을 내야지'라고 자신을 응원한 듯, 곧바로 밝은 목소리로 이렇게 말했다.

"그리고 아저씨 처지가 어때서요."

"나? 나는 사회 낙오자, '루저'지. '루저' 주제에 경솔하게 조언이랍시고 꼰대 짓을 한 게 아닌가, 걱정했는데 그리 말해주니 나야말로 너한테 고맙다."

"힘내세요, 아저씨. 인생은 다홍지마라잖아요. 우리 마녀 식당을 찾았으니 앞으로는 모든 게 다 잘될 거예요."

"새옹지마겠지. 어쨌든 고맙다."

윤기가 정정해주자 남자애가 눈을 반달 모양으로 만들며 싱긋 웃었다.

"그래요, 새옹지마. 내 말이 그 말이었는데 말이 헛나갔네요."

그렇게 둘 사이에 웃음꽃이 피었다…… 정도는 아니고 그럭저럭 화기애애한 분위기 속에서 둘은 이런저런 잡담을 나누었다. 녀석의 이름은 길용이었다. 길용은 현재진행형인 자신의 첫사랑을 고백했다. 비록 짝사랑이긴 하지만 언젠간 반드시 '짝사랑'에 '짝'을 빼버리겠다는 포부도 밝혔다. 뭐, 꿈은 야무질수록 좋은 거니까.

어느새 시간은 2시에 가까워져 있었다. 윤기는 문득 주방 안으로 사라진 두 여인이 무얼 하고 있을지 궁금해졌다.

"그나저나 나는 지금 여기서 뭘 기다리고 있는 거니?"

윤기가 문이 굳게 닫힌 주방을 바라보며 물었다.

"뭘 기다리긴요, 아저씨가 주문한 요리가 완성되길 기다리는 거죠."

"내가 주문한 요리? 난 요리를 주문한 적이 없는데."

"주문했어요. 정확히는 요리가 아니라 소원을. 우리 식당은 소원을 이루어주는 마법의 요리를 파는 곳이거든요. 소원을 주문하면 그에 걸맞은 요리를 대령하는 거죠."

윤기는 또 시작인가 싶어 가볍게 장단을 맞춰주었다.

"그렇구나. 그럼 저 안에서는 마녀가 옷을 벗고 커다란 솥단지 앞에서 기괴한 춤을 추며 주문을 외우고 있겠네. 요리 재료는 시커먼 두꺼비와 거미일 테고 말이야."

"마녀님이 옷을 벗고 춤을 추진 않지만, 다른 건 맞아요."

"그럼 저건 맨드레이크겠네? 『해리 포터』에 나오는."

윤기가 아까 자신의 발로 쓰러뜨렸던 화분을 가리켰다.

"맞아요. 맨드레이크랑 산삼의 잡종이라더군요."

윤기는 하하 크게 웃음을 터뜨렸다. 말 그대로 배꼽을 잡고 눈물이 찔끔 나올 정도로 웃었다. 그러나 사슴 같은 눈망울로 자신을 바라보는 길용의 진지한 표정을 보자 웃음은 점차 사그라졌다. 길용은 장난을 치는 게 아니었다.

"너…… 진심이니?"

길용이 고개를 끄덕였다.

"제가 왜 아저씨를 상대로 장난을 치겠어요? 제가 얻을 것도 없는데."

맞는 말이었다. 윤기는 곁눈질로 식당 출입문을 살폈다. 이제라도 저 문을 박차고 나가면 그만이었다. 하지만 마법의 요리가 진짜 존재하는 거라면…….

주방 문이 열리면서 젊은 여자가 밖으로 나왔다. 그녀와 함께 혼을 쏙 빼놓는 환상적인 냄새도 함께 흘러나왔다. 뛰쳐나가면 그만이라는 생각은 그의 머릿속에서 깨끗이 지워졌다.

앞에 놓인 쟁반 위에는 큼직한 대접이, 대접 안에는 뽀얀 국물이, 국물 안에는 하얀 닭이 통째로 들어 있었다. 가운데 수북하게 올라간 새파란 대파, 먼지처럼 여기저기 흩뿌려진, 아마도 후추인 듯한 검은 가루. 고소하고도 기름진 냄새가 솔솔 풍기는 그것은 닭백숙이었다.

눈이 빙글빙글 돌고 침이 뚝뚝 테이블 위로 흘렀다. 조금의 과장도 보태지 않았다. 의심스럽다면 나흘 굶은 사람 앞에 닭백숙을 들이밀어 보시라. 똑똑히 확인할 수 있을 것이다.

"원하시던 치킨은 아니지만 닭은 닭이니 맛있게 드셔."

뒤따라 나온 나이 든 쪽의, 까만 단발머리가 기가 막히게 어 울리는 여자가 말했다.

'내가 치킨 먹고 싶었던 건 어떻게 알았지? 설마 저 여자…… 정말 마녀?'

이런 말도 안 되는 생각을 하고 있는 찰나 이번에는 젊은 여자가 말했다.

"그걸 드시면, 소원이 이루어질 거예요."

소년이 푹 빠져버린 그녀. 길용이 그녀를 바라보는 눈길만으로도 녀석이 얼마나 순정파인지 알 수 있었다. 그 사랑의 안타까운 결말이 눈에 훤히 보이는 듯했지만, 한편으로는 '또 모르지, 마법의 힘으로 이루어질지도'라는 생각이 들기도 했다.

그녀가 윤기에게 수저를 내밀었다.

"마음속으로 소원을 간절히 빌면서 드시고요."

여기까지는 무난했다. 앞서 길용이 귀띔해준 내용이었다. 여전히 백 퍼센트 믿음이 가는 건 아니었어도 마음의 준비가 되어 있었기에 놀라 자빠지지도, 어안이 벙벙하지도 않았다. 윤기는 수저로 손을 뻗었다.

"네, 잘 먹겠습니다."

윤기가 수저를 잡으려는데 여자가 홱 수저를 자기 쪽으로 당겼다. 마치 약을 올리듯이. 아니, '밀당'을 하듯이. 수저를 놓친 윤기의 손이 허망하게도 허공에 떠 있는 그대로 멈췄다.

"하지만 공짜는 아니에요."

윤기는 조용히 손을 내려 무릎 위에 얌전히 올려놓았다.

"짐작하시겠지만 저는 빈털터리입니다. 원하신다면 밥값을 몸으로 때울 수는 있습니다."

"네, 맞아요. 몸으로 대가를 치르시면 돼요."

여자가 빙긋 웃었다. 조곤조곤한 말투와 상냥한 태도, 그 사이에 왠지 모를 잔혹한 기운이 서려 있었다. 그녀의 표정을 보고 있자니 간이 덜렁덜렁 오두방정을 떨기 시작했다. 녀석도 참, 취향 한번 독특하네. 길용을 흘긋 쳐다보았지만 녀석은 마치 여신을 보는 양 그녀를 바라보고 있었다.

"몸으로라면?"

윤기가 물었다. 여자가 손으로 그의 몸 한 곳을 가리켰다. 바로 무릎 위에 놓인 윤기의 손이었다.

"손가락 두 개만 주시면 돼요."

윤기는 마른침을 삼켰다. 날카로운 도끼가 자신의 손가락을 내리찍는 장면이 머릿속에 생생히 그려졌다. 으스스 몸서리가 처졌다.

"원래 마녀님은 한 손 전체를 원하셨지만 제가 간곡히 말씀드려서 손가락 두 개로 줄인 거예요."

여자가 생색을 내듯 말했다.

'어쩌면 이 여자가 더 지독한 마녀일지도 몰라.'

V사인처럼 손가락 두 개를 들어 보이는 여자를 보며 윤기는 속으로 중얼거렸다.

여자가 말했다.

"요리에 대한 대가로 손가락 하나, 아까 소란을 피운 것에 대한 대가로 손가락 하나. 이렇게 두 개의 손가락을 주시면 됩니다."

당혹과 혼란으로 얼룩진 얼굴로 윤기는 여자와 뜨거운 김이 오르고 있는 백숙을 번갈아 쳐다보았다. 마음은 손가락이 아니라 손목이 잘린다고 해도 눈앞에 놓인 백숙을 먹으라고 충동질을 하고 있었다.

소원을 이루고 대신 손가락 두 개를 잃는다. 강도 짓을 하다가 경찰에 끌려가는 것보다는 훨씬 나은 전개였다. 아닌가?

"알았습니다."

"한 입이라도 드시면 돌이킬 수 없어요."

윤기는 알겠다는 대답을 생략하고 수저를 잡았다.

정신을 차렸을 때, 이미 윤기는 성난 황소처럼 쩝쩝거리며 백숙을 먹고 있었다. 수저는 필요도 없었다. 손으로 닭다리를 뜯고 그릇째 들고 국물을 마셨다. 지금껏 먹은 닭은 모두 가짜였다는 듯이 백숙은 훌륭했다. 쭉쭉 찢어지는 살결, 쫄깃하게 씹히는 식감, 씹을수록 우러나는 고소함. 게다가 국물은 어찌나 진한지, 세상의 온갖 귀한 것들을 우려낸 보양식을 먹는 기분이었다. 윤기는 살코기를 다 발라 먹고 닭의 배 속에 들어 있던 찹쌀죽을 박박 긁어 먹고도 부족해 밥까지 청해 국물에 말아 한 톨도 남기지 않고 먹어치웠다. 여기에 아삭아삭 씹히는 새콤한 깍두기를 곁들여 먹으니 둘이 먹다 하나가 죽어도, 아니 이 세상 사람들 전부가 죽어나가도 모를 만큼 맛이 좋았다.

마지막 닭 국물까지 쭉 마신 뒤, 윤기가 말했다.

"잘 먹었습니다. 정말 맛있네요. 세상에 태어나 이렇게 맛있는 닭은 처음 먹어봤어요. 영계백숙인가요? 대체 뭐로 만든 거죠?"

먹는 동안 땀을 흠뻑 흘려 두툼한 티셔츠가 몸에 달라붙었다. 이마에 흐른 땀 때문에 머리칼도 찰싹 엉겨 붙어 있었다. 손으로 이마에 붙은 머리칼을 쓸어 올리려니 마녀라는 여자가 일일이 설명을 하기 시작했다.

"잘 맞췄어, 영계백숙. 그래도 백 년 묵은 지네를 먹고 자라 아주 튼튼한 녀석이었어. 영계치고는 덩치가 큰 편이야. 다 자라면 황금알을 낳는 닭이 됐겠지만 너의 소원을 위해 제 한 몸 아끼지 않고 끓는 무쇠솥 안으로 퐁당 빠져주셨단다."

여기까지는 농담이라 생각하고 웃어넘겼다.

"거기에 임종을 앞둔 이의 마지막 날숨도 들어가고, 태풍을 일으킨 날갯짓을 한 나비의 더듬이도 한 쌍 들어갔어. 아, 윤달에 떨어진 운석 조각도 조금 들어갔구나. 그건 귀해서 많이는 넣지 못했어. 후추 대신에 늙은 악마의 콧수염을 말려 가루 낸 것도 뿌렸고, 에, 그리고 또……."

나비의 더듬이? 악마의 콧수염? 농담 여부를 떠나 왠지 비위가 상해버렸다.

잠시 뒤, 윤기가 상당한 각오를 다지고는 물었다.

"그럼 저는 이제 손가락을 잘라 드려야 하나요?"

화장실 갈 때와 나올 때가 다르다고 했던가. 배고픔에 앞뒤 생각 않고 오케이를 했지만 다 먹고 나니 부당한 거래라는 생각이 들었다. 먹기 전에는 '설마 진짜 손가락을 자르기야 하겠어.' 하고 안일한 생각이었는데 어째 앞에 서 있는 두 여자의 묘하게 닮은 살벌한 눈빛을 보니 정말 자르고도 남겠다는 확신이 들었다.

마녀가 말했다.

"지금 당장은 아니야. 그건 우리가 알아서 하도록 하지. 소원은 이루어질 거고, 대가도 확실하게 치르게 될 거야."

그녀가 연보라색 플라스틱 물체를 툭 던지듯 건넸다.

"겨우 이런 걸로 뭘 어쩌겠다는 건지…… 이걸로는 사람 목은 고사하고 닭 모가지도 못 자를 거다."

마녀가 한심하다는 듯 혀를 차며 손으로 훠이훠이, 나가라는 제스처를 취했다. 윤기는 연보라색 과도를 주머니에 넣고, 찜찜한 기분으로 식당을 나왔다. 소동을 부려 죄송하다는 사죄도 몇 번이나 반복하면서 인사를 했다. 물론 잘 먹었다는 감사의 말도 잊지 않았다. 마녀가 "공짜로 준 것도 아닌데 뭐가 고마워?" 하면서 핀잔을 주었지만, 어쨌거나 고마운 것은 고마운 것이었다.

식당 안에서 오랜 시간을 보낸 것 같은데 밤은 아직 제자리였다. 거리는 고요하고 차가운 공기도 여전했다. 윤기는 일단 고시원에 돌아가자마자 잠을 푹 잘 계획이었다. 그다음엔 개인 파산이나 회생 신청 절차를 알아볼 생각이었다. 변호사 비용이 든다고 알고 있는데, 어떻게든 되겠지, 하는 생각이 퐁퐁 솟아났다. 고작 닭 한 마리에 사람이 이렇게 긍정적이 될 수 있다니 스스로도 신기했다. 어쨌든, 다신 강도 짓이니 뭐니 후회할 짓은 생각도 않으리란 것만큼은 단언할 수 있었다.

미래를 계획하고 과거를 반성하던 윤기는 생각을 계속할 수가 없었다. 저만치 떨어진 골목에서 날카로운 비명 소리가 들려왔기 때문이다.

"아악!"

짧고 강렬한 비명에는 섬뜩한 기운이 실려 있었다. 윤기는 예삿일이 아니란 것을 직감하고 한달음에 비명의 진원지로 달려갔다. 으슥하고 어두컴컴한 좁다란 골목 끝, 차들이 주차되어 있는 사이로 검은 그림자 두 개가 엉켜 있었다.

"거기 뭐예요?"

윤기가 그림자를 향해 외쳤다. 잠시 동안은 아무 반응도 없었다. 그림자도 움직이지 않았다. 잘못 들은 건가, 발을 돌리려는 찰나에 아악, 하는 여자의 비명이 다시 한번 울렸다. 아까보다는 훨씬 작은 소리. 직감적으로 누군가에 의해 소리가 막혔다는 것을 알아차렸다. 112에 신고를 할 수 있다면 쉽게 해결될 텐데, 문제는 오래전에 휴대폰 발신이 정지되었다는 데 있었고 그 휴대폰조차 고시원에 있었다.

윤기는 "거기 누구예요? 무슨 일이에요?" 일부러 큰 소리를 내며 그림자를 향해 다가갔다. 주택가이니, 누구라도 소리를 듣고 신고를 해주기를 바라는 마음에서였다.

"거기 무슨 일이에요?"

가까이 다가갈수록 그림자는 명확해졌다. 덩치 좋은 남자 하나가 여자 뒤에 딱 붙어 서 있었다.

"씨발, 상관 말고 네 갈 길 가라. 뒈지고 싶지 않으면."

남자 놈이 살벌한 목소리로 시부렁거렸다. 윤기는 싹 무시하고 여자에게 물었다.

"여자분, 괜찮아요? 아는 사람이에요?"

여자는 대답하지 못하고 끙끙 신음 소리만 냈다. 잘 보이지 않았으나 남자 놈에게 손으로 입이 막혔거나 흉기로 위협당하는 것이라 짐작했다.

"좋게 말할 때 여자분 보내줘라. 경찰에 신고했다. 경찰 오는 데 시간 얼마 안 걸린다."

윤기는 낮게, 그러면서도 위협적인 목소리로 말했다. 식당 안에서는 유치원 선생 같던 목소리가 여기서는 꽤 그럴싸하게 들렸다.

"야, 이 씨발 새끼야, 내 말 못 들었어? 뒈지기 싫으면 꺼지라고. 이년 내 여자친구니까 상관하지 말라고!"

"너야말로 내가 꺼지든 말든 상관하지 말라고. 저 아가씨가 네 여친이든 뭐든, 난 관심 없는데, 설사 네 말이 맞는다고 해도 싫다는 사람한테 억지로 그러면 안 되지. 그러니까 좋은 말로 할 때 그만둬."

윤기는 살살 구슬리며 말했다. 놈은 윤기가 물러설 생각이 없음을 간파하고 욕설을 내뱉으며 여자를 거세게 밀쳐 멀찌감치 떨어뜨렸다. 여자는 짧고 날카로운 비명을 지르며 바닥에 쓰러졌다. 혼자가 된 놈은 주춤주춤 도망갈 틈을 노렸다.

솔직히 잡을 생각은 없었다. 문제는 골목이 아주 좁았다는 것, 거기에 차들이 주차되어 가뜩이나 좁은 폭이 더 좁아졌다는 것, 다른 통로는 없었다는 것에 있었다. 잘 가, 하면서 옆으로 비켜주며 손을 흔들어줄 상황도 아니고 해서 윤기는 그냥 어정쩡하게 제자리에 서 있었다.

놈은 그런 윤기가 자신을 잡으려 한다고 생각했는지 빠른 속도로 돌진해 왔다. 그렇담 은근슬쩍 옆으로 비켜줘야지, 라고 생각하는데 놈은 빠르게 달려와 윤기의 얼굴에 주먹을 날렸다. 퍽, 소리와 함께 한쪽 무릎이 꺾이고, 손을 바닥에 짚은, 엎드려뻗쳐 비슷한 자세가 되었다. 엉거주춤, 그렇게 일 초쯤 있다가 허리와 무릎을 폈다. 몇 시간 간격으로 얼굴에 2연타를 당하니 눈앞에 화려한 유성 쇼가 펼쳐졌다.

고개를 절레절레 흔들며 눈을 뜨니 발치에 떨어진 연보라색 물체가 보였다. 몸이 기울어졌을 때 주머니에서 빠져나온 모양이었다. 윤기는 무심코 그것을 향해 손을 뻗었다. 번득이는 칼날을 본 것은 그때였다. 윤기가 먼저 칼을 꺼내 들었다고 오해한 놈은 자신의 잭나이프를 펼쳐들고 휙휙 윤기를 향해 휘둘렀다. 방정맞은 발놀림, 우왕좌왕 칼을 휘두르는 모습에 기시감이 느껴졌다.

'그렇지. 몇 시간 전에 내가 마녀식당에서 저런 짓을 했었지.'

윤기는 칼집이 그대로 꽂혀 있는 연보라색 과도를 집어들고는 말했다.

"워워워, 진정해, 진정하라고. 그쪽이랑 칼부림할 생각 없으니까."

흥분한 놈에게 그 말이 귀에 들어올 리 없었다. 휙휙, 잭나이프를 앞뒤 좌우로 흔들던 놈은 윤기가 진정하라는 의미로 한 손짓을 공격신호라고 판단, 반사적으로 나이프를 윤기에게 휘둘렀다. 윤기 역시 잭나이프를 향해 반사적으로 손을 뻗었다. 나이프가 자신의 복부에 꽂히기 직전 윤기는 손으로 나이프를 움켜쥐었다.

"아아악!"

칼보다 날카로운 비명 소리가 골목을 메웠다. 윤기는 이를 꽉 깨물고 있었으니 그의 비명일 리는 없고, 여자가 낸 소리인 것 같았다.

잭나이프에 힘이 실렸다. 몇 센티쯤, 윤기의 배를 향해 나이프가 더 들어왔다. 윤기 또한 나이프를 쥔 손에 힘을 주었다. 팽팽한 힘의 균형. 얼굴에 콧물이 흐를 때와 비슷한 끈적끈적한 감촉과 비 오는 날의 흙냄새 비슷한 게 느껴졌다.

'그만 포기하고 싶다.'

칼날을 쥐고 있는 손이 너무 아파 놓아버리고만 싶었다. 놓아버리면, 더 큰 아픔이 오리란 것을 알았지만 그 순간을 견디기가 힘에 겨웠다.

'조금만 더 힘을 내볼까? 이 고비만 넘기면 살 수 있을까?'

윤기는 지금의 아픔과 위기가 인생의 그것과 닮아 있다는 생각을 했다. 멀리서 사이렌 소리가 들렸다. 이제 살았구나. 윤기는 마지막 힘을 쥐어짜내 버텼다.

사이렌 소리를 들은 놈은 도망치기 위해 잭나이프를 빼려 했다. 하지만 그걸 알 리 없는 윤기가 칼날을 꽉 쥐고 있어 나이프는 빠지지 않았고, 놈은 순간적으로 팔에 반동을 주어 나이프를 아래로 확 내리그었다.

"으어어어!"

도저히 인간의 소리라고 할 수 없는 괴성이 윤기의 목구멍에서 터져 나왔다. 나이프가 아래로 내려가는 순간 손가락을 펼쳤지만 다섯 개의 손가락을 다 펼칠 시간이 부족했다. 미처 펴지지 못한 손가락 두 개, 검지와 중지가 손에서 떨어져 나갔다. 피가 울컥울컥 쏟아졌다. 윤기는 손을 움켜쥐고 바닥에 몸을 굴렀다.

'손가락을 찾아야 해, 찾아야 해.'

그 정신에도 윤기는 잘려 나간 손가락을 눈에 불을 켜고 찾았다. 너무 어두웠고 통증 때문에 집중을 하기도 힘들었다. 그때 자동차 차체 바닥에서 손가락만 한 길쭉한 것이 보였다. 손을 뻗어 그것을 잡으려는데, 앞에서 검은 그림자가 불쑥 나타나 선수를 쳤다. 눈 깜박할 사이에 사라진 손가락. 검은 그림자는 어두운 밤보다도 더 검고 짙었다.

'저건 또 뭐야…….'

기억은 여기까지. 윤기는 그 자리에서 까무러치고 말았다.

그 길었던 밤으로부터 한 달이 지나갔다.

손가락 두 개가 날아가고 '용감한 시민상'을 얻었다.

포상금을 받았다.

손가락 수술비로 다 날아갔다.

그러고도 치료비가 부족했다.

또 빚이 생겼다.

◆

마녀는 소원은 이루어질 거고, 대가도 치르게 될 것이라 했다. 닭백숙 한 그릇에 대한 대가는 이미 치렀다. 이제는 소원이 이루어질 차례였다.

그러나 아무 일도 일어나지 않았다.

'뭐 마법? 소원? 이것들이 사람을 갖고 장난을 쳐? 손가락을 가져갔으면 소원을 들어줘야 할 것 아니야!'

매일 술독에 빠져 지내던 윤기는 마녀식당을 찾아갔다. 아니, 찾아가려 했으나 어째서인지 식당을 찾을 수가 없었다. 분명 이 골목쯤 어디였는데. 야트막한 언덕을 올라 골목을 몇 번 돌다 보면 나왔었는데. 꼭 도깨비에 홀린 기분이었다. 어쩌면 지독한 악몽을 꾼 것일지도 몰랐다. 아니면 영양실조 때문에 환상을 본 것일지도.

한참이나 식당이 있던 곳이라 생각하는 주변을 빙빙 돌던 윤기는 공원 벤치에 철퍼덕 몸을 뉘었다. 눈을 뜨니 아침이었다. 출근을 서두르는 사람들을 멍한 눈길로 바라보다가 벤치에서 몸을 일으켰다. 코가 살짝 막히고 몸이 조금 뻣뻣했지만 그런대로 나쁘지 않았다. 윤기는 걸음을 옮겼다. 속으로는 여기서 제일 가까운 역이 어디일까 생각하는 중이었다.

윤기가 그를 만난 건 노숙 생활을 시작하고 두어 달이 흘렀을 때였다. 날짜 감각은 없지만 따뜻해진 날씨로 그 정도의 시간이 흘렀다는 것을 추측할 수 있었다. 한 종교단체에서 지원하는 밥차에서 무료 급식을 배급받아 허겁지겁 먹고 있는데 그가 다가와 넌지시 말을 건넸다.

"안녕하세요. 송윤기 씨, 송윤기 씨 맞으시죠?"

윤기는 대꾸하지 않았다. 노숙인에게 말을 거는 낯선 사람은 조심하는 게 좋았다. 특히나 다정한 말투로 접근하는 놈들은 십중팔구 사기꾼들이었다.

"저는 박윤기 기자라고 합니다."

남자가 명함을 꺼내 윤기에게 건넸다. 그는 메이저 일간지 사회부 기자였다. 윤기. 성은 다르지만 똑같은 이름을 가진 두 남자의 인생이 이렇게나 다르다는 삶의 아이러니에 윤기는 비참함을 느꼈다.

"원하시는 게 뭡니까? 얼굴 팔리는 짓은 안 합니다."

윤기의 퉁명스러운 말투에도 박 기자는 그에게 바짝 다가와 앉았다. 윤기에게서 나는 악취가 코를 찌를 텐데 그는 눈살을 찌푸리는 기색이 조금도 없었다. 윤기 또래인 것으로 볼 때 기자 경력이 많아 보이지는 않았다. 필시 그는 독종이거나 포커페이스 둘 중 하나임에 틀림없었다. 어느 쪽이든 윤기는 그에 게 마음이 조금 열리는 것을 느낄 수 있었다.

"사랑의 밥집 운영하시는 조 목사님, 송윤기 씨도 아시죠? 조 목사님께 소개받았습니다. 이리로 오면 만날 수 있을지도 모른다고 하시더군요."

"목사님이 저를 왜요?"

"평범하면서도 특별한 사연이 있는 노숙인분들과 이야기를 나누고 싶었습니다. 마침 목사님도 그렇고 다른 분들도 송윤기 씨를 지목하시더군요."

윤기는 말없이 박 기자를 빤히 쳐다보았다. 어디 계속 해보라는 뜻이었다.

"의로운 일을 하시다가 손가락을 잃으셨다고 들었습니다. 그런 분이 어쩌다 거리로 내몰리게 됐는지 그 사연을 듣고 싶습니다. 괜찮으실까요?"

윤기는 아직 비우지 않은 식판을 바닥에 내려놓았다. 반쯤 남은 미역국이 찰랑거렸다.

"말씀드리는 건 어렵지 않습니다만 제 얘기가 기삿거리가 될는지 모르겠네요. 용감한 시민상을 탔을 때도 기사가 나왔지만 오히려 마음의 상처만 됐습니다."

"기사는 쓰기 나름이죠. 그건 걱정 마시고 말씀해주세요. 많은 도움이 될 겁니다."

윤기는 처음엔 거절했지만 박 기자의 끈질긴 구애에 넘어가 결국 인터뷰에 응했다. 익명과 얼굴 모자이크 처리를 조건으로 내세운 인터뷰였다.

"운이 지독하게 없었다고 하는 게 옳을 겁니다, 제 삶은. 뭐 하나 제대로 풀린 게 없었죠……."

두 시간에 걸쳐 윤기는 자신의 사연을 털어놓았다. 특별하다면 특별하고, 식상하다면 식상한 이야기였다. 그 와중에도 윤기의 삶에서 가장 특별했던 이야기, 마녀식당에 관한 이야기는 하지 않았다. 한다 한들 믿어주지 않을 것이고, 오히려 미친 노숙인 취급받기에 딱 좋을 터였다. 윤기는 자신이 낙오자일지는 모르지만 미친놈은 아니라고 생각했다.

기자와 헤어지고, 윤기는 자신의 이야기가 기사화가 됐는지 어쨌는지조차 알지 못했다. 이름이 같았던 기자가 윤기의 인터뷰를 바탕으로 기사를, 그것도 특집 기사를 썼다는 것을 알게 된 건 순전히 우연한(어쩌면 운명적인) 만남을 통해서였다.

대학가 전철역 앞에서《빅이슈》를 판매하고 있을 때였다.

한 여자가 윤기 앞에 섰다.

앙다문 입술 옆에 쏙 들어간 보조개가 그의 시선을 붙잡았다.

"《빅이슈》 한 권 드릴까요?"

비닐에 깔끔하게 포장된《빅이슈》를 건네는데 여자가 한숨부터 내쉬었다. 종교단체에서 나온 사람이라고 생각한 윤기는 잡지를 내려놓고 긴 설교를 들을 준비를 했다. 요즘엔 도(道)를 찾는 사람들 중에도 미인이 많았다. 짧게 끝내줬음 좋겠는데 말이야, 라고 생각하며 윤기는 그녀를 보았다.

"송윤기 님 찾느라 진짜 애먹었어요. 지금 여기서 뭐 하고 계신 거예요?"

여자가 꾸짖는 듯한 말투로 말했다.

윤기는 눈을 동그랗게 뜨고 여자를 바라보았다.

"저 기억 안 나세요? 저는 송윤기 님 덕분에 목숨을 건진,

이가영이라고 해요."

그제야 윤기는 그날 밤 어렴풋한 실루엣으로 보았던 그녀를 기억해냈다.

헤어진 전 남자친구에게 납치되어 몹쓸 짓을 당할 뻔했던 그녀의 이름은 이가영이었다. 가영은 사건이 마무리될 때쯤, 윤기에게 감사의 인사를 전하고자 그를 찾았으나 연락이 닿질 않았다고 했다. 당연했다. 그때쯤 윤기는 거리를 떠돌고 있었으니까. 그래서 포기하려던 찰나, 우연히 한 신문기사가 그녀의 눈에 띄었다고 했다. 가명으로 되어 있었지만 가영은 단박에 기사 속 주인공이 윤기라는 것을 알아차렸고 수소문 끝에 윤기를 찾아온 것이었다.

"진심으로 감사드려요. 송윤기 님 아니었으면 저는 지금 이 자리에 없었을 거예요. 아마 이별 범죄 피해자로 자투리 기사에 잠깐 출연하는 게 전부였겠죠."

맥도날드 구석 자리에 앉아 가영과 대화를 나누던 윤기는 그 사건 이후 처음으로 뿌듯함 비슷한 감정을 느꼈다. 그동안에는 잃어버린 손가락과 마녀식당에서의 약속에만 집착하는 바람에 자신이 한 일에 대해서는 깊이 생각해보지 못했다. 뒤늦은 깨달음인지는 모르지만 윤기는 그녀가 무사하다는 것만으로도 손가락을 잃은 대가는 충분하지 않나, 하는 생각이 들었다.

"저는 당연한 일을 한 것뿐인데요. 이러지 마세요."

"아니에요. 제가 얼마나 감사한지 모르실 거예요. 송윤기 님은 제 생명의 은인이자 영웅이세요."

가영이 자리에서 일어나 허리를 90도로 굽혀 인사했다. 황송한 마음에 윤기도 벌떡 일어나 그녀에게 맞절(?)을 했다. 그러고는 고개를 드는데 가영이 그를 안타까운 시선으로 바라보았다. 답답해 죽을 것 같다는 듯한 표정과 말투였다.

"그런데 여기 왜 이러고 계세요?"

윤기는 그녀에게 물음표를 던졌다. 기사를 읽었으면 대강의 사연을 알 텐데 왜 이런 질문을 할까?

"손이 이 모양이라서 일자리 찾기가 쉽지 않네요."

그러자 가영이 입을 쩍 벌리고는 놀란 표정을 지었다.

"송윤기 님 의상자로 인정되셨어요. 지난 분기예요. 이미 기사에도 났는데……."

가영은 윤기에게 그가 의상자로 인정되었음을 알렸다. 윤기가 연락이 두절된 탓에 본인이 아닌 시청에서 직권으로 신청이 들어갔다. 여기에는 가영의 도움이 컸다. 윤기를 위해 각종 관공서들을 뛰어다니며 도움을 요청한 모양이었다. 심의위원회를 거쳐 약 한 달 전에 의상자로 인정되었지만,

윤기가 노숙 생활을 했던 탓에 그 사실을 알릴 방도가 없었던 것이라 했다.

"의료비는 물론이고 보상금도 받으실 거예요. 취업지원도 되고요."

윤기는 순간 말문이 막혔다. 어두웠던 그의 앞길에 누군가 빛을 비춰주는 듯, 일순 눈앞이 환해지는 기적이 일었다. 눈이 부셨다. 그는 눈을 감았다.

'바보 같은 놈.'

지금껏 홀로 캄캄한 밤길을 걷고 있다고 생각했다. 희망은 보이지 않았고 어둠 속에는 절망만 숨어 윤기를 호시탐탐 노리고 있다고 생각했다. 하지만 밝은 빛을 비추는 손전등은 손가락을 잃은 순간부터 내내 윤기 자신의 손에 쥐여 있었다.

스위치를 켜기만 하면 외롭고 캄캄한 앞길에 한 줄기 빛이 비쳤을 텐데, 그걸 몰랐다니. 세상에 바보도, 이런 바보가 없었다. 뜨거운 눈물 한 줄기가 볼을 타고 흘러내렸다.

그 후의 일들은 일사천리로 진행됐다. 예상보다 많은 보상금을 받았고 각종 혜택도 부수적으로 주어졌다. 그리고 또 한 가지 빼놓을 수 없는 게 있었으니, 바로 유명세였다. 일단 그가 의상자에 지정되고 나자 지상파에서 윤기의 선행을 재

조명했고, 다른 의상자들의 사례와 함께 제작된 다큐멘터리는 '의로운 시민, 그 후의 이야기'라는 어정쩡한 제목으로 주말 황금 시간대에 방송을 탔다. 방송은 곧 사회의 반향을 일으켰다, 정도는 아니지만 적지 않은 이슈가 되었다. 윤기의 이름이 인터넷 포털 사이트 검색어 1위에까지 오르는 위엄을 토했으니 이슈는 이슈였다. 단 한 시간 만에 톱스타의 속도위반 결혼 소식이 알려지면서 바로 순위권 밖으로 밀려나긴 했지만, 윤기 평생 다시 있을 수 없는 '유명세'였다.

윤기는 그 유명세를 타고 대기업에 곧바로 스카우트……될 리는 없고 때마침 채용공고가 난 대기업에 입사지원서를 제출했다. 그중에서도 취업보호대상자나 사회선행자, 혹은 특별한 이력을 가진 지원자들을 대상으로 하는 특별전형에 지원했다. 서류심사와 두 번의 면접을 거쳐 최종합격자 통지를 받았다. 대학 재학 시절 서류전형에서 고배를 마셨던 바로 그 회사였다.

이제 윤기는 출근할 회사가 있고, 돌아갈 집이 있고, 손을 잡아줄 사랑스러운 연인이 있는 남자가 되었다. 비록 야근과 회식으로 점철된 '월화수목금금금'의 한 주, 한 주를 보내고 있지만, 비록 머리숱이 점점 줄어들고 배가 점점 불러오고 있지만, 불과 몇 달 전 자신이라면 꿈도 꾸지 못했을 모든 것들이 이제 그의 손에 있었다. 손가락 두 개가 사라진 그 두 손에.

모처럼 주말 데이트를 즐기던 어느 날, 그의 옆에 있던 연인이 말했다.

"다음 주에 우리 엄마랑 저녁 먹기로 한 거 잊어버리지 마."

윤기는 "잊어버릴 게 따로 있지"라고 대답하며 그녀의 볼에 입을 맞추었다. 윤기가 어둠 속에서 구했던, 언제나 아름다운 그녀의 볼에 있는 보조개가 깊어졌다. 윤기가 가영의 손을 잡았다. 꽉 찬 그의 오른손은 전혀 허전하지 않았다.

어떤가, 이 정도면 해피엔딩이라고 해도 좋을까? 바라고 바라던 대기업 입사를 하고 덕분에 예쁜 여자친구도 만나 결혼도 하고 대출받아 집도 사고 아이도 낳고 대출금 갚다가 허리도 휘고 가끔은 허리띠 졸라매서 해외여행도 갈 수 있게 됐으니, 누군가는 포기해야만 하는 이 많은 것들을 누릴 수 있게 됐으니, 충분히 해피엔딩이라 할 수 있을까? 뭐 그럴 수도, 아닐 수도. 판단은 여러분 몫이다.

이 모든 일이 지나간 후, 윤기는 마녀식당을 떠올렸다. 어찌 됐든 소원은 이루어진 셈이었다. 하지만 의문은 남았다.

이 드라마틱한 전개는 삶의 우연이 빚어낸 결과였을까? 아니면 정말 마녀식당의 요리에 깃든 마법의 힘 덕분이었을까?

어쩌면 삶 자체가 마법인지도 몰랐다.

◆

식당 일을 마치고 집으로 돌아온 진은 쉴 틈도 없이 집 안을 정리하고 있었다. 지난 밤 출근을 할 때보다 한층 더 어질러진 집 안. 집을 엉망진창으로 만든 원흉 탐은 맥주를 홀짝이며 텔레비전 속 여배우를 품평하고 있었다.

“저 여자 화면으로 볼 때는 뚱뚱하지? 그런데 실제로 보면 말이야, 허리는 잘록하고 가슴은 엄청 빵빵해.”

무릎 나온 트레이닝 바지에 목 부분이 축 처진 티셔츠 차림으로 여기가 제 안방인 양 퍼질러 누워 있는 꼴이라니. 진은 한숨을 내쉬었다. 데이트다운 데이트를 했던 게 언제였던가. 지지난 달? 아니면 지지지난 달? 기억도 나지 않았다. 공개 연애는 득 될 게 없다는 탐의 주장 때문이었다.

“우리 여기서 이러고 있지 말고 나가서 영화라도 보자. 예매는 내가 할게.”

진이 탐의 팔을 흔들며 말했다. 나름 애교 섞인 목소리로.

하지만 탐은 꿈쩍도 하지 않았다.

"나갔다가 누구 눈에 뜨여서 기사라도 터지면 어쩌려고."

'이봐요, 당신은 톱스타도, 아이돌도 아니랍니다'라는 말이 목구멍까지 치고 올라왔다. 그러나 그놈의 정이 뭔지, 진은 부글거리는 화를 참으며 화풀이로 텔레비전 채널을 확 돌려버렸다. 그것도 탐이 제일 싫어하는 다큐멘터리로. 탐은 못마땅한 표정으로 진을 바라보았지만 리모컨을 빼앗지는 않았다.

다큐멘터리는 '의로운 시민, 그 후의 이야기'라는 제목이었다. 제목 앞에는 '특집'이라는 단어와 '재방송'이라는 단어가 붙어 있었다. 재미는 하나도 없을 테지만 오기로라도 끝까지 볼 생각이었다.

"늦은 새벽 시간, 길을 가던 윤기 씨는 한 여성의 비명 소리를 들었습니다. 비명 소리를 따라 한걸음에 달려간 윤기 씨. 그는 그곳에서 한 남성이 여성을 납치하려는 장면을 목격했습니다. 여성을 위해 망설이지 않고 현장에 뛰어든 윤기 씨는 격투 끝에 여성은 구해냈으나 납치범이 휘두른 흉기에 손가락이 절단되는 사고를……."

아무 생각 없이 화면을 응시하던 진의 눈에 낯익은 얼굴이 들어왔다. 진은 '재밌네'라고 속으로 중얼거리며 방송에 집중했다. 들어올 땐 강도, 나갈 땐 손님이 되었던 그는 당시 급박했던 상황을 재연하며 인터뷰를 하고 있었다.

"……윤기 씨가 납치범으로부터 구해낸 여대생 A씨는 헤어진 남자친구에게 상습적으로 스토킹을 당하고 있던 상황이었습니다. A씨를 납치하려던 남성은 그녀의 전 남자친구. A씨는 수차례 경찰에 도움을 청했지만 실직적인 도움은 받지 못한 채 헤어진 남자친구를 피해 다녀야만 했습니다. 만약 윤기 씨가 그녀의 비명을 외면했다면 A씨는 또 한 명의 이별 범죄의 희생자가……."

진이 윤기의 얼굴을 보며 마법의 효력을 실감하고 있을 때, 탐이 벌게진 얼굴로 끄윽 트림을 했다. 감자튀김과 케첩, 맥주가 혼합된 냄새가 너무도 역해, 진은 고개를 돌렸다.

"세상이 참 무섭긴 무섭다. 앙심을 품고 헤어진 여자친구를 납치하려고 하다니…… 게다가 안전하게 지켜줘야 할 경찰은 도움도 안 되고……."

진이 다큐멘터리를 보며 무심코 중얼거리는데 옆에서 피식 콧방귀를 뀌는 소리가 들렸다.

"내가 볼 땐, 저 계집애가 문제야. 설마 여자애가 헤어지자고 했다고 남자애가 저랬겠어? 빌미를 줬겠지. 바람을 피웠다거나 돈을 빌려가고 안 갚았다거나. 뻔하다 뻔해."

진은 경악을 금치 못했다.

"오빠, 어떻게 연애 칼럼니스트라는 사람이 그런 마초적인 발언을 할 수가 있어? 아니, 이건 마초도 아니고 정신병자들이나 할 소리야."

"너 말이 심하다. 오빠한테 정신병자가 뭐냐, 정신병자가."

탐이 얼굴을 일그러뜨리며 성질을 냈다.

"난 이해가 안 돼. 어떻게 피해자를 가해자 취급할 수 있어? 설사 저 여자가 바람을 피웠어도, 돈을 안 갚았어도 스토킹을 하는 건 아니지. 스토킹이 얼마나 무서운 범죄……."

탐이 퉁명스러운 말투로 대화를 중단시켰다.

"야, 남 일에 열 내지 말고 피곤하면 잠이나 자."

진은 너무 놀라 입을 다물 수조차 없었다. 심장이 순식간에 싸늘해지는 기분이었다. 뭔가 잘못됐다는 생각이, 잘못된 길로 들어섰다는 생각이 머릿속 깊숙한 곳에서 솟아올랐다. 더 늦기 전에 길을 되돌아가야 할지도 몰랐다. 하지만 돌아가기엔 너무 늦어버린 게 아닌지, 무거운 불안감이 가슴을 짓눌렀다.

연분말이
잔치국수

마녀식당이 자리한 거리의 모습은 낮과 밤이 전혀 다르다. 유난히 밝은 달빛과 드문드문 서 있는 가로등 불빛 속에서, 어둠이 내린 거리는 다른 세계로 통하는 통로처럼 보인다. 공기 중에는 음산하고 신비한 기운이 봄의 라일락 향기처럼 떠돌고, 머나먼 곳에서 불어오는 바람 소리는 마치 영혼들의 속삭임처럼 들린다.

어둠이 물러가고 빛이 들어차면 거리는 변모한다. 스모그 낀 하늘과 매캐한 공기, 뒤뚱뒤뚱 궁둥이 통통한 비둘기. 헨젤이 길을 찾기 위해 뿌려놓은 것처럼 바닥 여기저기에 흩어져 있는 담배꽁초와 가래침. 진은 이렇게나 밋밋하고 지루한 한낮의 거리를 씩씩거리며 걷고 있었다.

"나쁜 자식, 날 버려두고 가버리다니. 절대로 용서하지 않겠어!"

진은 콧김을 내뿜으며 발을 쿵쿵 굴렀다. 영화관에서 탐이 그녀를 버리고 가버렸기 때문이었다.

서로에게 공개 연애는 좋을 게 없다는 핑계로 진의 집에서만 뭉그적거리려는 탐을 조르고 졸라 간신히 얻어낸 데이트 약속. 상영 시작 십 분 전, 예매해둔 표는 환불도 안 되는 상황인데, 주차를 하고 온다던 탐은 전화도 받지 않은 채 감감무소식이었다. 라지 사이즈 팝콘과 음료 두 개를 양손에 들고 오지 않는 남자친구를 기다리는 꼴이라니. 혹시 사고라도 난 게 아닐까 걱정했던 마음이 무색하게 탐은 상영 시각 십 분이 지나서야 달랑 메시지 한 개를 보냈다. 칼럼 원고에 문제가 생겨서 급하게 가봐야 한다나 뭐라나. 그래도 표가 아까워 진은 울며 겨자 먹기로 혼자 입장하여 영화를 보았다. 화가 단단히 난 탓에 영화가 제대로 들어올 리 만무. 온 사방에 진을 치고 있는 커플들을 보자니 열불이 터져 삼십 분 만에 상영관을 나와버렸다.

영화관에서 나오니 오후 3시. 집으로 가기에는 애매한 시간 이라 진은 곧장 식당으로 향했다.

"여자친구를 버려두고 가는 놈이 뭔 놈의 연애 칼럼은 연애 칼럼이야. 녹화였다, 미팅 중이었다, 툭하면 연락 안 되고, 밖에서 마음 놓고 데이트도 못 하고. 대체 내가 연애를 하고 있기는 한 거야? 나쁜 놈. 이번에도 얼렁뚱땅 넘어가면 정말 끝장이다."

진은 식당으로 향하는 내내 이렇게 탐을 잘근잘근 씹어 넘겼다. 속이 시원하기는커녕 가슴과 배 속이 답답하고 더부룩했다. 먹어서는 안 되는 돌덩이를 삼킨 기분이랄까. 할 수만 있다면 탐이란 인간을 토해내고 싶었다.

'그럼 토해내버려. 헤어지면 되잖아.'

누군가 알 수 없는 목소리로 진에게 말을 걸었다. 그러니까 내면의 목소리 같은 거였다. 하지만 그 내면의 목소리를 따르기엔 진은 아직 탐을 사랑했다. 텔레비전에 나온 그의 모습을 보면서 '저 남자가 내 남자친구야.' 하며 흐뭇해했으니 사랑하고 있는 게 맞았다. 가끔은 남은 것을 딱 한 입 먹었을 뿐인 'Hot, Hot Chocolate'의 위력이 둘을 사랑으로 엮은 것이 아닐까 의심스러울 때도 있었지만 이미 사랑에 빠진 이상 그건 중요한 문제가 아니었다.

'인기 많고 바쁜 남자친구를 둔 내가 참아야지.'

아마도 바보 천치일 게 분명한 진의 또 다른 내면은 그렇게 자기 합리화를 했다. 이런 걸 두고 혼자 북 치고 장구 치고, 라고 하나? 그렇게 늴리리야 북을 치고 장구도 치다 보니 진은 어느새 마녀식당에 당도해 있었다. 십 미터 전방에 보이는 마녀식당. 그런데 누군가 식당 앞에 서서 안을 기웃거리고 있었다. 누구지? 진은 고개를 갸웃거리며 식당 앞으로 다가갔다. 식당 앞에 있는 사람은 빨간 두건을 쓴 소녀…… 가 아니고 할머니였다.

진이 흠흠, 헛기침으로 인기척을 내자 빨간 두건을 쓴 할머니가 고개를 돌렸다.

"반장님, 아직 퇴근 안 하셨어요?"

할머니는 인공적이라고 할 수밖에 없는 치아를 드러내며 활짝 웃었다. 임플란트이거나 틀니일 터였다. 할머니의 자글자글한 눈주름이 봄날의 들판처럼 왠지 정겹게 느껴졌다.

"조금 이따가 하려고. 오늘은 일찍 왔네. 맨날 해가 지고 나서야 오더니만."

할머니는 입술을 오므렸지만 미소는 사라지지 않았다. 약간 백내장 기가 있는 눈이 오후의 햇살을 받아 작은 알사탕처럼 반짝였다.

빨간 두건 할머니. 항상 빨간 두건을 하고 다녀 그렇게 별명 지어진 할머니는 마녀식당이 있는 건물의 청소를 담당하는, 일명 '청소 반장님'이었다. 반장이라는 정식 직책이 있는 것은 아니었지만 존중하는 차원에서 다들 그렇게 칭했고, 반장님이라는 호칭보다는 '빨간 두건 할머니'라는 별명으로 더 자주 불리곤 했다.

"그런데 저희 가게에는 어쩐 일이세요? 무슨 하실 말씀 있으세요?"

평소 친분이 있던 것이 아니라, 진은 할머니의 등장이 조금 의아했다.

"아니, 뭐……."

할머니는 흘끔 식당을 쳐다보고는 다시 진에게로 시선을 돌렸다. 진은 할머니의 자글자글한 미소 사이사이에 뭔가 꿍꿍이가 숨어 있다는 것을 간파했다.

"잠깐 들어가서 커피라도 한잔 하실래요?"

진의 초대에 할머니는 기다렸다는 듯 냉큼 대답했다.

"그럼 그럴까? 오늘 커피를 한 잔도 못 마셨는데 잘됐네그려. 마침 아들 올 때까지 잠깐 앉아서 기다릴 데도 필요했거든. 우리 아들이 모처럼 외식시켜 준다고 하더라고. 그런데 아가, 장사 준비하려면 바쁜 거 아니야?"

"괜찮아요. 오늘은 일찍 와서 시간 여유 있어요."

진이 열쇠를 열쇠구멍에 넣으며 말했다. 왼쪽으로 손목을 돌리자 찰칵, 경쾌한 소리를 내며 열쇠가 돌아갔다.

"오늘 내가 때를 잘 맞췄네. 잠깐만 기다려. 금방 올 테니까."

말이 끝나기도 전에 할머니는 건물 안으로 사라졌다. 염색한 것이겠지만 할머니의 흑발은 풍성했으며 허리는 꼿꼿했다. 걸음걸이도 젊은이들 못지않게 씩씩했다. 언뜻 아들이 쉰이 넘었다는 얘기를 들은 기억이 났다. 예전 진미식당을 운영할 때, 관리소에서 할머니가 누군가를 붙잡고 늘어놓던 하소연을 들었던 것이다. 그 기억이 맞는다면 할머니 연세는 어림잡아 일흔에서 여든 사이. 연세에 비해 아주 정정하신 편이었다.

진은 식당 문을 열고 주방으로 들어와 커피 물을 올렸다. 막 찻잔을 꺼내는데 식당 문에 달아놓은 풍경이 울렸다. 빼꼼히 고개를 내밀고 보니 할머니가 노란 보자기 꾸러미 하나를 들고 문가에 서 있었다.

"들어오세요, 반장님."

진은 앞치마를 허리에 두르며 주방 밖으로 나갔다.

"반장님은 무슨. 그냥 할머니라고 불러. 우리 아들이 일찍 장가를 갔으면 우리 아가 같은 손녀가 있을 것인데."

할머니가 진의 궁둥이를 팡팡 두드리더니 흐뭇한 눈길로 바라보았다.

"우리 아가는 아직 결혼 전이지?"

진이 그렇다고 대답하자 할머니는 한층 흐뭇해하며 진을 위아래로, 좌우로, 앞뒤로 훑었다. 비유하자면 시장 어물전에서 싱싱하게 물오른 생선을 고르는 모습이었다. 아니나 다를까 할머니는 진의 팔뚝이며 엉덩이며 여기저기 몸을 주무르며 혼잣말처럼 중얼거렸다.

"궁둥짝은 널찍하니 좋은데 살집이 쪼매 아쉽네. 살만 좀 오르면 튼실하니 좋겠어."

그러면서 할머니는 들고 있던 꾸러미를 내밀었다.

"쑥송편이야. 우리 아들이 얼마 전에 제 어미 준다고 산에서 뜯어 온 쑥으로 빚은 거야. 우리 아들이 산귀신이거든. 새파랗게 젊을 때부터 산에 미쳐서는 사방 천지 안 다녀본 산이 없을 정도라니까. 이제 산은 그만 좀 다녀라 아무리 말려도 말을 안 듣더니, 기어이 몇 년 전에는 히마라얀지 에레베스트인지까지 갔다 왔지 뭐야. 작년에는 글라밍인지 뭐신지 하다가 절벽에서 떨어져서 다리도 크게 다쳤고."

"클라이밍이요?"

"그래, 클라밍. 그래도 이놈이 겉으론 무뚝뚝해도 속정은 깊어서 제 어미 좋아하는 쑥이며 곰취며, 좋은 산나물이란 산나물은 다 뜯어가지고 오고, 재작년엔가는 손가락만 한 산삼도 캐 와서 나 먹으라고 주더라니까. 제 마누라 생기면 칠푼이 팔푼이 소리 들어가면서도 끔찍이 잘해줄 놈이야. 그런데 이놈이 오십이 넘도록 장가를 못 갔으니……."

할머니가 슬쩍 진의 눈치를 보았다. 하지만 진의 표정이 뚱했던지 할머니는 서운한 듯 입맛을 다시며 본 주제로 넘어갔다.

"요즘 젊은 사람들이 좋아하는 깨소 넣어서 만든 거니까 한번 먹어봐. 내가 일하다가 참으로 먹으려고 가져왔는데, 노인네 먹기엔 너무 많네. 우리 아가, 엄마 오면 쪄달라고 해서 같이 먹어."

"감사합니다. 잘 먹을게요. 그런데 저희 엄마는 시골에 계시는데요."

"응? 여기서 같이 일하는 여자, 엄마 아니었어? 까무잡잡하고 맨날 시커먼 옷 입고 다니는……."

"예전에 진미식당일 때 계시던 분이 저희 엄마고요, 지금 말씀하신 분은 그냥 같이 일하는 분이세요."

"진미식당? 그건 또 뭐여?"

할머니가 처음 듣는 소리라는 듯 얼굴 가득 물음표를 그렸다.

"아니에요. 신경 쓰지 마세요."

진은 얼버무렸다. 이상한 일이지만 건물 사람들을 비롯한 주변 이웃들은 마녀식당뿐 아니라 진미식당의 존재까지도 명확히 인식하지 못했다. 그렇다고 존재 자체를 모르는 것은 아니고 마치 식당에 관련해서는 뿌옇게 안개가 끼어 있는 듯했다. 알고는 있으나 기억하지 못하는 존재감이 없는 존재.

"나는 둘이 닮아서 모녀 사이인 줄로만 알았지."

진은 애매한 미소를 지어 보였다.

"자리에 앉아서 조금만 기다리세요. 금방 송편 쪄 올게요. 커피랑 같이 먹으면 맛있겠네요."

진은 주방으로 들어가 찜기를 불에 올리고 할머니가 주신 보자기를 풀었다. 반투명 플라스틱 통 안에 큼지막한 쑥송편이 한가득 들어 있었다. 양이 넉넉하여 반만 찜기에 넣고 뚜껑을 닫았다. 밖을 내다보니 할머니가 뒷짐을 지고 식당 구석구석을 둘러보고 있었다.

"여긴 왜 테이블이 하나밖에 없어…… 이 그림은 또 뭐래……."

할머니가 허리를 숙이고 테이블 아래를 내려다보며 중얼거렸다. 진은 슬쩍 웃음이 나왔다. 할머니가 보고 있는 그림은 마녀가 하얀색 안료로 그려놓은 펜타클이었다. 특별한 힘을 가진 도형과 기호, 문자들로 이루어진 것으로 테이블 위에서 먹는 요리에 깃든 마법 에너지를 증폭시키는 역할을 했다.

그때 주방 안에서 치이익, 하는 소리가 들렸다. 찜기 뚜껑 사이로 수증기가 올라오고 있었다. 뜸이 들기를 기다렸다가 뚜껑을 여니 비가 내린 풀숲처럼 진한 녹색의 탱글탱글한 송편이 모락모락 김을 내뿜고 있었다. 진은 송편을 베 보자기를 깐 바구니 접시에 담아 커피와 함께 테이블로 가져갔다. 모양새가 그럴싸했다.

"오래 기다리셨죠? 쑥 향이 정말 좋네요."

할머니가 코를 킁킁거리며 쑥 향을 맡았다. 할머니 입가에 어린애 같은 미소가 떠올랐다.

"그렇지? 내가 떡을 참 좋아하는데 그중에서도 쑥송편을 제일로 좋아해. 우리 엄마가 나 어렸을 적에 쑥송편을 자주 쪄줬거든. 내가 뒷산에 가서 솔잎을 따 와가지고는 엄마한테 내밀면서 떡 쪄달라고 막 졸라댔지. 그럼 엄마는 '이년아, 밥 해먹을 쌀도 없는데 뭔 떡이여, 떡은.' 하면서도 나 먹으라고 몇 개씩 쪄서는 동생들 몰래 내 손에 쥐여주고 그랬는데 말이야……."

할머니는 아득한 눈길로 쑥송편을 바라보았다. 할머니의 눈가에 작은 보석 방울이 반짝였다.

"헤헤, 늙으면 이렇게 주책을 떤다니까. 식기 전에 얼른 먹어."

할머니가 진에게 송편을 쥐여주는 동시에 문이 열리면서 길용이 들어왔다. 학교를 그만둔 길용은 본격적으로 마녀식당에서 일을 하고 있었다. 그가 마녀식당의 일원이 되고 벌써 한 계절이 바뀌었다.

"저희 아르바이트생이에요. 우리 건물 청소 반장 할머니. 인사드려."

진이 소개하자 길용이 허리를 굽혀 할머니에게 인사했다.

"안녕하세요."

"그려, 그려. 인사성은 밝네."

할머니가 호기심 가득한 얼굴로 길용을 뚫어지게 살폈다.

"곱상하니 잘생겼구먼. 여자애들이 많이 따르겠어."

할머니의 칭찬에 길용은 부끄러운 듯 머리를 긁적였다.

아닌 게 아니라, 불과 몇 달 사이에 길용은 몰라보게 달라져 있었다. 진보다 한참 작았던 키는 훌쩍 자라 눈높이가 같아졌고, 가냘프던 얼굴선은 각이 살아나면서 훨씬 듬직해졌다. 며칠 전에는 '면도를 안 하고 왔더니 턱이 거칠거칠하네요'라며 너스레를 떨기도 했다.

빠른 성장 속도를 감당하기 위해서일까. 식욕도 엄청나게 늘어난 길용은 어느 틈엔가 진 옆자리에 앉아 송편을 두 개씩 집어 먹고 있었다. 급하게 먹다가 체하지 말라고 진은 오렌지 주스를 한 잔 가져다주었다.

한편 송편을 좋아한다던 할머니는 떡에는 눈길도 주지 않고 진을 지그시 바라보고만 있었다.

"우리 아가는 아직 결혼 전이라고 했지? 만나는 사람은 있나?"

할머니가 진의 손을 잡고는 만지작거렸다.

"네에? 왜 그러시는데요?"

진이 저도 모르게 길용의 눈치를 살피며 애매하게 대꾸했다.

"우리 아들이 올해 쉰셋인데 말이지, 아직 총각이야. 홀아비가 아니라 총각. 이놈 장가를 보내야 할 텐데……."

할머니는 음흉한 눈길로 진을 바라보았다.

"우리 아들이 나이는 쉰이 넘었어도 아직 힘도 좋고 팔팔해. 이놈 취미가 산에 오르는 거라서 웬만한 젊은 남자들보다 건강할 거야. 아직 사십 대 초반으로 보는 사람도 많아."

"등산이 건강에 좋긴 하죠."

진이 적당히 맞장구를 쳐주었다. 그런데 진의 눈치를 살살 살피던 할머니는 갑자기 탄식을 길게 내뿜으며 아들 욕을 하기 시작했다.

"그럼 뭐 하나, 허구한 날 산에 처박혀 있으니 여자 만날 새도 없는데. 또 이놈이 숫기도 없고, 여자 웃길 줄도 모르고, 그런 주제에 까다롭기는 또 더럽게 까다로워요. 제 입에 맞는 음식 아니면 입에도 안 대. 싫은 사람하고는 아예 눈도 안 마주쳐."

할머니는 아이고 내 팔자야, 서방 복 없는 년은 자식 복도 없다더니, 등등의 신세 한탄을 줄줄이 늘어놓았다. 진은 섣불리 장단을 맞추면 안 될 것 같아 그저 묵묵히 할머니의 타령을 들어드렸다.

"내가 이놈 장가가는 것은 보고 죽어야 할 텐데. 우리 아들, 귀하게 얻은 삼대독자야. 어릴 때부터 어찌나 영특한지 장군 아니라 대통령도 할 놈이라고 했는데, 동네 이장은커녕 장가도 못 들고 팔푼이로 늙어 죽게 생겼으니……."

오늘 날 제대로 잡은 할머니는 진의 손을 꼭 쥐고는 "사랑에는 나이도 없다는데"와 "우리 아들 아직 힘도 좋은데"라는 말을 번갈아가며 반복했다. 뭔가 끈적거리는 기분에 진은 손을 빼내려 했지만 할머니의 강한 아귀힘은 진을 꽉 잡고 놓아주지 않았다. 꼭 식충식물 파리지옥에 걸려든 한 마리 파리가 된 느낌이었다.

할머니가 과장되게 한숨을 푹 내쉬며 말했다.

"누가 우리 아들 장가만 들게 해준다면 내 간이라도 빼주겠는데 말이여."

그 말을 끝으로 테이블에는 침묵이 흘렀다. 침묵 사이로 길용이 우걱우걱 송편을 씹는 소리가 유난히 크게 울렸다.

잠시 후, 어색한 분위기에 아랑곳하지 않고 마지막 남은 송편을 먹어치운 길용이 툭 한마디를 던졌다.

"저희 마녀식당의 손님이 되시면 되겠네요."

옳다구나, 진은 고개를 끄덕였고 할머니는 뭔 헛소리냐, 라는 식으로 고개를 갸웃거렸다.

"이게 뭔 호랑말코 같은 소리래?"

할머니가 꽥 소리를 질렀다. 서당 개 삼 년이면 풍월을 읊는다더니, 마녀식당 노예 삼 개월 만에 마녀식당의 운영 원칙을 줄줄이 꿰고 있는 길용의 설명을 듣고 난 후였다.

할머니는 별 황당무계한 소리를 다 듣는다는 듯 멀뚱한 표정으로 길용과 진을 번갈아 쳐다보았다.

"지금 이 쪼그만 녀석이 뭐라고 씨부렁거리는 거여. 뭐 소원을 들어주는 요리? 마법? 내 살다 살다 이런 헛소리는 처음 들어보는구먼. 처녀가 애를 뱄대도 이보다는 믿을 만하겠네."

과격한 할머니의 반응에 길용은 금세 풀이 죽어버리고 진이 대신 나서서 보충 설명을 했지만 할머니는 여전히 마뜩잖은 표정으로 마법의 요리에 대해 믿으려 들지 않았다.

"지금 힘없고 총기 떨어진 늙은이라고 놀리는 거여, 뭐여. 내가 이래 봬도 총기 하나는 타고난 사람이여. 내가 학교는 다니지 못했어도 혼자 한글 깨치고 숫자 셈하는 법을 깨쳤어…… 지금은 늙어서 여기서 청소나 하고 있지만 젊었을 때는 꽤나 큰 사업 하면서 직원 수십 명을 거느렸던 사람이라고……."

할머니의 목소리 끝이 갈라졌다. 젊은 사람들이 본인을 놀리는 거라 생각했는지 노여움과 서러움이 복합된 눈물이 눈가에 맺혔다.

"엄마, 거기 있는 거야? 나 왔어."

밖에서 할머니를 부르는 남자의 목소리가 들렸다.

할머니의 아들은 식당 문을 빠끔 열고 얼굴을 디밀었다. 열린 문틈으로 어둠이 안개처럼 슬그머니 들어왔다. 바깥은 어느새 완전히 어둠에 잠겨 있었다.

할머니가 손으로 까딱까딱 들어오라는 시늉을 했다.

"안녕하십니까. 실례하겠습니다."

허리 숙여 인사하는 할머니의 아들은 복고 패션의 선두주자인 양 어정쩡한 보라색 셔츠에 물 빠진 청바지를 배꼽 위에까지 끌어올려 입고 있었다.

"나 여기 있는 건 어떻게 알았냐?"

할머니는 아들이 보지 못하게 고개를 돌리고는, 풀어서 손에 쥐고 있던 빨간 두건 자락으로 눈물을 찍어 닦았다.

"어떻게 알기는, 아까 엄마가 전화했잖아. 엄마 일하는 건물 식당으로 오라고. 보니까 식당은 여기밖에 없던데?"

할머니는 뜨끔한 표정을 지었다. 그제야 진은 할머니가 식당을 기웃거렸던 이유를 깨달았다. 할머니는 아들과 진을 은근슬쩍 연결해보려는 속셈이었던 것이다. 그러나 길용이 마법의 요리에 대한 이야기를 꺼내면서 분위기가 어색해졌고, 자연스럽게 만남의 자리를 만들려 했던 할머니의 계획은 수포로 돌아가고 말았다.

"그, 그래, 내가 그랬었지. 그런데 여긴 예약 손님만 받는단다. 우린 딴 데 가서 먹자."

할머니는 허둥지둥 자리에서 일어났다. 그러면서도 따끔한 일침을 잊지 않았다.

"커피 잘 마셨네. 그렇지만 젊은 사람들이 노인네 놀리고 그러면 못 쓰는 거여. 아무튼 내가 마법의 요린지, 뭔지를 먹는 일은 없을 테니까, 그리 알라고."

할머니의 아들은 이게 무슨 소리인가, 어리둥절한 얼굴로 할머니를 따라 나가면서도 허리를 굽혀 인사하는 것을 잊지 않았다. 패션 센스는 형편없지만 예의는 제대로 갖춘 사람 같다고 진은 생각했다.

때마침 마녀가 등장했다. 어둠이 내린 후 느지막이 식당에 출근을 한 마녀는 '뭐지?' 하는 눈빛으로 모자를 쏘아보았다. 할머니는 마녀를 쳐다본 후 쌩하니 식당을 나가버렸고, 아들은 마녀의 기세에 눌려 겁먹은 거북처럼 목을 잔뜩 움츠렸다. 마녀가 답을 요구하는 눈빛을 보냈다.

"우리 건물 청소해주시는 할머니시잖아요. 아, 마녀님은 한 번도 못 뵈었을 수도 있겠네요."

진이 대충 말하고 넘어가려는데 길용이 눈치 없이 미주알고주알 마녀에게 쪼르르 일러바쳤다.

"에이, 그게 전부가 아니잖아요. 할머니 아들이 노총각인데요, 할머니 소원이 그 아들 장가보내는 거래요. 그런데 말이죠, 할머니가 저 늙다리 아저씨하고 우리 진이 누나하고 어떻게 해보려고 하더라고요. 언감생심 말도 안 되죠."

길용이 입을 삐죽거렸다. 이렇게 보면 길용은 아직 한참 더 자라야 할, 영락없는 어린애였다.

진은 조마조마한 심정으로 마녀의 반응을 살폈다. 한데 이게 웬일? 마녀의 반응은 정말이지 예상을 뛰어넘는 것이었다.

"음, 소원을 빈다면 안 될 것도 없지. 원하는 상대랑 연을 맺는 건 아주 오래전부터 써오던 마법이거든."

마녀는 별 의미 없이 진을 한 번 쳐다보고는 안으로 쏙 들어가버렸다. 문가에 서 있던 길용과 진은 서로를 바라보며 동시에 얼굴을 찡그렸다.

"마녀님, 마녀님. 너무하신 거 아니에요? 우리 지니 누나를 그런 아저씨랑 엮다니요."

길용이 쪼르르 마녀를 쫓아 들어갔다.

"사랑에 나이가 있니?"

마녀가 길용을 물끄러미 응시했다. 길용이 뭔가 켕기는 사람처럼 컥컥 헛기침을 하고는 마지못해 대꾸했다.

"없죠……."

그러고는 비 맞은 강아지처럼 처량맞은 표정을 지었다.

"마녀님, 출출하시면 송편 좀 드실래요? 좀 전에 할머니가 가져오신 거예요."

화제도 바꿀 겸 진이 마녀에게 송편을 권했다. 워낙 입이 짧은 마녀이기에 먹으리라는 기대는 하지 않았다. 역시나 마녀는 송편을 보지도 않고 거부했다.

"난 떡 싫어해."

"저도 떡을 좋아하진 않는데 이건 맛있더라고요. 쑥송편이에요. 쑥 향이 정말 진해서 입 안에 풀숲이 들어앉은 느낌이에요."

쑥이라는 얘기에 마녀가 관심을 보였다.

"우리 엄마도 자주 해주셨었지."

마녀의 목소리에 아련한 기억이 묻어났다.

"마녀님도 엄마가 있으셨어요?"

길용이 물었다.

"세상에 엄마 없는 사람이 어디 있나."

마녀가 짤막하게 대답했다.

"그럼 마녀님의 엄마도 마녀셨나요?"

마녀가 잠시 생각하는 듯하더니 이내 고개를 끄덕였다. 길용이 흥분한 목소리로 다시 질문했다.

"와, 굉장하네요. 그럼 마녀는 유전인가요? 딸들한테만? 아니면 아들한테도? 아니지, 아들한테 유전되면 그건 마녀가 아니라 마남이겠군요."

마녀가 차가운 쑥송편을 조금 떼어 입에 넣고는 영 못 먹겠는지 다시 뱉어냈다. 진이 찜기에 쑥송편을 넣고 다시 찌기 시작했다.

“몸속에 조금이라도 마녀의 피가 흐른다면 마녀가 될 가능성이 있어. 하지만 마녀의 피는 필요조건이지 충분조건은 아니야. 어떤 식으로든 마녀의 힘이 발현되어야 해. 그렇지 않으면 힘은 죽을 때까지 핏속에 잠들어 있는 거야, 자신이 마녀인지도 모르고. 그리고 마녀의 피는 몇 세대를 걸러서 유전이 되기도 해.”

“그럼 자기 몸속에 마녀의 피가 있는지 어떻게 알 수 있죠?”

길용의 눈이 초롱초롱 빛이 났다. 저런 열의로 공부를 하면 서울대도 너끈히 갈 수 있을 텐데…… 길용의 학원 모의고사 성적을 알고 있는 진은 걱정스러운 마음이 들었다.

“글쎄. 마녀, 혹은 마법사에게는 몇 가지 징후가 보여. 대표적인 징후는 특이한 모양의 반점이나 사마귀야. 보통은 털 속에 가려진 살갗에 숫자 6이나 악마의 뿔 모양을 하고 있지. 혹은 내가 싫어하는 상대가 불의의 사고를 당하거나 고약한 전염병에 걸리는 경우를 들 수 있어. 한 번은 우연일 수도 있겠지만 두 번, 세 번 반복되면 결코 우연이라 할 수 없지. 그래서 마녀는 자신의 말뿐 아니라 생각도 조심해야 해. 나도 모르는 사이에 상대에게 저주를 퍼붓는 격이 될 수 있으니까."

"저는 해당사항이 없네요. 저는 반점도 사마귀도 없고 제가 싫어하는 애들은 오히려 승승장구하던데요."

길용이 한숨을 쉬며 늘어진 빨래처럼 어깨를 축 늘어뜨렸다.

"주호 그 자식은 아이돌로 잘나가거든요."

진이 의아해하며 말했다.

"너 괴롭히던 그 주호 말하는 거야? 걔 얼마 전에 학교폭력으로 논란돼서 그룹 탈퇴했잖아."

"네? 진짜요?"

놀란 길용에게 진은 휴대폰으로 주호의 학교폭력에 관한 기사들을 보여주었다. 아주 어릴 때부터 싹수가 노랗기로 유명했던 주호는 초등학교 때부터 아이들을 괴롭혀왔던 모양이었다. 그 피해자 중 한 명이 인터넷 커뮤니티에 글을 올렸고 다른 피해자들의 증언들이 추가되면서 주호의 짧았던 아이돌 시절은 막을 내리고 말았다.

"세상에! 주호 그 자식 꼴 보기 싫어서 인터넷을 안 했더니 요즘 돌아가는 소식을 통 몰랐어요. 정말 속 시원하네요. 어떻게 이런 우연이!"

길용은 놀라 입을 다물지 못했다.

"뭘 그렇게 놀라, 소원을 빌었으니 당연히 이루어진 거지. 그리고 우연이 아닌 거 너도 알잖아. 마법의 힘이 주호를 위기에 빠트린 거라고."

토끼처럼 눈을 동그랗게 뜨고 있는 길용이 귀여워 진은 웃음을 참을 수 없었다.

"하하. 그, 그렇죠……."

길용과 마녀의 시선이 마주쳤다. 둘만의 비밀이라도 있는 것처럼 은밀한 눈빛을 교환하는 두 사람이 수상쩍었던 진이 다그쳐 물었다.

"뭐야, 두 사람. 나 몰래 둘이 무슨 작당 모의라도 한 거야?"

시선을 피하는 길용과 헛기침을 하는 마녀.

"아, 맞다! 마녀님, 그때 길용이가 먹은 마법의 요리는 상대의 손에 물갈퀴가 생기게 하는 것 아니었어요?"

진이 날카롭게 파고들자 마녀가 신경질적으로 목소리를 높였다.

"다들 조용! 아직 내 설명은 끝나지 않았어. 어디 감히 마녀님이 말씀하시는데 끼어들길 끼어드나."

마녀가 흠흠, 목을 가다듬고는 설명을 이어나갔다.

"마녀인지 아닌지는 짐승이 잘 따르느냐로 판별할 수도

있어. 특히 흑염소나 거미, 박쥐 같은 검은 짐승들은 마녀를 주인처럼 섬기지. 만약 처음 본 검은 고양이가 잘 따른다면 그 사람은 몸속에 마녀의 피가 흐를 확률이 반을 넘어가."

열띤 학구열을 보이며 잠자코 듣고 있던 길용이 말했다.

"저는 확실히 아니네요. 동네에 있는 고양이들은 다들 저를 피하기만 하더라고요. 심지어 어렸을 때 키웠던 까만 비글은 제 방에 똥을 싸놓곤 했어요."

길용이 거기까지 말하고는 신기한 걸 발견해냈다는 듯 진을 손가락으로 가리켰다.

"그러고 보니 전에 검은 고양이가……."

길용이 말을 맺기도 전에 진은 재빨리 길용의 입에 쑥송편 하나를 쑤셔 넣었다. 방금 쪄낸 뜨거운 떡이 들어가자 길용은 엉덩이에 불이 난 송아지처럼 식당 곳곳을 뛰어다녔다.

"으어어어!"

그런 길용을 보며 진은 약간의 죄책감과 함께 약간의 가슴 통증을 느꼈다. 그 통증이 무엇에서 기인하는지, 아직은 잘 알 수 없었다.

마녀식당의 요리를 먹는 일은 없을 거라던 청소 반장 할머니는 보름 만에 식당을 다시 찾았다.

"잠깐 들어가도 될라나?"

할머니는 한숨을 푹푹 내쉬며 그간 아들과 벌인 신경전에 대해 털어놓았다. 아들을 위해 국제결혼 알선업체에까지 찾아간 할머니는 등록비니, 뭐니 거액의 돈을 지불하고 국제 맞선 일정까지 잡아놓았다. 그런데 아들이 한사코 선보기를 거부한다는 것이었다.

"효식이 그놈이 날 닮아서 똥고집이여. 사랑 없는 결혼은 죽어도 안 할 거라나 뭐라나. 이팔청춘 때도 못한 사랑을 나이 오십 넘어서 뭔 재주로 해. 내 아들이지만 참 꿈도 야무져. 어디 제 어미가 죽어야 정신 차리려나 몰라."

할머니는 그러면서 넌지시 마녀식당의 요리를 먹고 싶다는 뜻을 내비쳤다.

"그런데 음식값이 만만치 않다면서? 나 우리 효식이 베트남 맞선 자리에 돈 대느라 많이는 못 줘. 거기서는 돈도 못 돌려준다대. 이럴 줄 알았으면 처음부터 여기가 하는 말 들을 것을 그랬어."

그때 마녀가 불쑥 끼어들었다.

"꼭 돈으로 주시지 않아도 돼요."

그 말을 들은 할머니의 얼굴에 화색이 돌았다.

"그래? 다행이네. 그런데 이 늙은이가 줄 게 뭐가 있으려나…… 거짓말이 아니라 우리 아들 천생배필 만나서 잘 살 수만 있다면 내 간이라도 빼주겠어. 늙은 몸뚱이지만 필요하다면 사지 육신을 다 내줘도 하나도 안 아까워. 그렇지 않대도 저놈의 새끼 때문에 속이 다 문드러져 죽을 텐데 아까울 것이 뭐 있겠어."

할머니가 절절하게 말했다.

"내 마지막 소원은 이거 하나여. 우리 아들 장가가서 제 마누라랑 서로 의지하면서 사는 거. 지금은 나라도 있지만, 나 저 세상 가고 나서 혼자될 이놈을 생각하면……."

할머니 눈에 눈물이 맺혔다.

"세상천지 혼자보다는 둘이 낫지 않겠는가? 나 죽기 전에 우리 아들놈한테 험한 인생길 손 붙잡고 같이 걸어갈 배필 만들어주는 것이 내 소원일세."

마녀는 조용히 눈을 감고 생각에 잠겼다. 그 모습을 보며 진은 내심 마녀가 정말 할머니의 간을 내놓으라고 할까 봐 겁이 났다. 한번은 예뻐지고 싶다고 찾아온 여자에게 앞으로 태어날 아기를 달라고 한 적도 있었다. 마녀는 인정사정 봐주는 법이 없었다. 검지를 볼에 대고 톡톡 두드리던 마녀가 이윽고 눈을 떴다. 진과 할머니, 길용까지 모두 촉각을 곤두세우고 마녀의 말을 기다렸다.

"할머니 간은 필요 없어요. 사람의 생간은 마법 재료로는 꽤 쓸모 있지만, 할머니 간은 너무 늙었어."

마녀는 뜸을 들였다. 마치 먹잇감을 눈앞에 두고 스릴을 즐기는 검은 암표범 같은 모습이었다.

성질 급한 할머니가 답을 재촉했다.

"그래서 뭘 달란 말이여. 이 늙은이 젖이라도 줄까?"

길용이 옆에서 킥킥 웃는 소리가 들렸다. 마녀 또한 생글생글 웃으며(길용과는 다른 의미의 웃음이었다) 대답했다.

"할머니의 기억을 주세요."

할머니는 황당함을 숨기지 않았다. 너희가 대신 설명 좀 해 봐라, 하는 눈빛으로 길용과 진을 바라보았으나 여기에 답을 할 수 있는 사람은 마녀뿐이었다.

"슬픔, 기쁨, 분노, 행복, 고통…… 인간이 살면서 겪는 모든 경험과 감정의 흔적들, 그 흔적들을 고스란히 담고 있는 기억을 내게 주세요. 지금까지의 당신 인생이 차곡차곡 쌓인 기억은 실로 어마어마하겠지요."

마녀가 원하는 것이 말 그대로 자신의 '기억'이라는 것을 깨달은 할머니는 기억을 내준다는 것이 과연 어떤 의미일지 가늠해보는 눈치였다.

할머니가 결심을 내리기까지는 그리 오랜 시간이 걸리지

않았다.

"까짓, 그러자고. 평생 고생만 하고 살았어. 기억하고 싶은 것보다 잊고 싶은 일이 더 많다고. 차라리 잘됐지 뭐."

할머니는 뜻밖에도 이렇게 호쾌하게 말하고는 자신이 먼저 마녀에게 손을 내밀었다.

"그려, 이까짓 기억 못 줄 게 뭐가 있겠는감. 그런데 명심해, 나한테 사기 쳤다가는 뼈도 못 추릴 테니까. 이래 봬도 내가 왕년엔 명동 바닥을 주무르던 여장부였다고."

마녀는 씩 웃으며 할머니의 손을 맞잡았다.

◆

책은 아무리 만져도 익숙해지지 않는 촉감을 선사했다. 표지에 손을 대면, 오래전에 죽은 사람의 피부를 만지는 듯 서늘한 공포가 온몸을 전기처럼 타고 돌았다. 그것은 B급 공포 영화를 볼 때 느끼는 공포와는 차원이 달랐다. 좀 더 근원적이고 본능적인, 영혼의 차원에서 느끼는 공포랄까. 진은 서랍 안에 고이 모시고 있는 책을 꺼내 조리대로 가져왔다.

"할머니를 위한 요리를 직접 찾아봐."

마녀의 지시에 진은 숨을 죽이고 겉표지를 조심스레 넘겼다. 손이 저도 모르게 떨렸다. 첫 장에는 아무것도 없었다. 한 장을 넘겼다. 역시 아무것도 적혀 있지 않았다. 셋째 장에는 이 책을 집필한 수많은 마녀에게 바치는 찬사가 쓰여 있었고, 넷째 장에는 이 책을 장정한 이들의 노고를 감사하는 글이, 다섯째 장에는 함부로 마법을 사용했을 경우에 발생될 위험에 관한 경고가 살벌하게 다루어져 있었다. 그리고 대망의 여섯째 장에 이르러서야 드디어 마법 요리의 레시피가 나오기 시작했다. 그 어디에도 차례가 나와 있는 부분은 없었다.

"본능에 맡겨봐."

저게 말이야, 방귀야. 속으로 구시렁거리며 진은 되는대로 책장을 넘겼다. 처음 펼친 장에는 삼각관계에 있는 여자에게 콧수염이 나게 하는 '염소치즈 샐러드' 만드는 법이 나와 있었다. 다음엔 조금 집중해서 페이지를 넘겼다. 세 번 시도 끝에 원하는 레시피를 찾아냈다. 진정한 연분을 찾아 이어주는 '연분맞이 잔치국수'였다.

마녀가 진이 찾은 페이지를 보더니 가볍게 고개를 끄덕였다. 진이 찾은 '천생연분 잔치국수'의 재료는 다음과 같았다.

달빛 아래 정성껏 기원한 정화수, 인어의 꼬리지느러미 한 쌍, 큐피드의 황금빛 머리털 한 올, 선녀와 나무꾼을 이어준 노루의 사향 조금, 직녀가 지은 베 보자기 한 필, 칠월 칠석에 채취한 은하수로 담근 청주 반 컵, 보리수의 붉은 열매를 발효시킨 효소액 한 숟갈, 잭이 심었던 콩 나무에서 얻은 완두콩으로 짠 기름, 파랑새의 알 세 개, 백 년 동안 자란 석이버섯 약간, 넝쿨째 굴러 들어온 애호박 반 개, 금은화 약간, 삼신할머니가 담근 간장 한 종지, 그리고 가장 중요한, 말린 구름 조각을 빻은 가루로 만든 국수 한 줌.

여기에 무, 대파, 양파, 다시마, 멸치, 갖은 양념까지. 재료를 다 모아놓으니 조리대가 꽉 차 막상 요리를 할 공간이 없을 지경이었다.

"먼저 육수 주머니부터 만들어. 직녀가 짠 베 보자기에 인어 꼬리지느러미랑 큐피드 머리털, 노루 사향을 넣은 다음 붉은 명주실로 묶으면 돼. 그다음에 솥에 정화수를 붓고 육수 주머니를 넣어서 충분히 우리도록."

마녀의 지시에 진과 길용은 일사불란하게 움직였다. 길용이 솥에 정화수를 붓고 불을 지피는 동안, 진은 직녀의 베 보자기에 재료를 넣고 붉은 실로 입구를 동여맨 다음 그것을 솥 안에 퐁당 집어넣었다.

"육수가 충분히 끓으려면 두 시간은 있어야 해. 그동안 진은 파랑새 알로 지단을 만들고 길용이, 너는 대파랑 양파를 다듬어. 멸치 똥도 따고."

길용이 한쪽 구석에 쪼그리고 앉아 재료를 다듬는 사이, 진은 파랑새 알을 노른자와 흰자로 분리하여 각각 소금을 조금씩 뿌리고 젓가락으로 착착 휘저어 잘 풀어주었다. 그런 다음 팬에 완두콩 기름을 살짝 두르고 키친타월로 골고루 기름이 묻게 한 후, 뜨겁게 달궈지길 기다렸다가 노른자와 흰자로 각각 지단을 부쳐냈다. 옆에서는 마녀가 석이버섯을 살짝 데쳐 참기름과 깨, 파, 마늘을 넣어 무치고 애호박은 채 썰어 역시 잭이 심은 완두콩으로 짜낸 기름을 소량만 넣고 살짝 볶아 국수에 얹을 고명을 만들었다.

무쇠솥에서 부글부글 육수가 끓기 시작했다. 진과 길용은 번갈아가면서 국자로 불순물 거품을 거둬냈다. 이윽고 두 시간이 지나고 옅은 개나리 빛깔로 우러난 육수는 처음보다 4분의 1 수준으로 양이 줄어 있었다.

"잘 우러났네."

마녀가 무쇠솥을 들여다보며 만족스러운 미소를 짓더니 육수 주머니를 건져내 그 안에 들어 있던 인어의 꼬리, 큐피드의 머리털, 노루 사향을 꺼내고, 안에 무, 대파, 양파, 다시

마, 멸치를 넣은 다음 다시 솥 안에 집어넣었다. 잠시 후 거기에 은하수로 담근 청주 반 컵과 보리수 열매 효소액을 한 순갈 첨가했다. 그런 다음 주걱, 그러니까 천 년 넘은 떡갈나무로 만든 주걱으로 휘휘 젓고는 삼신할매표 국간장을 조금씩 넣어가며 간을 맞췄다.

이제 남은 것은 국수 삶기와 주문 외우기였다. 진은 할머니의 예약 시간에 맞춰 끓는 물에 국수를 넉넉히 넣고 물이 끓어오를 때마다 찬물을 부어가며 삶았다. 당연히 평범한 국수는 아니고 말린 구름 조각을 빻은 가루로 장인이 한 가닥 한 가닥 정성을 들여 만든 국수였다. 잘 삶아진 국수는 찬물에 여러 번 비벼가며 씻고 돌돌 말아서 유기그릇에 넣었다. 이제는 마녀 차례였다. 마녀는 토렴한 국수에 육수를 부으며 주문을 외웠다. 느리게 자장가를 부르는 듯한 소리였다. 주문 외우기는 마법의 요리를 만드는 데 핵심 사항이자 하이라이트였다.

주문을 외운 후 마지막으로 석이버섯, 애호박, 지단으로 고명을 올렸다. 마녀가 노랗고 하얀 금은화를 국수 국물에 띄우며 말했다.

"금은화의 꽃말은 사랑의 인연이야."

천생연분의 인연을 맺어주는 '연분말이 잔치국수'.

늘 그렇지만 갖은 정성과 노고가 들어간 요리였다.

할머니는 동이 트기 두어 시간 전에 식당에 도착했다. 마치 새벽 기도를 올리러 온 사람처럼 할머니는 평소보다 단정한 차림새와 경건한 표정으로 테이블에 앉아 요리가 나오길 기다리고 있었다. 테이블 위에 올린 깍지 낀 두 손과 꼭 감은 두 눈은 정말이지 기도를 하고 있는 모습으로 보였다.

진이 할머니의 앞에 국수를 갖다놓으며 말했다.

"할머니, 요리 나왔어요."

황금빛 국물과 하얀 국수, 그 위에 정갈하게 올라가 있는 고운 빛깔의 고명. 뜨끈한 국물에서는 김이 올라오고, 옆에는 잘 익은 김치가 곁들여졌다.

"아, 국수구먼, 잔치국수. 우리 아들 장가들 적에 먹어야 하는데 여기서 먼저 먹네."

멀거니 국수를 내려다보던 할머니의 얼굴에 살포시 미소가 얹어졌다.

"옛날엔 이것도 참 귀했지. 귀해서 잔치 때나 먹는 음식이었으니까. 그때는 국수 삶아서 아무것도 없이 그냥 먹어도 참 맛있었어. 나 어릴 적에 울 엄마가 말이여, 막 삶아 건진 국수를 물에 헹궈서 호로록 말아가지고 입에 쏙 넣어주면 그게 얼마나 맛나던지. 그거 하나 얻어먹으려고 국수 삶는 날이면 엄마 옆에서 제비 새끼처럼 입을 벌리고 앉아 있었는데……."

할머니는 입맛을 다셨다. 옛 추억을 떠올리며 다시는 입맛인지, 지금 눈앞에 있는 국수가 입맛을 동하게 한 것인지는 알 수 없었다.

"인연을 맺어주는 연분말이 잔치국수예요. 소원을 간절히 빌면서 드셔야 해요. 가능한 한 남기지 말고 다 드세요."

할머니가 고개를 끄덕이고는 국수를 한 젓가락 말아 올렸다. 후루룩, 후루룩, 국수가 한 젓가락씩 입 속으로 들어갈 때마다 할머니의 얼굴엔 미소와 회한과 슬픔과 아련함이 번갈아가며 스치고 지나갔다. 국수 한 가닥에, 소중한 기억 하나씩을 곱씹는 것만 같았다.

"그때 먹었던 국수만큼은 아니어도, 쫄깃쫄깃하니 맛이 참 좋네. 국물도 시원하고. 뭐로 육수를 냈기에 이렇게 구수하고 향긋할까?"

할머니는 답을 원하는 듯 진을 바라보았으나 달리 대답할 거리가 없었다. 인어의 꼬리지느러미로 맛을 냈다고 할 수도 없고…….

"영업비밀인가? 며느리도 안 가르쳐주는?"

할머니는 우스갯소리를 하며 국물을 그릇째 들고 마셨다. 아직 뜨거울 텐데도 후후 불어가면서. 그러고는 입에 묻은 국물과 흘러내리는 콧물을 손등으로 쓱 닦으며 말을 이었다.

"새벽이슬 맞으면서 나오느라 몸이 찼는데 뜨끈하니 좋구먼. 잘 먹었어."

할머니가 내려놓은 그릇에는 국물 한 방울, 국수 한 가닥 남아 있지 않았다.

"나 살아생전에 이렇게 맛있는 국수를 또 먹을 날이 있을까 모르겠네."

진이 말했다.

"아드님 결혼식 때 드시면 되죠. 그땐 이것보다 훨씬 더 맛나실 거예요."

할머니가 고개를 끄덕거렸다.

"그렇겠지? 한번 기대해봄세."

할머니는 자리에서 일어나 문 쪽으로 걸어갔다. 그리고 문을 열고 나가기 직전, 진을 돌아보며 말했다.

"우리 아가도 좋은 사람 만날 거야. 천생배필을 만나는 것만큼 인생에 중한 것은 없어. 할머니가 손녀한테 해주는 덕담이라고 생각해."

진의 가슴이 뭉클해졌다.

"감사합니다."

정말 그랬으면 좋겠다고 생각했다.

할머니가 문을 열었다. 열린 문 사이로 보이는 거리는 깊은 바다 빛깔로 물들어 있었다. 어느덧 날이 밝아오고 있었다.

◆

효식이 이상한 낌새를 느끼기 시작한 것은 아버지 제사를 지낸 다음 날이었다. 일을 마치고 집으로 돌아와보니 엄마가 부엌에서 부지런히 전을 부치고 있었다. 밤 10시, 보통 때라면 새벽에 청소를 나가는 엄마는 한창 주무시고 계실 시각이었다.

"엄마 지금 뭐 해? 야밤에 전은 왜 부쳐? 아들 야식으로 먹으라고?"

엄마의 어깨 너머로 프라이팬을 내려다보며 물었다. 프라이 팬 위에서는 효식이 제일 좋아하는 동그랑땡이 지글지글 익어가고 있었다. 어제 먹고 남은 걸 데우는 건가? 고소한 기름 냄새의 유혹을 견디지 못하고 동그랑땡을 하나 집자, 엄마가 효식의 손을 찰싹 때렸다.

"제사상에 올릴 음식에 함부로 먼저 손대는 거 아녀."

효식은 멀뚱히 서서 엄마를 바라보았다. 엄마가 농담을 하는 것 같지는 않았다. 처음엔 '내가 뭘 착각했나? 어제 분명히 아버지 제사를 지냈는데?' 하고 정신을 가다듬었다. 그러나 다음 순간, 자신이 착각한 것이 아니었음을 확신하자 이번엔 불길한 예감이 심장을 마구 쪼기 시작했다.

"엄마, 아버지 제사는 어제 지냈잖아."

목소리가 바들바들 떨렸다.

엄마는 효식의 말이 들리지도 않는지 계속해서 전을 부쳤다. 그다음엔 나물을 무치고 조기를 구웠다. 가스레인지 한쪽에서는 탕국이 끓고 있었다.

어느덧 시간은 12시가 가까워져오고, 엄마는 "아이고, 서둘러야겠다." 하면서 제사상을 차렸다. 그동안 효식은 허수아비처럼, 집에 들어왔던 모습 그대로 엄마 곁에 서 있었다.

"엄마, 무섭게 왜 이래!"

발을 동동 구르며 화를 내보았지만 엄마는 효식에게 눈길조차 주지 않았다. 엄마의 팔을 붙잡고 제발 정신 차리라고 애원을 하자 그제야 엄마는 손으로 효식의 얼굴을 쓰다듬으며 말했다.

"너 내일 학교 가려면 피곤할 텐데 빨리 자야지. 후딱 아버지한테 절 올리고 얼른 들어가 자. 엄마가 일 나가기 전에

도시락 싸놓고 갈게."

효식은 뜬눈으로 밤을 지새웠다. 다음 날 아침 방에서 나와 보니 식탁 위에는 엄마가 싸놓은 도시락이 놓여 있었다. 효식은 손수건으로 꽁꽁 싸인 도시락을 보며 한참을 울었다.

'나이가 들면 건망증이 생기기 마련이지. 혹 우울증을 앓고 계신 건 아닐까? 노년의 우울증은 치매랑 증상도 비슷하다던데…….'

효식은 스스로를 달래면서도 지체하지 않고 엄마를 모시고 병원에 갔다. 검사 결과, 경도인지장애 단계를 지나 중등도치매 진단이 내려졌다. 그럴 리가 없다고 애써 부정했던 시간이 무색해지는 순간이었다.

"그전에 분명 전조증상이 있었을 텐데요? 환자분의 이상행동, 전혀 눈치채지 못하셨나요?"

의사의 말에 효식은 고개를 내저었다. 아들인 자신보다도 명민하셨던 어머니였다. 어르신들에게는 복잡한 은행 일도, 장 보는 일도 꼼꼼하고 살뜰히 챙기셨던 어머니였다.

"다 못난 아들놈 때문이죠."

효식은 가슴을 쳤다. 이제 와 자신을 탓하며 가슴을 치는 것 말고 달리 할 수 있는 게 뭐가 있겠는가.

'이 개도 안 물어갈 후레자식아, 전국팔도 산이란 산은 안

가본 산이 없으면서, 어떻게 제 어미랑은 동네 시장 한번 같이 간 적이 없을 수가 있냐. 돈 처들여 알프스 유람은 가고 목숨 걸고 히말라야는 오르면서, 어떻게 제 어미랑은 제주도 한번을 못 가줄 수가 있냐. 이 싸가지 없는 놈아, 네가 그러고도 사람이냐, 네가 그러고도 사람 새끼야.'

눈물보다 더 뜨거운 무언가가 목구멍에서 치밀어 올랐다. 그러나 나는 울 자격도 없는 놈이다, 라는 말을 되뇌며 눈물을 삼켰다.

의사가 위로랍시고 말했다.

"그래도 어머님 정도면 예쁜 치매예요. 공격 성향이나 망상 증세는 보이지 않으니까요. 극도의 감정 기복도 없고요. 만약 이대로만 진행되면 모시기 수월하실 거예요."

예쁜 치매라…… 세상에 예쁜 치매라는 게 있기나 한 걸까. 어쨌거나 의사의 말대로 엄마는 난폭한 행동은 하지 않았다. 그러나 그날, 아버지의 제사를 두 번 지낸 그날 이후 온전한 정신은 한 번도 돌아오지 않았다.

대신 엄마는 종일 멍하니 있는 시간이 많아졌다. 멍하니 하늘을 올려다보다가, 창밖으로 보이는 나무를 쳐다봤다가, 길을 가는 사람들을 바라보았다. 그런 게 아니라면 효식의 앨범을 꺼내 놓고 하염없이 들여다보고 있었다. 지리산 등정

후 천왕봉 표지석 옆에서 찍은 사진(옆에는 함께한 성당 여동생이 있었다), 경직된 얼굴로 꽃다발을 들고 서 있는 학창 시절의 졸업 사진(엄마는 꽃 사는 돈이 아깝다며 친구 것을 빌려 들고 찍게 했다), 없는 형편에도 귀한 삼대독자라며 사진관에서 찍어준 돌 사진까지(통통하게 살이 오른 볼이 제법 귀티가 났다). 엄마는 질리지도 않고 사진 한 장 한 장을 오래도록 들여다보았다. 마치 그때 그 시간 속을 사는 듯 엄마의 입가엔 미소가 따라붙었다. 그 시간 속에서 엄마는 행복해 보였다. 어쩌면 기억의 순간순간들을 마지막으로 음미하고 있는 것인지도 모른다는 생각이 들었다.

계절 하나가 지나기도 전에 엄마의 증상은 순식간에 악화됐다. 악화됐다기보다는 돌연 다른 양상을 띠기 시작했다고 하는 게 옳았다. 엄마가 치매 진단을 받고 오래 지나지 않은 어느 토요일 오후였다. 지금껏 집에 혼자 계실 때에도 큰 탈이 난 적은 없었기에, 효식은 엄마를 집에 혼자 두고 잠시 장을 보러 다녀왔다. 집을 비운 것은 기껏해야 삼십 분. 집에 돌아와 보니 엄마는 보이지 않았다. 미친 듯이 동네를 뒤지고, 경찰에까지 도움을 받았지만 엄마를 그 어디에서도 찾을 수 없었다. 자식은 없지만 자식을 잃은 부모의 심정이 이러하지 않을까 짐작이 되고도 남았다.

혹시나 집에 돌아와 있지는 않을까. 실낱같은 희망을 가지고 집으로 오니 엄마가 현관문 앞에 웅크리고 앉아 있었다. 엄마를 찾았다는 안도와 반가움은 잠시, 엄마의 얼굴에서 피가 철철 흘러내리는 것을 본 효식은 가슴이 철렁 내려앉았다.

"엄마! 얼굴이 왜 그래?"

엄마의 맨발은 흙투성이였고, 손에는 솔잎과 어디서 났는지 모를 낫 한 자루가 들려 있었다. 솔잎을 따다가 낫에 얼굴을 베인 모양이었다.

"아저씨, 우리 엄마 왜 안 와요? 엄마한테 송편 쪄달라고 내가 솔잎도 따 왔는데. 엄마가 안 와……."

효식은 엄마의 상처를 감히 만질 엄두도 내지 못하고 그 언저리만 살펴보았다. 상처는 미간에서 한 치 정도 내려온 눈 바로 밑에서 광대뼈 아래까지 길게 나 있었고, 상처 안으로 살점이 보일 만큼 꽤나 깊어 보였다. 어쩌다 이렇게 다친 것일지 생각만으로도 아찔했다. 얼마나 아팠을까. 얼마나 무서웠을까. 효식의 가슴이 날에 베인 것처럼 쓰라렸다.

"엄마 많이 아프지? 조금만 참아. 얼른 병원에 가자."

효식은 엄마를 일으키려 했다. 그러나 엄마는 억세게 손을 뿌리쳤다. 그 바람에 엄마의 손에 들린 낫이 효식의 팔을 아슬아슬하게 비켜갔다. 효식은 가슴을 쓸어내렸다.

"나 우리 엄마 기다려야 돼. 나 없으면 우리 엄마가 걱정한단 말이야."

답답하고 속상한 마음에 효식의 언성이 높아졌다.

"엄마, 할머니는 엄마 어렸을 때 돌아가셨잖아! 돌아가신 할머니를 갑자기 왜 찾고 그래. 자꾸 고집부리지 말고, 얼른 병원에 가."

엄마는 혼자만의 세계에 갇혀 엉뚱한 얘기만 했다.

"나 배고픈데…… 엄마가 빨리 와서 송편 쪄줬으면 좋겠다. 우리 엄마가 솔잎 넣고 송편 쪄주면 엄청 맛있어. 헤헤, 송편 찌면 아저씨도 조금 줄게."

아픈 것도 모르고 배시시 웃는 엄마를 부여잡고 효식은 통곡을 했다. 그러자 엄마는 솔잎을 쥐고 있던 손을 펴고 효식의 얼굴을 쓰다듬었다.

"아저씨, 울지 마. 아저씨, 울지 마."

자기 아픈 것은 몰라도 자식 아픈 것은 느끼는 것일까? 엄마는 흐느끼는 효식을 보면서 더 서럽게 눈물을 흘렸다.

효식은 결국 요양병원에 엄마를 모시기로 결정했다. 이러다가는 나도, 엄마도 죽겠구나 싶어서였다. 집과 가깝고 평이 좋은 요양병원을 수소문하여 엄마를 모시고 갔다. 그러나 엄마는 낯선 장소에 겁을 먹고 효식에게 아기처럼 달라붙어 떨어지려 하지 않았다.

"엄마, 다섯 밤만 자면 내가 엄마 보러 올 거야. 그때까지 선생님 말씀 잘 듣고 있어야 해. 알았지?"

다섯 밤이 지나고, 효식은 엄마를 보러 오겠다는 약속을 지켰다. 그는 이번에도 엄마에게 줄 간식거리를 사 갔지만 쓸데없는 짓이었다. 자신이 그랬던 것처럼 엄마는 지난번에 두고 갔던 사탕과 과자에 손도 대지 않고 효식을 기다리고 있었다. 아니, 그것은 효식의 착각이었다. 엄마는 효식을 기다린 것이 아니라 모든 것을 놓아버린 것이었다.

"엄마, 왜 이거 안 먹었어? 엄마가 좋아하는 거잖아."

효식의 물음에도 엄마는 아무 반응이 없었다. 과자 봉지를 하나 까서 엄마의 입에 갖다 대주었지만 고개를 돌리지도, 입을 벌리지도 않은 채, 생기 잃은 눈으로 먼 산만 바라보았다. 몸은 이곳에 있으되, 영혼은 저 멀리 어디론가 떠난 사람처럼. 효식의 목이 턱하니 막혔다. 기억은 잃었어도 자신을 바라보던 눈은 초롱초롱 빛나던 엄마였다. 그런데 단 며칠 만에 사람이 어찌 이리 망가질 수 있는 것인지 기가 막힐 따름이었다.

당장에라도 엄마의 손을 잡고 집으로 모셔가고 싶은 마음이 굴뚝같았다. 그러나 어쩌겠는가, 목구멍이 포도청인 것을. 하루 종일 엄마를 붙잡고 있을 수도 없는 노릇이고, 잠깐이라도 혼자 계셨다가는 지난번보다 더 큰 사고를 당할지도 모를 일이었다. 효식은 이번에도 엄마에게 금방 보러 온다는 말을 남기고 요양병원을 나섰다.

그 후로 한동안 효식은 요양병원을 찾지 않았다. 자신이 없어서였다. 엄마의 생기 잃은 눈을 마주할 자신이 없었고, 엄마를 버렸다는 자책감을 견뎌낼 자신이 없었다. 그리고 무서웠다. 효식은 매일 밤, 술을 마셨다. 술이 들어가지 않으면 잠이 오지 않았다. 그 좋아하던 산에도 발길을 끊고 그 시간에 술을 마셨다.

그러다 한 달이 조금 더 지났을 무렵, 무슨 바람이 불었는지 효식은 요양병원을 찾았다. 아마도 의무감, 혹은 죄책감 때문이었을 것이다. 어쨌든 내키지 않는 걸음으로 요양병원에 찾아간 효식은 엄마의 얼굴을 보고 기겁을 하고 말았다.

해골처럼 말라버린 엄마의 몸. 효식은 처음에 엄마를 알아보지도 못했다. 그간 무슨 일이 있었던 건지 짐작조차 되지 않았다. "엄마는 덩치가 좋아서 아들인 나도 엄마는 못 업겠어"라며 농담을 했던 것이 엊그제 같은데 그 좋았던 체구가 반으로 줄어 한 팔로도 가볍게 들 수 있을 것만 같았다. 그런데 그런 약해진 몸으로 엄마가 효식의 손을 꼭 붙들었다. 자기를 버리고 가지 말라는 듯한 애달픈 몸짓에 가슴이 메어왔다.

"엄마, 나 이제 자주 올게."

효식이 지키지 못할 약속을 하며 엄마의 손을 떼어놓으려는 찰나였다. 엄마 손목에 난 붉은 생채기가 눈에 띄었다. 옷을 걷으니 노랗고 푸른 멍 자국이 여기저기 보였다. 발목에도 역시 같은 생채기가 있었다. 효식은 입술을 깨물었다.

'내가 먹여 살릴 마누라가 있는 것도 아니고 키워야 할 자식이 있는 것도 아닌데, 혼자서 뭔 영화를 누리겠다고 여기다 엄마를 내팽개친 건지 모르겠다. 그래, 죽어도 같이 죽고 살아도 같이 살자. 하늘 아래 피붙이라고는 달랑 엄마 하나뿐인데 내가 뭔들 못 하겠냐.'

효식은 그길로 엄마를 집으로 모셔왔다. 집에서 엄마를 돌보기로 한 효식은 일단 데이케어센터를 알아보았다. 집 가까운 곳에는 자리가 없어 집에서 한 시간도 더 떨어진 센터에 엄마를 맡겼다. 엄마는 낮 시간에는 센터에서 돌봄을 받고, 퇴근 후에는 효식이 엄마를 맡았다. 효식의 일상은 모두 엄마 위주로 돌아갔다. 쉽지는 않았다. 의사의 말대로 예쁜 치매라 그런지 난폭한 행동은 하지 않았으나, 텅 빈 상자처럼 되어버린 엄마를 돌보기란 세 살배기 아기를 키우는 것만큼이나 쉽지 않은 일이었다. 효식이 실제로 아기를 키운 적은 없지만 비유하자면 그렇단 얘기였다.

엄마를 데이케어센터에 맡기고 두 번째 주말이 지났을 무렵, 회사에 있는 효식에게 센터에서 연락이 왔다. 내용인즉, 더 이상은 엄마를 맡을 수 없다는 거였다.

"저희 센터에서는 다른 환자분들의 안전을 위해서라도 계속 케어를 해드리기가 곤란할 것 같아요."

센터 측에 의하면 엄마는 보통의 치매 환자들이 보이는 양상과 전혀 다른 이상 행동을 보인다고 했다. 이를테면 본인이 마녀라면서 빗자루를 타고 계단에서 뛰어내리려 한다든가 병을 고쳐주겠다며 다른 환자들의 머리 위에 나뭇가지를 올려놓고 불을 피우려는 등, 치매보다는 다른 정신질환처럼 보인다는 얘기였다. 세상에 마녀라니…… 엄마는 어린애가 되어버린 걸까? 그래서 현실과 동화를 구분할 수 없게 되어버린 걸까? 웃어야 할지, 울어야 할지 효식은 갈피를 잡을 수 없었다.

효식은 직장을 관두고 엄마를 간병하기로 했다. 회사에서도 퇴직 압박을 받던 차라, 차라리 잘됐다고도 생각했다. 근처 마트에서 파트타임으로 배달 일을 구해 생계는 유지할 수 있게 되었다. 효식이 일을 하는 사이에 엄마는 요양보호사들이 집을 방문하는 재가 서비스를 받을 예정이었다. 문제는 예상치 못한 곳에서 튀어나왔다. 요양보호사들이 하나같이 하루 이틀 만에 일을 그만두거나 면접에서 아예 못 하겠다고 나온 것이다.

"할머니가 기력은 좋으신데 자꾸 실수를 하셔서 그거 뒤치다꺼리하다가 제가 죽겠어요. 기저귀를 채우려고 하면 물어뜯으려고 달려드셔서 그럴 수도 없고요. 이 정도면 시설에 맡기셔야 해요."

엄마는 효식과 있을 때는 절대로 대소변을 실수하시는 일이 없었다. 그렇다고 그들이 거짓말을 하는 것 같지도 않았다. 엄마가 마치 다른 사람은 싫다고 시위라도 하는 것 같다면, 그건 지나친 상상일까?

"엄마, 다른 사람들이 그렇게 싫어? 나 엄마 모시고 살려면 돈 벌어야 해. 돈 벌려면 나가야 하는데 그동안에 엄마 돌봐줄 사람이 필요하잖아. 그러니까 까탈 좀 제발 그만 부려."

엄마는 배시시 웃을 뿐이었다. 꼭 아기 같은 웃음이었다. 그 얼굴에 대고 화를 낼 수도 없고, 참으로 난감한 노릇이었다.

효식은 마트 일도 접고 엄마를 모셨다. 평소 검소한 편이었고 엄마도 오래 일을 하셨기에 당장 돈이 궁한 것은 아니었지만 언제까지 이런 생활을 유지할 수 있을지는 미지수였다. 그러던 차에 간신히 요양보호사 한 명으로부터 면접을 보겠다는 연락이 왔다. 효식은 청소를 하며 그를 기다렸다. 엄마는 평소처럼 효식의 사진을 들여다보며 혼자 시간을 보내고 있었다. 엄마가 가장 좋아하시는 사진, 효식이 지리산 천왕봉에서 찍은 사진이었다.

현관 벨이 울렸다. 이렇게 얌전하게 계시다가도 낯선 사람이 들어오면 난리를 치실 게 분명하기에 효식은 별 기대 없이 문을 열었다.

"어서 오세요, 오시느라 수고가 많으셨습니다."

"안녕하세요."

인사를 나누고서야 서로의 눈이 마주쳤다. 순간 아련한 옛 기억 하나가 떠올라 현재와 겹쳐졌다.

"연옥이?"

"효식 오빠?"

둘은 동시에 서로를 알아보았다.

커피를 한 잔씩 앞에 두고 효식과 연옥은 마주 앉았다.

"대접할 게 이것밖에 없어서 미안하다. 엄마가 저리 계시니 혼자 장을 보러 갈 수가 있어야지."

효식이 쑥스러운 마음에 머리를 긁적이며 말하니 연옥이 후후, 소리 내어 웃었다.

"오빠는 여전하네요."

뭐가 여전하다는 것인지 궁금했지만, 눈을 마주칠 용기도 없는데 물어볼 숫기는 더더욱 없었다.

잠시 침묵이 흘렀다. 아무 소리 없는 둘 사이의 공간에 설렘이 작은 물결처럼 일렁였다. 귓가에 울리는 심장 박동 소리. 효식은 주책없는 심장의 떨림을 연옥에게 들킬까 노심초사, 커피를 마시다 입을 데고 말았다.

"오빠 요즘도 성당 나가세요?"

연옥이 물었다.

"아니. 안 다녀."

효식은 한 박자 쉬었다가 다시 입을 열었다. 많은 용기가 필요했다.

"너 결혼하고 지방으로 이사 간 뒤부터는…… 나도 안 나갔어."

연옥과 효식은 성당 청년부에서 인연이 닿았었다. 연옥은 효식의 첫사랑이었고(짝사랑도 첫사랑의 범주에 들어간다면), 효식은 연옥의…… 그냥 성당 오빠였다. 그러나 이마저도 이십 년도 훨씬 더 지난 옛일이었다.

연옥은 말이 없었다. 조용히 커피 잔을 드는 연옥의 손을 보며 괜히 말했구나, 후회하고 있는데 엄마가 슬며시 다가와 연옥의 옆에 자리를 잡았다. 낯선 사람이 오면 경계하고 난폭해지던 엄마가 웬일인지 연옥을 보면서 방긋방긋 웃었다.

"예뻐."

엄마는 연옥이 잔을 내려놓자 연옥의 손을 잡았다. 그러고는 연신 예쁘다는 말을 하며 좋아했다. 연옥도 엄마를 부담스러워하지 않고 잘 받아주었다.

"어머니, 고맙습니다."

다정하고 살가운 말투, 거기에 어머니라는 말을 듣자 엄마의 미소가 한층 환해졌다.

"너만 먹어."

엄마는 기분이 좋아졌는지 바지 주머니에서 사탕 한 주먹을 꺼내 연옥에게 건넸다. 계피맛과 박하맛 사탕이었다. 연옥은 사탕을 받자마자 웃으며 입에 넣었다. 체온 때문에 사탕은 봉지에 들러붙어 있었지만 연옥은 전혀 개의치 않았다. 요양보호사 중에는 엄마의 손이 닿았던 것은 병균이라도 묻은 듯 몸서리를 쳤던 사람도 있었기에, 효식은 허물없이 엄마를 대하는 연옥이 무척이나 고마웠다.

연옥은 "맛있네요, 어머니." 하면서 사탕 하나를 더 까, 엄마의 입에 넣어주었다. 엄마 또한 순한 아기처럼 입을 벌려 사탕을 받아먹었다. 이를 바라보던 효식의 가슴이 순간, 뭉클, 울음이 터져 나오려 했다.

"이 일 시작한 지 이 년쯤 됐어요."

달그락달그락, 입 안에서 사탕을 굴리던 연옥은 이렇게 말문을 열고는 묻지도 않은 자신의 지난날을 들려주었다.

"엄마 돌아가시고 일 년 동안은 제정신이 아니었어요. 우리 엄마, 치매셨거든요. 내가 직접 팔 년 동안 엄마 수발을 들었어요. 오빠도 어머니 시설에 보내보셨으면 알겠지만, 증세가 빠르게 악화되더라고요. 여건만 되면 집에서 모시는 게 최선이겠다 싶었죠. 그런데 남동생은 나 몰라라, 하고, 그래서 내가 모시기로 했어요. 남편은 처음부터 못마땅해했죠. 결국엔 엄마 모시고 일 년 만에 헤어졌어요. 꼭 엄마 때문만은 아니고 이런저런 이유가 있었지만……."

연옥은 회상 끝에 긴 한숨을 내쉬며 커피 잔을 들었다. 이미 잔은 비어 있었다. 효식은 후다닥 자리에서 일어나 재빨리 커피를 타서 돌아왔다. 연옥이 "안 그래도 되는데." 하면서 잔을 받아들었고, 잔을 주고받는 찰나의 순간에 연옥과 효식의 손끝이 스쳤다. 찌르르, 전기가 효식의 가슴에 불꽃을 일으켰다. 그 불꽃은 이십칠 년 전 꺼져버렸던 불씨를 되살려 가슴을 활활 불타오르게 했다. 이른바, 사랑의 불꽃이었다.

연옥 또한 두 볼이 발그레 상기되었다. 효식의 눈에도 연옥의 붉어진 볼이 들어왔지만, 효식이 누구인가. 반백 년을 연애 한번 못 해본 노총각이 아닌가. 그는 '방이 더운가 보네.' 하며 연옥이 보낸 사인을 알아보지 못했다.

"애들은?"

효식이 물었다. 가슴속 불꽃 때문인가, 아님 정말 방이 더운가, 식은땀이 줄줄 흘렀다.

"아들 하나요. 아들은 그때 초등학생이었는데 제가 맡아 키웠고요."

연옥이 커피를 한 모금 마시곤 잔을 내려놓으며 말했다.

"고생이 많았겠다."

"고생 많았죠. 처음에 한 이 년간은 울지 않은 날이 손에 꼽을 정도였어요. 그러다가 나도 점차 요령이 생기고 적응이 되더라고요. 우는 날하고 웃는 날이 비슷해지더니 나중엔 웃는 날이 더 많아졌어요. 엄마 때문에요. 지금 떠올려보면 그때 참 좋았다는 생각이 들어요. 지지고 볶고 싸워도 엄마랑 있던 시간이요. 지금도 가끔씩 엄마 냄새가 그립고, 나 보면서 방긋방긋 웃던 엄마 얼굴도 그립고……."

연옥의 말이 잦아들었다. 연옥이 손으로 눈물을 훔치자 엄마가 어떻게 알았는지 휴지를 건넸다.

"우리 엄마랑 어머니랑 웃는 모습이 많이 닮으셨네……."

연옥은 울다 웃다, 울다 웃기를 반복했다.

"엄마 돌아가시고 한 일 년을 방황하다 요양보호사 일을 시작했어요. 아들은 다 컸겠다, 아, 참, 우리 아들 지금 군대가 있어요. 봉사하는 마음으로, 우리 엄마다, 하는 마음으로 힘든 줄도 모르고 하고 있네요, 지금껏."

"대단하구나."

효식이 말했다. 고생이 많았을 텐데 여전히 예쁘다는 말을 하고 싶었지만 목구멍에 뭐가 걸리기라도 한 건지 말이 나오지 않았다.

"어떻게 인연이 이렇게 닿네요. 우리 거의 삼십 년 만이죠?"

연옥이 말했다.

"이십칠 년 만이야."

효식이 일 초의 틈도 없이 대꾸했다.

"정확히도 기억하시네. 그럼 오빠, 그때도 기억나요? 우리 지리산에 갔을 때."

"당연하지. 3박 4일로 다녀왔고 이튿날에 비가 와서 엄청 고생했었지. 힘들면 그냥 내려가자고 했는데도 네가 끝까지 고집부려서 완주했잖아. 너 그때 정말 고집쟁이였어."

연옥이 이런 바보는 처음 봤다는 듯 한숨을 내쉬었다.

"오빠는 그때나 지금이나 진짜 바보네요. 그 힘든 산행을 하면서 손 한 번 안 잡아주더니……."

"그때 네가 손 잡아달라는 말을 안 해서……."

사랑에 관해서는, 여자의 마음에 관해서는 바보 중에 천치 바보인 효식이 그렇게 대꾸하자 갑자기 옆에서 주먹 하나가 날아왔다. 엄마가 효식의 이마에 꿀밤을 내린 것이다. 그 모습을 본 연옥이 기분 좋은 소리를 내며 웃었다. 효식도 웃었다. 엄마도 따라 웃었다. 이 집 안에 이렇게 웃음소리가 꽃핀 게 얼마 만인가 싶었다.

오후 4시 무렵에 왔던 연옥은 저녁을 먹은 후에야 집으로 돌아갔다. 용기는 부족해도 음식 솜씨는 제법 있는 효식이 김치찌개를 끓였다. 초라한 밥상이지만 연옥은 맛있게 먹어주었다. 엄마는 놀랍게도, 제정신이 돌아온 사람처럼 연옥을 챙겨주었다. 효식은 집에 재료가 없어 더 나은 대접을 해주지 못한 게 못내 아쉬웠다.

저녁을 먹고 효식이 바래다주려 하자 연옥이 그를 만류하며 말했다.

"어머니 감기 드세요. 나오지 말아요. 이제 매일 볼 사이인데요, 뭘."

아쉽지만 현관문 앞에서 인사를 나누는데 엄마가 "또 와"라면서 연옥에게 손을 흔들었다. 연옥도 "네, 또 올게요." 하면서 손을 흔들어주었다. 연옥은 막 문을 나서려다가 뒤를 돌아보며 말했다.

"그런데 오빠, 그거 알아요?"

효식이 되물었다.

"뭘?"

연옥의 얼굴이 단풍처럼 붉어져 있었다.

"오빠가 내 첫사랑이었던 거."

엄마표 김치콩나물죽

청첩장이 도착한 것은 마녀식당 개업 일주년을 약 한 달가량 앞둔 어느 날이었다. 서늘해지는 바람과 높아지는 하늘, 그리고 늘어나는 식욕. 여름과 가을의 정취가 모두 느껴지는 그즈음은 청첩장이 쏟아지는 시기였고, 그 까닭으로 진은 그 청첩장이 왔을 때에 별 관심을 기울이지 않았다. 이번엔 또 축의금을 얼마나 내야 하려나. 설마 호텔 결혼식은 아니겠지. 고등학교 동창이나 대학 동기, 혹은 예전에 다녔던 회사 동료 중 한 명이 보낸 것이라 생각하며 진은 청첩장을 열었다. 예상은 보기 좋게 빗나갔다.

"혼주 이름, 이복난. 이거 빨간 두건 할머니 이름 맞죠?"

진 옆에서 고개를 쑥 내밀고 있던 길용이 참견을 했다. 진은 그런 것 같네, 라고 대꾸하며 청첩장을 살폈다. 결혼식 날짜는 다음 달, 식장은 식당에서 버스로 두 정거장 거리였다.

"할머니 소원이 드디어 이루어졌나 보네요. 역시 우리 식당의 요리는 효력 백 퍼센트를 자랑하는군요."

길용이 영특한 손자의 재롱을 보는 영감님처럼 흡족하게 웃었다. 귀여운 녀석. 진은 길용의 머리라도 쓰다듬어주고 싶었지만 어느새 훌쩍 자란 길용은 진보다 키가 오 센티는 더 커져 있었다. 어깨도 넓어지고 목소리는 굵직해져 이제는 소년보다는 남자에 가깝게 느껴질 정도였다. 진이 확 달라진 길용의 모습에 감탄하며 말했다.

"너 언제 이렇게 컸니?"

"다 마녀님이 만들어주신 특급 간식 덕분이죠."

길용이 어깨를 으쓱이며 대답했다.

"아무튼 너 크는 속도로 내가 늙으면 난 금방 쭈그렁 할망구 되겠다."

진이 혀를 내두르며 말했다. 그러자 길용이 펄쩍 뛰듯이 말했다. 거의 울 것 같은 표정이었다.

"그게 무슨 말씀이세요! 누나는 절대 쭈그렁 할머니 안 될 거예요!"

"너야말로 그게 무슨 말이야. 사람은 다 늙는 거야. 나라고

가는 세월 붙잡을 수 있겠어?"

진은 대수롭지 않게 말하며 청첩장을 가방에 넣었다. 문득 조용해진 기색을 이상히 여기고 고개를 들자 길용이 그녀를 빤히 바라보고 있었다.

"마녀들은 늙지 않는 거 아니었어요?"

길용과 진의 시선이 겹쳐졌다.

"마녀가 어떤지는 잘 모르겠다만, 그게 나랑 무슨 상관이야?"

길용이 커다래진 눈으로 입을 쩍 벌렸다.

"누나 마녀 아니었어요?"

진의 입에서 이상한 소리가 터져 나왔다.

"에에에?"

순간 진과 길용은 '응?' 하는 표정으로 서로를 빤히 바라보았다. 만화로 표현하자면 둘 사이에 까마귀 한 마리가 날아갈 장면. 둘은 눈만 깜빡이며 몇 초쯤 부동자세를 유지했다.

이윽고 진이 눈썹을 일그러뜨리며 말했다.

"그게 무슨 말이야? 내가 마녀라니? 마녀는 마녀님이고 나는 나지. 아, 무슨 말인지 모르겠네. 아무튼 내가 왜 마녀라는 거야?"

입은 횡설수설, 심장은 벌렁벌렁, 뇌는 뒤죽박죽, 진은 정신을 차리지 못했다.

"검은 고양이요."

진의 날 선 반응을 보며 길용이 말했다.

"고양이?"

"네, 고양이. 마녀님 말씀이 고양이, 그중에서도 검은 고양이는 마녀를 잘 따른다고 했어요. 이 동네 있는 검은 고양이 한 마리가 누나를 무척 좋아하잖아요."

"단지 그것 때문에 날 마녀라고 생각했던 거야? 너 '개냥이'라는 말 못 들어봤어? 고양이 중에서도 개처럼 사람을 잘 따르는 애들이 있다고."

"우연이라고 하기엔 좀 이상하지 않나요? 지난번에 우리 식당에 강도가 들었을 때, 검은 고양이가 들어와서 강도 다리를 물었잖아요. 키우던 고양이도 아닌 그것이 누나를 구한답시고 강도에게 덤빈 것 자체가 저는 너무 신기했어요."

진은 머리가 지근거렸다. 혈관이 관자놀이 부근에서 불뚝거리는 게 느껴졌다. 뒷목이 뻣뻣했다. 그냥 나는 마녀가 아니란다, 한마디만 하면 될 것을 왜 이리 동요하는지 모르겠다고 생각하며 진은 입을 열었다.

"신기할 것도 많다. 내가 가끔씩 마녀님 대신 먹이를 주니까 은혜를 갚으려고 한 거지. 있지, 고양이도 강아지 못지않게 의리가 있는 녀석이야. 자기한테 잘해준 인간한테는 사냥한 참새나 쥐를 가져다주기도 한다고. 내 경우엔 강도에게서 구해주는 것으로 호의를 갚은 거고."

진은 최대한 가벼운 말투로 이야기했다. 하지만 속은 마치 지진이라도 난 것처럼 크게 요동치고 있었다.

"그런 걸까요?"

진이 고개를 끄덕였다. 길용 또한 받아들이겠다는 의미로 고개를 마주 끄덕였다. 하지만 이내 무언가 생각났다는 듯 다시 말을 꺼냈다.

"『마법의 책』이요! 누나는 『마법의 책』을 읽을 수 있잖아요."

그만 대화를 마무리 짓고 싶었던 진은 짜증이 확 솟구쳤다.

"『마법의 책』이 뭐?"

의도한 것보다 과하게 얼굴을 찌푸리며 반응하자 길용이 움찔 한 걸음 물러섰다.

"내가 너와 달리 『마법의 책』에 손을 댈 수 있는 건, 마녀님의 허락을 받았기 때문이야. 책에 나와 있는 재료를 준비하고 레시피대로 요리를 해야 하니까. 요즘 마녀님이 요리 과정을 나한테 점점 더 시키고 있는 거 너도 알지? 힘든 일은 나한테 떠넘기고 본인은 편히 쉬려는 꿍꿍이라고. 덕분에 나는 식당에 오면 잠시도 앉아 있을 틈이…….”

속사포처럼 말을 내뱉는 진을 길용이 저지했다.

“누나, 저는 『마법의 책』을 읽을 수 있는 ‘권리’가 아니라 ‘능력’을 이야기하는 거예요. 제 눈에 『마법의 책』은 백지로 보인다고요.”

길용의 말에 진은 순간 얼어붙었다.

“백지로 보인다고?”

진은 얼빠진 표정으로 중얼거리다가 주방으로 달려가 『마법의 책』을 가지고 돌아왔다.

“자, 다시 봐봐. 이게 안 보여? 가족의 행복을 기원하는 딸기 생크림 케이크, 이거 만드는 방법이 여기 이렇게나 자세하게 적혀 있잖아.”

길용은 모르는 문제를 풀어보라고 강요받는 낙제생 같은 표정으로 고개를 저었다.

“그럼 이건? 지난번에 부부 손님이 와서 먹고 갔던 거. 석류 소스로 졸인 잉어조림, 이건 아기를 갖게 해주는 요리잖아. 정말 이게 안 보이는 거야?”

진은 정신없이 『마법의 책』을 이리저리 넘기며 길용에게 펼쳐 보였다. 하나 길용의 반응은 모두 같았다.

“제 눈에는 그냥 백지로 보여요. 죄송해요, 누나.”

진은 『마법의 책』을 탁 소리 나게 덮었다. 눈을 감고 길게 심호흡을 했다.

퍼즐.

생뚱맞게도 그 순간 눈앞에 퍼즐이 떠올랐다. 진의 의도와는 무관하게 하나씩 맞춰지는 퍼즐 조각들. 그러나 아직 전체적인 그림은 보이지 않는다. 아직은…….

진은 눈을 뜨고 맥 빠진 소리로 말했다.

"아니야, 네가 뭐가 죄송해. 괜히 흥분해서 몰아붙인 것 같아 내가 미안하다."

그러고는 『마법의 책』을 제자리에 갖다놓으며 이렇게 덧붙였다.

"오늘 나랑 했던 대화는 마녀님께는 비밀이야."

길용이 조용히 고개를 끄덕였다.

원래도 소름 끼치던 책이 지금 이 순간에는 악마의 흔적처럼 더 불길하고 음습해 보였다.

◆

가을로 막 접어든 어느 주말의 늦은 아침. 진은 거울 앞에 서서 심각한 고민에 빠져 있었다. 네이비 플레어 원피스를 입을 것이냐, 그레이 H라인 원피스를 입을 것이냐, 그것이 문제로다.

전자를 선택하자니 신을 구두가 마땅치 않고 후자를 선택하자니 매치할 가방이 마땅치 않았다. 쉽지 않은 선택. 다이어트를 위해 아메리카노를 마실 것이냐 달콤한 기분을 위해 바닐라라테를 마실 것이냐, 하는 문제보다 어려운 문제였다.

진은 한 시간여의 고민 끝에 그레이 원피스를 입기로 결정했다. 지난봄에 구입 후, 처음으로 개시하는 옷이었다. 탐과 데이트할 때 입으려고 아껴두었었는데 통 기회가 없어 오늘에야 입게 되었다.

그레이 원피스를 곱게 차려입고 진이 향한 곳은 빨간 두건 할머니 아들의 결혼식이 열리는 웨딩홀이었다. 마녀는 일언지하에 거절, 혼자 가기는 애매해 길용과 함께 참석하기로 했다. 사실 탐에게 같이 가줄 수 있느냐고 넌지시 물었지만 그는 이런저런 핑계를 대며 거부했다.

"청소부 할머니 아들? 그런 결혼식에 네가 왜 가. 다시 볼 사람들도 아니고, 낮에는 너도 좀 쉬어야지."

진은 그럼 그날 데이트를 할 수 있느냐고 물었다. 그렇다면 결혼식에는 참석하지 않겠다고. 하지만 탐은 그마저도 불가능하다고 했다.

"그날 나도 중요한 미팅이 잡혀 있어. 혹시 일찍 끝나면 집으로 갈 테니까 괜한 오지랖 떨지 말고 집에 얌전히 있으셔."

자기보고 축의금을 내달라는 것도 아닌데 왜 그리 싫어하나, 좀 미심쩍은 부분이 있었지만 진은 굳이 캐묻지 않았다. 캐묻는다 해도 바른대로 대답해줄 인간도 아니었다. 대신 진은 길용에게 함께 가자고 했다. 길용은 입이 찢어져라 웃으며 단번에 승낙했다. 그러고는 결혼식 전날까지도 마치 자기가 예비 신랑이라도 된 양 잔뜩 들떠 있었다.

웨딩홀이 있는 컨벤션 센터 앞. 약속 시간에 딱 맞춰 나왔는데도 길용이 벌써 그녀를 기다리고 있었다.

"누나 오늘 진짜 예뻐요."

길용이 눈을 휘둥그레 뜨고 진을 쳐다보았다. 진은 사탕발림이라는 것을 알면서도 기분이 좋아졌다.

"오늘만 예뻐? 다른 때는 안 예뻐?"

"아뇨, 아뇨! 누나는 당연히 항상 예쁘죠!"

당황하는 길용을 보니 아직 애는 애구나 싶으면서도 한편으로는 어느새 훌쩍 자라 남자가 된 모습이 든든하게 다가오기도 했다. 특히나 식당이 아닌 바깥에서 보니 길용은 더 이상 어린애처럼 보이지 않았다.

진과 길용은 나란히 걸으면서 식장으로 올라갔다. 7층부터 10층에 걸쳐 있는 식장은 홀이 여러 개인 데다가 다른 층의 방문객까지 섞여 무척이나 혼잡했다. 지독한 길치인 진을 대신해 길용이 길을 찾아가며 목적지까지 그녀를 안내했다.

신랑 최효식 & 신부 박연옥

신랑 이름 위에 혼주 이름이 정확히 쓰여 있었다.

진과 길용은 신랑에게 다가가 축하 인사를 전했다.

"결혼 진심으로 축하드립니다."

신랑이 진을 알아보고 허리를 숙였다.

"귀한 걸음 해주셔서 감사합니다. 기억을 놓으시기 전엔 저희 어머니가 종종 식당 얘기를 하셨어요. 저희 어머니가 식당에 많은 신세를 지셨나 봅니다."

"아니에요, 별말씀을요. 저희가 오히려 할머니께 신세를 많이 졌는걸요. 그나저나 할머님 편찮으시다는 얘기는 전해 들었는데, 안녕하시죠?"

"덕분에요. 기억을 거의 못 하신다는 것 빼고는 건강하세요. 기력도 좋으시고. 혹시 알아보실 수도 있으니 이따 뵙고 가세요."

"네, 그럴게요. 다시 한번 결혼 축하드려요."

진과 길용은 신랑과 인사를 나누고 예식홀 안으로 들어갔다. 신랑 측 혼주석에 할머니가 옥빛의 한복을 곱게 차려입고 앉아 계셨다. 옆에는 친척 어른인 듯한 남자분이 할머니를 보필하고 있었다. 진과 길용이 다가갔지만 할머니는 둘을 기억하지 못했다.

할머니의 아기 같은 표정을 보며 진은 식당의 주방 서랍 깊숙한 곳에 저장되어 있는 할머니의 기억을 떠올렸다. 유리병에 담겨 다이아몬드처럼 오색찬란한 빛을 발하는 그것. 할머니의 기억은 언젠가, 누군가의 소원을 이루기 위해 '요리의 재료'로 쓰일 그날이 올 때까지 언제까지고 그렇게 반짝일 터였다.

진과 길용은 그래도 예의를 갖춰 신부가 입장할 때까지는 자리를 지켰다. 그러다 주례사가 시작되자마자 잽싸게 식권을 들고 한 층 아래에 있는 피로연장으로 이동했다. 붐비는 사람들 사이를 뚫고 도착한 피로연장은 이미 만석이었다. 진과 길용은 오 분여를 기다려 겨우 자리를 잡고 뷔페에서 가져온 첫 접시를 먹기 시작했다.

"천천히 좀 먹어."

길용은 구분도 없이 산처럼 쌓아 온 음식을 쓸어 담듯이 입에 욱여넣고 있었다.

“이거 먹으려고 오늘 아침도 굶었…… 컥컥.”

진의 말에 대꾸하다가 음식이 목구멍에 걸린 길용이 컥컥거렸다.

“잠깐만 기다려. 음료수 갖다줄게.”

진은 얼른 달려가 물과 콜라를 한 잔씩 따른 다음 자리로 가져왔다. 그런데 막 테이블에 다가온 순간, 갑자기 옆에서 아이 하나가 뛰어들었다. 눈 깜짝할 새에 원피스 앞섶이 콜라에 흠뻑 젖어버렸다. 밝은 회색인 탓에 얼룩은 눈에 확 띄었다.

“물이라도 마시고 있어. 나 화장실에서 얼룩 좀 처리하고 올게.”

화장실에서 거울을 보니 옷 상태는 생각보다 심각했다. 티슈와 물과 손세정제로 어떻게든 수습을 해보려 했으나 유일한 수습 방법은 조금이라도 빨리 집으로 돌아가 옷을 갈아입는 것뿐이었다.

‘탐이랑 만날 때 입으려고 아껴뒀던 옷인데…….’

낭패감과 짜증이 확 솟구쳐 올랐다. 거울 속 자신은 먹구름이 가득 낀 것 같은 얼굴을 하고 있었다. 꼭 금방이라도 폭풍우가 몰려올 것 같은 예감이었다. 마녀에게 수정구슬이 있다면 미래를 점쳐달라고 할 텐데. 아쉽게도 수정구슬 같은 것은 없었다. 미래를 읽을 수 있는 방법은 있었지만 그러려면 대가를 치러야 했다. 비록 마녀라 할지라도 마법에는 늘 대가가 따랐다.

진은 수습을 포기하고 화장실을 나왔다. 막 예식 하나가 끝났는지 사람들이 홀 입구에서 우르르 빠져나와 층 전체가 심하게 북적거렸다. 가뜩이나 길치인 진은 한참을 우왕좌왕 헤매고 다닌 끝에 간신히 피로연장을 찾아 들어갔다. 그런데 막상 들어간 곳은 피로연장이 아닌 어떤 아기의 돌잔치 장소였다. 입구가 하도 비슷비슷하게 생겨 헷갈렸던 것이다. 진은 고개를 숙이고 살금살금 다시 입구 쪽으로 다가갔다. 그때였다. 앞에서 "오늘의 하이라이트, 돌잡이가 있겠습니다." 하는 사회자의 말소리가 들렸다. 자신과 아무 상관도 없고 특별하지도 않은 그 말 한마디에, 진은 자신도 모르게 앞으로 시선을 돌렸다.

색동 한복을 차려입은 작고 통통한 남자 아기. 그 예쁜 아기를 안고 있는 아빠. 그리고 그 옆에서 세상에서 가장 행복한 미소를 짓고 있는 엄마. 딱 한 가지, 옥에 티만 빼면 완벽한 가족의 모습이었다.

'탐이 왜 저기 있는 거지?'

진이 상황을 파악하는 데에는 긴 시간이 필요했다. 영원처럼 긴 시간. 실제로는 단 몇 초밖에 되지 않을 짧은 시간이었을 테지만, 진에게는 마치 악몽 속에서 내달리듯 영원히 끝나지 않을 긴 시간으로만 느껴졌다.

그 영원한 악몽에서 진을 현실의 세계로 꺼내준 사람은 길용이었다.

"누나, 여기서 뭐 해요? 한참 찾았잖아요."

길용이 진의 어깨에 손을 올리고 걱정스러운 눈길로 그녀를 바라보고 있었다.

"아, 아무것도 아니야. 빨리 나가자."

진이 고개를 돌리려는 순간, 아기를 안고 있던 남자와 눈이 마주쳤다. 남자의 미세하게나마 흔들리는 눈빛과 미묘하게 뒤틀린 입술. 제아무리 포커페이스라도 이런 상황에서 당혹감을 감추지는 못하리라.

둘은 서로를 일 초쯤 바라보았다. 진은 고개를 돌리고 조용히 밖으로 빠져 나갔다. 문을 닫았다. 끼익, 귀에 거슬리는 쇳소리가 자극적으로 울려 퍼졌다. 결코 열어서는 안 되는 문을 열어버린 듯한 기분이었다. 저 문을 열지 않았더라면 결코 알지 못했을 진실을 얻었으니, 어쩌면 반드시 열었어야 할 문인지도 몰랐다.

"누나 괜찮아요? 얼굴이 창백해요."

진이 길용을 올려다보았다. 진을 향한 걱정과 관심이 담긴 눈빛은 따뜻했다. 불현듯 탐에게서는 이런 눈빛을 보지 못했다는 사실이 화살처럼 진의 가슴에 꽂혔다.

"괜찮아. 옷이 이렇게 돼서…… 좀 속상해서 그런 거야. 그만 가자."

진은 길용의 손을 잡아 끌었다. 그때 스치듯 입구에 놓인 안내판이 눈에 들어왔다. 안에서 열리는 연회의 내용이 요약되어 있는 안내판에는 아이의 아빠 이름도 쓰여 있었다. 아이 아빠의 이름은 '김영춘'이었다.

집으로 돌아온 진은 원피스를 벗어 대용량 쓰레기봉투에 집어 처넣었다. 탐의 파란색 칫솔과 필립스 전기면도기와 속옷 몇 장, 티셔츠 두 장, 트레이닝 바지 한 장도 함께 쓰레기봉투에 들어갔다. 그리고 얼마 전 출간된 탐의 책도 쓰레기봉투행에 처해졌다. 집 안을 샅샅이 뒤졌다. 작은 흔적도 남기지 말아야 했다. 침대 바닥에 탐이 신고 말아놓은 양말 두 뭉치가 더 나왔다. 그게 끝이었다. 일 년 가까이 연애를 했는데 쓰레기봉투 하나가 반도 차지 않았다. 진은 봉투의 빈 공간에 탐에 대한 마음을 모두 쏟아부었다. 미련 한 톨 남지 않았다.

꽉 채워진 쓰레기봉투를 내다 버리고 집으로 다시 들어온 진은 문을 닫자마자 스르르 무너져 내렸다. 가슴이 헐떡였다. 두 손에 얼굴을 묻었다. 눈물을 흘리고 싶은데, 실컷 울고 싶은데, 어째서인지 눈물은 한 방울도 나오지 않았다. 나오지 않는 눈물이 가슴을 콱 막고 숨통을 조여왔다.

◆

보통 사람들에게 하루가 해가 뜨고 해가 지는 것으로 시작되고 끝이 나듯, 진에게는 달이 뜨고 달이 지는 것으로 하루하루가 흘러갔다. 어스름이 깔린 저녁이 되면 식당의 문을 열고, 그날의 예약 손님을 위한 요리를 준비하고, 손님을 맞고, 그들이 식사하는 과정을 지켜본 뒤, 뒷마무리를 하고 새벽 동이 터 올 무렵 식당 문을 닫는 하루 일과가 매일매일 이어졌다.

겉으로 보기에는 평화로운 날들이었으나 진의 심정은 그야말로 참담했다. 믿었던 사람에 대한 배신감 때문에? 아니면 이루어질 수 없는 사랑에 미련이 남아서? 천만에. 눈 달리고 귀 뚫렸으면 바보도 알아챘을, 탐이 이미 결혼한 남자라는 사실을 진작 알아채지 못했다는 자책감 때문이었다.

'너 정말 그가 이미 결혼한 사람이라는 걸 몰랐어? 알고도 모른 척했던 것 아니야? 앙큼한 것. 다 네 잘못이야. 그가 유부남이라는 걸 알아차리지 못한 네 미련함이 일을 이 지경으로 만든 거라고!'

진은 세상 사람들이 자신을 비웃으며 손가락질을 하는 것만 같아 괴로웠다. 식당 문을 닫고 집으로 돌아와 침대에 누우면 자신을 비난하는 사람들의 목소리가 귓가에 울렸다. 그것이 환청인지 진짜로 들리는 것인지 분간조차 할 수 없을 정도였다.

'네 잘못이 아니야. 네 잘못이 아니야. 속이려는 사람을 어떻게 당해. 네 잘못이 아니야.'

진은 비난의 목소리가 귓가에 울릴 때마다 자신을 다독였지만, 무거운 자책감은 끈질기게 달라붙어 그녀를 한시도 편치 못하게 만들었다. 시간이 얼마나 지나야 이 자책감의 무게가 덜어질지 진은 도무지 가늠할 수가 없었다.

보름이라는 시간이 지났다. 진은 여느 때와 같이 식당에 가기 위해 집 밖으로 나왔다. 버스 정류장을 향해 골목 모퉁이를 도는데, 남자의 억센 손이 그녀의 어깨와 손을 잡아챘다.

"잠깐 얘기 좀 하자."

탐이었다. 그는 억지로 진을 차에 싣자마자 진의 휴대폰을 뺏은 다음 밖으로 던져버렸다. 그러곤 진이 도망치지 못하도록 곧바로 차를 출발시켰다. 진은 차의 속도가 더 높아지기 전에 뛰어내릴 요량으로 차 문을 열어보았지만 탐이 이미 조수석 문을 잠근 뒤였다.

"너 왜 오빠 전화 안 받니? 그리고 현관 비밀번호도 바꿨더라?"

진은 입을 꾹 다물었다.

"도대체 왜 이러는 거야? 응? 오빠가 우리 진이한테 뭘 잘못 했는지 말해줘야 오빠가 고치지."

진은 여전히 대꾸하지 않았다.

"실은 오빠가 며칠 동안 해외출장을 다녀왔어요. 오빠가 우리 진이 주려고 목걸이 하나 사 왔는데 한번 해볼래?"

탐이 작은 상자 하나를 건넸다. 진은 상자를 그의 얼굴을 향해 있는 힘껏 던져버렸다. 상자가 탐의 머리에 맞고 뒤쪽으로 튕겨나갔다. 탐이 버럭 소리를 질렀다.

"이년이 미쳤나! 야, 운전하는 사람한테 뭐 하는 짓이야? 너 미쳤어?"

더 이상 참지 못한 진도 지지 않고 소리쳤다.

"뻔뻔한 새끼. 유부남에 아들까지 있는 새끼가 감쪽같이 싱글이라고 속이고서는 무슨 낯짝으로 내 앞에 다시 나타날 수가 있어? 네가 그러고도 사람이야?"

그러자 탐은 태연자약하게 이런 말을 지껄였다.

"난 네가 무슨 말을 하는지 하나도 모르겠어. 유부남? 그게 무슨 소리야?"

"너, 네 아들 돌잔치에서 분명 나랑 눈 마주쳤어. 그런데 이제 와서 발뺌을 해? 차라리 손바닥으로 하늘을 가려라, 이 개새끼야!"

"너, 지금 무슨 오해를 하고 있는지 모르겠는데 일단 차분히 대화를 하자, 대화를."

"연극은 그만 좀 하시지. 네가 무슨 말을 해도 넘어가지 않으니까 당장 차 세워."

그러자 탐이 과장되게 어깨를 축 늘어뜨렸다.

"그래, 네 말대로 네가 나를 내 아들 돌잔치에서 봤다고 치자. 그럼 왜 그 자리에서 아는 척 안 했어? 도무지 말이 안 되는 얘기잖아."

"왜냐고? 만약 내가 그랬으면 넌 날 미친년 취급했을 테니까. 스토커나 생판 모르는 여자라고 말이야. 그럼 나만 꼴 우스워지는 거고. 이렇게나 연기력이 뛰어나신데 사람들이 깜박 속아 넘어가지 않고 배기겠어?"

진은 이렇게 대꾸하긴 했으나 사실 당시엔 이런 생각은 하지도 못했었다. 믿을 수 없는 현실에, 마치 눈앞에 거대한 해일이 밀려오는 듯한 두려움에, 그것으로부터 도망가기 바빴기 때문이었다.

"너 오빠 못 믿니?"

진은 대꾸하지 않았다. 대꾸할 가치도 없는 말이었다.

탐이 체념한 듯 한숨을 내쉬고는 말을 이었다.

"그래, 솔직하게 말할게. 그날 돌잔치에서 네가 본 사람, 내가 맞아. 하지만 나는 진짜 아기 아빠가 아니야. 친구 부탁으로 하루 동안만 아빠 역할을 해준 거야. 친구가 사정이 있어서 참석을 못 하게 됐는데, 아빠 없이 돌잔치를 치르게 할 수는 없으니까 내가 대신 앞에서 아기를 안고 있어준 것뿐이라고. 너도 봤으면 알겠네. 아기 아빠 이름에 내 이름이 쓰여 있었니? 아니지? 아마 김영춘이라는 이름이 쓰여 있었을 거야. 그게 내 친구 이름이거든."

진은 입을 앙다문 채 앞만 바라보았다.

"오빠는 참 속상하다. 이건 네가 나를 못 믿는다는 증거잖아. 사실, 네가 오해할 만한 일이기는 했어. 하지만 네가 나를 정말 믿었다면 내게 먼저 말을 했어야 해. 그랬다면 내가 상황을 설명했을 거고 오해 때문에 이렇게 서로 힘들어할 일도 없었을 거 아니야."

탐은 정말 마음이 아프다는 듯이 깊은 한숨을 내쉬었다. 어느새 차는 고속도로에 진입해 있었다. 고속도로 표지판을 본 진의 심장이 불길한 예감으로 싸늘해졌다. 이별 범죄 피해자들에 관한 수많은 이야기들이 떠올랐다. 진은 애써 담담한 목소리를 가장하며 말했다.

"그래, 알았어. 내가 오해해서 미안해. 그런데 왜 고속도로로 들어온 거야?"

"이왕 나온 김에 바다나 보고 가자."

"바다는 나중에 가. 나 식당에 출근해야 하잖아."

탐은 아무 말이 없었다. 그는 굳은 표정으로 속도를 높여 갔다.

"그럼 일단 휴게소에 들어가. 나 화장실 급해."

진은 탐을 달래듯 상냥한 목소리를 지어냈다. 실은 겁에 질려 덜덜 떨고 있었지만 겉으로 드러내지 않기 위해 안간힘을 쓰고 있는 중이었다.

"씨발."

탐이 욕지거리를 내뱉었다. 그러더니 잠시 후, "안 속네?" 하면서 한쪽 입꼬리로만 싸늘하게 웃었다.

"그러게 내가 그 결혼식 가지 말라고 했잖아. 내 말만 들었어도 이런 사달은 안 일어났을 거 아니야. 정말이지 너는 오빠 말을 너무 안 들어."

진은 아무 대꾸도 하지 않았다. 머릿속으로는 어떻게 해야 이 상황을 빠져나갈 수 있을까 열심히 궁리하는 중이었다. 휴대폰도 없는 데다가 여기는 고속도로 한가운데였다. 시내 도로였다면 신호에 걸렸을 때 옆 차선 차에 도움을 청할 수도 있었을 텐데. 탐은 영리하게도 그런 가능성을 모두 차단하기 위해 고속도로로 진을 끌고 온 것이었다.

"그게 무슨 말이야. 오빠가 아기 아빠 아니라며."

진 스스로 듣기에도 자신이 없는 목소리였다.

"야, 됐어. 되지도 않는 연극 하지 마. 그래도 말이다, 내 얘기 좀 그럴듯하지 않았냐?"

탐이 히죽히죽 웃으며 말했다.

"그래, 거의 속을 뻔했어. 인터넷에서 김영춘이란 이름 뒤지다가 강원도 산골 초등학교 졸업 사진에서 네 사진을 보지 않았더라면 깜박 속았을 거야. 아니, 속고 싶었을지도 모르지."

단념한 진이 순순히 대답하자 그 소리에 탐이 낄낄거리며 웃음을 터뜨렸다.

"지금은 없어진 강원도 산골, 그것도 분교 졸업 사진을 어떻게 구하셨대. 어떤 멍청한 놈이 자기 졸업 사진이랍시고 SNS에 올려놓았나 보지? 그게 누군지 몰라도 아마 김영춘과 탐 킴이 동일인물이라는 건 모를 텐데……."

"너랑 닮았다고만 생각하는 모양이더라."

"하지만 넌 단박에 나를 알아봤고? 아, 역시 사랑의 힘은 대단하구만."

그가 또다시 낄낄거리며 웃었다. 진은 손을 뻗어 저 주둥아리를 막아버리고 싶다는 충동을 간신히 억눌렀다. 지금 그를 자극하다가는 차가운 시신이 되어 어느 야산에 묻힐지도 모를 일이었다. 신문에나 나오는 일이지만, 그 기사의 주인공이 자신이 되지 말라는 법은 없었다.

"그럼 인터넷이랑 방송에 나오는 당신 프로필도 다 가짜야?"

"이제 오빠라고도 불러주지 않는구나. 이런, 너무 섭섭한걸."

혼자 무대 위에서 연극을 하듯, 탐은 과장된 목소리와 몸짓으로 대꾸하며 진을 더욱 불안에 떨게 만들었다. 그러더니 선심 쓰듯 이렇게 대답했다.

"분명히 말해두는데, 난 거짓말쟁이는 아니야. 비밀은 있었지만 거짓은 없었다고. 프로필은, 조금 과장은 있지만 대

부분 사실이야. 그리고 무엇보다 내가 널 사랑한다는 건 순도 백 퍼센트의 진실이었어."

"궤변 늘어놓지 마. 속지 않아."

"여태 속아놓고서는 뭘 또 안 속는대. 너야말로 너 자신을 속이지 마. 넌 내가 팥으로 메주를 쑨다고 해도 믿을 년이야."

탐이 그러면서 손을 뻗어 진의 볼을 어루만졌다. 순간 몸이 굳어졌다. 뱀이 온몸을 기어다녀도 이것보다는 나을 것 같았다. 탐은 그런 진의 모습을 야릇하게 바라보고는 말을 이었다.

"산골짜기 초등학교를 졸업하고 미국에 있는 아버지한테 갔어. 아버지가 뉴욕에서 구멍가게를 하나 하고 있었거든. 그런데 아버지가 웬 여자랑 살림을 차려놓고 있더라고. 당시엔 엄마랑 이혼도 안 했을 때인데 말이야. 아버지가 미국에서 자리 잡으면 엄마랑 나랑 부르겠다고 하더니, 처음부터 엄마랑은 영원히 빠이빠이할 속셈이었던 거지. 그래도 나는 아들이랍시고 불러주셨으니 땡큐할 수밖에. 나는 그 여자를 엄마라고 부르진 않았지만 그럭저럭 잘 지냈어. 불만도 없었고. 문제는 내가 학교에 적응을 못 한다는 거였지. 양키새끼들, 인종 차별이 엄청 심하더라고. 그때 나처럼 양키새끼들한테 치이고 영어도 잘 안되는 놈들이랑 몰려다니면서 말썽이란 말썽은 엄청 피웠지."

회상에 잠긴 듯 탐은 말을 멈추더니 아득한 눈길로 앞을 바라보았다. 말썽을 피운 게 뭔 추억이고 자랑거리라고…… 아주 꼴값을 떨고 있었다.

"그래도 어찌어찌 대학은 나왔어. 미국에서도 삼류 꼴통 학교였지만, 뭐 한국에서는 미국 대학을 나왔다면 무조건 먹어주니까. 여기에 말발도 되고 외모도 받쳐주시니, 유명해지는 건 완전 시간문제더라고. 아니면 내가 복이 많은 건지도 모르지. 여자 복이 많은 것처럼."

탐은 자신의 인생이 감탄스럽다는 듯 한껏 고양된 목소리로 떠들어댔다.

"참, 이런 얘기 우리 마누라 빼고는 여자한테 한 거 네가 처음이다. 아무래도 우린 운명인가 봐."

탐이 여기까지 말을 마치고는 진을 향해 윙크와 키스를 날렸다. 순간 진은 진지하게 고민했다. 탐이 잡고 있는 핸들을 덮쳐 같이 콱 죽어버리는 게 어떨까, 하고. 탐을 죽일 수만 있다면 자신도 함께 죽는다 해도 상관없을 것만 같았다.

탐의 휴대폰이 울렸다. 처음에 탐은 무시했다. 하지만 세 번째 전화가 왔을 때, 탐은 "왜 자꾸 전화질이야"라고 중얼거린 뒤 진을 향해 "너 찍소리라도 내면 뒈진다"라고 경고를 하며 블루투스 이어폰을 끼고 전화를 받았다.

"빨리 말해. 나 운전 중이야."

꽤나 퉁명스러운 말투였다. 그러더니 심각하게 바뀐 말투로 "많이 다친 거야? 어디가? 야, 애를 어떻게 봤기에 애가 머리를 다쳐. 알았어. 빨리 갈게." 하면서 고속도로를 빠져나가기 위해 방향을 틀었다.

"애도 하나 제대로 못 보고 뭐 하는 거야."

탐은 얼굴을 찌푸리며 혼잣말을 했다. 진은 그의 아이에게 좋지 못한 일이 생겼다는 것을 직감했다. 그가 비록 쓰레기만도 못한 남자일지라도 아비로서의 역할은 놓지 않았다는 것도 알 수 있었다.

시종일관 초조한 얼굴로 운전을 하던 탐이 입을 열었다.

"아무튼 나는 너랑 절대로 끝낼 생각이 없어. 난 내 손에 들어온 건 그게 무엇이든 절대로 놓치지 않아. 난 아직 너를 원해. 그건 내가 널 놔줄 생각이 없다는 뜻이야."

아들에 대한 걱정으로 가득하던 탐의 얼굴에 악랄한 미소가 섬광처럼 스쳐 지나갔다.

"그리고 그건, 네가 절대로 내게서 벗어날 수 없다는 뜻이기도 하지."

탐은 고속도로에서 빠져나오자마자 진을 길에 떨어뜨렸다.

"연락할 테니까, 얌전히 기다리고 있어."

아이러니하게도 진은 탐의 아이에게 벌어진 사고 덕분에 위기를 모면할 수 있었다. 만약 그대로 탐의 차에 실려 끝까지 끌려갔다면 어떻게 됐을까? 상상만으로도 끔찍했다. 멀어져가는 탐의 차를 바라보며 진은 예감했다. 이것이 끝이 아님을. 이제부터 곧 지옥이 시작될 것임을.

늘 그렇듯, 불길한 예감은 현실이 되는 법이었다.

한동안 탐은 잠잠했다. 진은 마음을 졸였으나 긴장은 점점 느슨해져갔다. 설마 또 나타나겠어? 양심이 있는 놈이라면 그만 단념하겠지. 하지만 진은 한 가지 중요한 사실을 놓치고 있었다. 양심이 코털만큼이라도 있는 인간이었다면 유부남이라는 사실을 숨기고 그동안 만나오지도 않았으리란 사실을. 방심은 곧 실수였고 진은 그 실수에 대한 대가를(이미 치르고 있었지만) 톡톡히 치러야만 했다.

탐의 차에 갇혀 어딘지도 모를 곳으로 끌려가다 구사일생한 지 정확히 일주일 후, 진이 마녀식당에서 돌아와 막 현관문을 열려 했을 때였다. 어디 숨어 있었는지 느닷없이 나타난 탐이 그녀를 안으로 밀고 들어갔다. 비명을 지를 새도 없었다. 어차피 비명을 질러봤자 소용도 없었겠지만 어쨌든 순식간에 벌어진 일이었다. 그렇게 반항 한번 제대로 못 해보고 화장실 변기에 머리가 처박혔을 때, 진의 머릿속에 가장 먼저 떠오른 건 다름 아닌 마녀였다.

'마녀라면 이런 상황에서 어떻게 했을까? 이 나쁜 새끼를 당장에 두꺼비로 만들어버렸을까? 아니면 사지 육신을 갈가리 찢어 들짐승에게 먹이로 던져줬을까? 아니지, 마녀라면 이런 하찮은 쓰레기에게 이렇게 당할 일도 없었겠지.'

진은 코로 입으로 변기 물을 마시며 자신이 마녀였다면 얼마나 좋을까 생각했다. 스치듯 드는 생각이 아니라 진심으로 바라 마지않았다. 자신이 마녀라면, 마법으로 그에게 당장이라도 저주를 내릴 수 있을 테고, 그랬다면 이렇게 변기 물을 마시며 살려달라고 발버둥을 치지도 않을 테니까.

아득히 먼 곳에서 탐의 말소리가 들려왔다.

"이건 다 너 때문이야. 네가 나를 유혹해놓고 이제 와서 발을 빼려고 하면 어떡해. 난 이미 너한테 빠져버렸는데, 너 없인 살 수 없게 되어버렸는데……."

눈앞이 캄캄해졌다. 이러다 정말 죽겠구나 싶은 순간, 진의 머리가 끌어 올려졌다. 거친 숨을 몰아쉬며 눈을 뜨자 탐이 애절한 눈빛으로 그녀를 바라보고 있었다. 그러더니 순식간에 눈빛을 바꾸며 진의 머리를 변기에 다시 처박았다.

"그러니까 이건 다 네 책임이야. 네 책임이라고!"

악마 같은 목소리. 지옥에서 보내는 시간은 찰나가 영원과 같다는 비유가 생각났다. 지금 이 순간, 바로 여기가 진에게는 지옥이었다.

탐이 진에게 지옥과 같은 다섯 시간을 선사하고 떠난 후, 진은 참았던 눈물을 터뜨렸다. 물을 많이 마셔서인지 눈물은 끝도 없이 흘러나왔다. 콧속과 목구멍이 타는 듯이 뜨거웠다. 어쩌다가 일이 이 지경이 됐을까. 더러운 저주에 걸려 옴짝달싹 못 하는 한 마리 쥐가 된 기분이었다.

얼마나 울었을까. 바닥에 쓰러져 눈물을 흘리던 진의 어깨가 서서히 들썩이기 시작했다. 입에서 쉰 웃음소리가 새어 나왔다. 눈물은 멈추었고 웃음소리는 더욱 커져갔다. 누가 보면 꼭 미친 사람처럼 보일 만한 광경이었다.

"너 사람 잘못 건드렸어."

진은 바지 주머니에 넣어두었던 펜 하나를 꺼냈다. 버튼을 누르자 익숙한 음성이 흘러나왔다. 펜 모양의 소형 녹음기였다. 탐이 언제 어디서 나타날지 모르기에 켜놓은 상태로 상시 주머니에 넣고 다녔던 녹음기였다.

"옴짝달싹 못 하는 쥐는 내가 아니라 바로 너야."

다시 한번 진의 입에서 웃음소리가 흘러나왔다. 그녀의 표정은 우는 것인지 웃는 것인지 알 수 없을 만큼 심하게 일그러져 있었다.

한 시간 후, 진은 경찰서에 있었다. 민원실의 안내를 받아 형사과를 찾은 진에게 입구에 있던 형사가 무슨 일로 왔느냐고 물었다.

"헤어진 남자가 계속 괴롭혀서요……."

어렵게 입을 뗀 진은 두서없이 그간의 일들을 이야기했다. 둥그스름한 인상의, 꼭 젊은 달마대사처럼 생긴 형사는 간간이 질문을 던지기도 하며 진의 이야기에 귀를 기울였다.

"요즘 그런 나쁜 새끼들 많아요. 세상이 어떻게 돌아가는 건지, 원. 곱게 헤어져주기만 하면 아이고 감사합니다, 해야 할 판이죠."

마침내 진의 이야기가 끝났을 때, 형사는 혀를 쯧쯧 차며 이렇게 말했다.

"형사님, 그 남자한테 법적 처벌이 가능할까요?"

진의 간절한 물음에 형사가 고개를 끄덕였다.

"당연하죠. 증거를 남기지 않으려고 전화 통화도 안 하고 메시지도 안 보내는 교활한 놈이지만, 어떻게든 처벌을 받게 해야죠. 혹시 증거가 될 만한 것 가지고 계신가요?"

"네, 대화 내용을 녹음한 게 있어요. 그런데 그걸로 충분할지……."

진은 가방 안에 넣어둔 녹음기를 만지작거리며 말했다.

형사가 다행이라는 듯 고개를 끄덕거렸다.

"확실히 도움이 될 거예요. 그럼, 어려운 걸음하신 김에 고소장 작성하고 가세요."

삼십 분 후, 진은 버스에 몸을 싣고 있었다. 형사가 강력히 권유했지만 고소장은 작성하지 않은 채였다. 명확하게 설명하기 힘들지만 마음속을 맴도는 꺼림칙한 무언가를 먼저 해결해야 할 것만 같았다. 맞추다 만 퍼즐을 완성해야 할 것 같은 의무감 내지는 강박감 같은 거라고나 할까. 진은 탐을 고소하기에 앞서 퍼즐을 완성해야만 했다. 그러기 위해서는 가야 할 곳이 있었다. 마지막 퍼즐 한 조각을 찾아, 진은 남아 있는 온 힘을 그러모아 걸음을 내디뎠다.

◆

눈을 떠보니 옅은 어둠이 공기를 둘러싸고 있었다. 낯설고도 익숙한 방 안 풍경. 서랍 귀퉁이가 맞지 않는 앉은뱅이책상, 사촌에게 물려받은 반 질밖에 없는 세계 동화 전집, 빨간 플라스틱 바구니 안에 담긴 마른 인형과 소꿉놀이 세트. 밖은 이십 년이란 세월이 흘렀건만 이 방은 시간이 멈춰 있는 듯 보였다. 진은 멍한 기분으로 방 안을 둘러보았다.

'내가 왜 여기 있는 거지?'

오랫동안 꿈을 꾸다가 깨어난 사람처럼 현실 감각이 떨어졌다. 한참을 그렇게 누워 있은 후에야 비로소 이곳이 엄마와 서울로 올라오기 전까지 살았던 시골집이라는 것을 깨달았다.

어디선가 새콤하고 구수한 냄새가 풍겼다. 방문을 열고 나와 좁은 마루를 가로질러 부엌문을 열었다. 엄마가 불 앞에서 냄비 속을 젓고 있었다.

"나 얼마나 잤어?"

진이 부엌 안으로 들어가며 물었다.

"두 시간쯤. 고단했나 보네, 우리 딸."

"응, 조금"이라고 대답하며 진은 냄비 속을 들여다보았다.

"뭐야?"

"김치콩나물죽. 넌 아플 때마다 김치콩나물죽 찾았잖아. 이거 한 그릇 비우고 나면 금세 나았고."

냄비 안에서는 붉은 국물이 보글보글 끓고 있었다. 구수한 멸치 육수와 새콤한 김치 냄새가 모락모락 피어오르는 김속에 섞여 콧속을 파고들었다. 옛 추억을 떠올리게 하는 냄새였다.

"흐음, 냄새 좋다. 오랜만에 맛있겠네. 그런데 엄마, 나 안 아픈데?"

"안 아프다고?"

엄마는 잠시 말을 멈추었다. 그러고는 갈색 가루를 한 숟갈 듬뿍 퍼서 죽이 끓고 있는 냄비에 넣고 휘휘 저은 다음 말을 이었다.

"몸이 아픈 것만 아픈 거니, 마음이 아픈 것도 아픈 거지."

진은 피식 웃으며 말했다.

"귀신이네."

"엄마는 다 알아. 어디가 아프든 이거 한 그릇 뚝딱 비우고 깨끗하게 낫는 거야. 알았지?"

진은 고개를 끄덕였다. 그러고는 뒤에서 엄마의 허리를 껴안고 등에 얼굴을 묻었다. 정겨운 엄마 냄새가 코끝을 간질였다.

"엄마 사랑해."

"고맙다. 그런데 사랑 고백은 이제 남자친구한테 해야지."

진은 대답하지 않았다. 엄마가 멈칫하더니 "너 무슨 일 있는 거야?"라며 정곡을 찌르는 질문을 던졌다. 역시 진은 대답하지 않았다.

"너 요즘 만나는 사람 있니? 그놈이 속 썩이는 거야?"

진은 아니라고 말하고 싶었지만 입이 떨어지지 않았다. 하지만 엄마는 진이 대답하지 않아도 진의 속마음을 훤히 꿰뚫고 있었다.

"엄마가 죽여줄까? 그놈?"

진은 작게 "응, 그랬으면 좋겠어"라고 말했다. 그러자 엄마는 몸을 홱 돌려 손으로 진의 얼굴을 잡고 눈을 빤히 들여다보았다.

"무슨 일이야, 응? 엄마한테 말해봐."

내일 곧 하늘이 무너진다는 소식을 들은 사람처럼 엄마는 심란한 표정이었다.

"별일 아니야, 엄마. 너무 놀라지 마. 남녀 사이가 언제나 좋을 수만 있나."

진은 애써 대수롭지 않은 투로 말했다. 그러나 엄마는 쉽게 넘어갈 사람이 아니었다. 평소엔 눈치라고는 고양이 눈물만큼도 없는 사람이, 딸에 관해서는 독심술 못지않은 초능력을 발휘하고 있었다.

"천하의 나쁜 놈일세, 우리 딸을 속상하게 하고. 말만 해. 엄마는 우리 딸 속상하게 하는 놈은 백번이든 죽여줄 수 있어. 너를 위해서라면 엄마는 그놈 끌어안고 불구덩이에도 떨어질 수 있는데, 뭔들 못 하겠어."

진은 먹먹한 가슴으로 엄마를 끌어안았다.

"우와, 든든해라. 나는 엄마가 있으니까 아무 걱정 안 해도 되겠네."

엄마가 진의 등을 토닥토닥 두드렸다.

"당연하지. 그러니까 힘든 일 있으면 얼마든지 엄마한테 털어놔."

진은 잠시 아무 말도 하지 않고 엄마의 체온을 느꼈다.

"괜찮아. 다 잘 해결될 거니까 마음 쓰지 마, 엄마."

진은 짐짓 쾌활하게 웃었다.

"배고파. 빨리 김치콩나물죽 먹고 싶어."

"알았어. 조금만 기다려."

엄마도 웃으며 진의 말을 받았다. 하지만 두 눈동자는 새끼 곰을 바라보는 어미 곰의 눈처럼 왠지 불안하고 서글퍼 보였다.

엄마는 안방과 작은방 사이에 있는 마루에 상을 차려주었다. 굵은 멸치와 콩나물과 김치가 들어간 새콤하고 시원한 김치콩나물죽. 엄마는 요리에는 젬병이었지만 김치콩나물죽

만큼은 가끔 생각날 정도로 맛이 좋았다. 어려운 형편에 이런 소박한 음식마저도 별미였던 시절, 감기에 걸린 진을 위해 엄마는 이 김치콩나물죽을 끓여주곤 했는데 이따금 진은 이 죽이 먹고 싶어 꾀병을 부리기도 했다. 지금에야 드는 생각이지만 엄마는 그때 진이 꾀병을 부린다는 걸 알면서도 모른 척 김치콩나물죽을 끓여주지 않았을까? 아마 그랬을 것이다. 해줄 수 있는 게 이것밖에 없다는 미안한 마음과 세상에서 가장 맛있는 '사랑'이라는 양념을 듬뿍 넣어서.

"어째 옛날보다 더 맛있어진 것 같다."

코를 훌쩍이며 뜨거운 죽을 몇 숟갈 뜨던 진이 말했다.

"소고기를 넣었거든."

엄마의 말에 진이 '소고기?' 하는 표정으로 바라보자 엄마가 씩 의미심장한 미소를 지었다.

"아빠 보험금이 꽤 두둑이 나왔단다."

그러면서 엄마는 손가락 두 개로 V자를 그려 보였다. 조금 더 커지는 미소. 이럴 수가. 어이없는 반전에 진은 잠시 멍했지만 마주 웃을 수밖에 없었다.

"엄마, 설마 아빠 보험금 때문에 이리로 내려온 거야?"

진이 묻자 엄마가 집게손가락을 입에 갖다 대며 조용히 하라는 신호를 보냈다.

"쉿, 조용히 해. 네 아빠 들으면 삐쳐서 밥도 안 먹는다."

"밥 안 먹으면 자기 손해지, 뭐."

진은 입을 삐죽거렸지만 왠지 기분이 나쁘지만은 않았다. 엄마가 무슨 이유로 아빠 곁으로 돌아왔는지는 모르지만 엄마는 지금 그 어느 때보다 행복해 보였다.

"뭔 생각을 그렇게 해. 식기 전에 얼른 먹어."

엄마의 말에 진은 다시 숟가락을 들었다.

'이 죽을 먹고 감기가 낫듯, 아픔도 나을 수 있다면 얼마나 좋을까. 그럴 수만 있다면 이 김치콩나물죽이야말로 마법의 요리일 텐데.'

그런 생각을 하며 진은 죽 한 그릇을 비웠다.

"다 먹고 아빠한테 가봐. 체하면 안 되니까 소화는 시키고."

엄마는 진이 죽을 다 먹을 때까지 기다렸다가 넌지시 말을 꺼냈다. 진은 단호하게 싫다고 대꾸할 작정이었다. 그런데 그때, 안방 문이 천천히 열리며 웬 할아버지가 얼굴을 내밀었다.

방금 먹은 죽이 다시 식도를 타고 목구멍으로 올라오는 기분이었다. 어떻게 막아볼 새도 없이 엄마는 슬그머니 상을 들고 부엌으로 사라졌다. 할아버지, 아니 폭삭 늙어버린 아빠가 왼손으로 까닥까닥 안으로 들어오라는 손짓을 했다.

진은 내키지 않은 마음으로 반쯤 열린 안방 문을 마저 열었다. 아빠가 왼손으로 몸을 밀며 안쪽으로 비켜주었다. 진이 안으로 들어가자 아빠는 다시 왼손으로 문을 닫았다.

이십 년 만의 부녀상봉. 부모를 죽인 원수를 만나도 이보다는 덜 어색할 것 같았다.

진은 양반다리를 하고 앉아 방바닥만 노려보았다. 가급적이면 아빠의 얼굴을 보고 싶지 않았다. 그런데 아빠가 앉은 자세로 왼손으로 몸을 밀며 서랍장에서 무언가를 꺼내 와 진에게 건넸다. 오래된 사진 한 장이었다.

아빠가 마비된 혀와 입술로 말을 쥐어짜 냈다.

"너어 어어마아."

저도 모르게 진은 고개를 들어 아빠를 바라보았다. 표정을 읽기 힘든 부자연스러운 얼굴 안에 회한과 한탄이 어린 눈빛이 있었다. 진은 그 눈빛을 외면한 채 사진으로 시선을 돌렸다.

아빠의 젊은 시절. 머리숱도 풍성하고 얼굴에 주름도 없던, 아빠의 젊은 시절 모습이 사진에 담겨 있었다. 그리고 그 옆에서 아빠의 팔짱을 끼고 서 있는 까만 단발머리의 여자. 둘은 누가 뭐래도 다정한 연인 사이로 보였다.

"너어 어어엄마아."

아빠는 다시 한번 우는 듯한 소리로 말했다. 무언가 말을 더 하고 싶은 듯했으나 아빠의 입은 단단하게 굳어 뜻대로 움직여주지 않았다. 상관없었다. 무슨 말을 하려는 건지 진은 알아들을 수 있었다. 텔레파시? 그런 게 있을 리가 있나. 그저 퍼즐의 마지막 한 조각이 맞춰진 것뿐이었다.

드디어 완성된 퍼즐.

하나의 완벽한 그림이 진의 눈에 홀연히 나타났다. 보고 싶지 않아도 보지 않을 방법이 없었다.

"하나도 변한 게 없네."

마지막 퍼즐 한 조각, 진은 사진을 보며 작게 중얼거렸다.

그날 밤, 작은방에 나란히 누운 진과 엄마는 밤새도록 이런 저런 대화를 나누었다.

"엄마, 아빠 볼 때마다 밉지 않아?"

"당연히 밉지. 그래서 지금 네 아빠 옆에 있는 거고."

"그게 무슨 말이야?"

뭔가 재미있는 얘기가 나올 것 같아 진은 엄마가 누운 오른쪽으로 몸을 돌려 누웠다.

"내가 요즘 네 아빠 놀리는 재미에 산단다. 고기 반찬을 해서 네 아빠는 안 주고 나만 먹는 거야. 냄새만 풍풍 풍기면서. 고기 없으면 밥도 안 먹던 양반이니 얼마나 약이 오르겠어. 그렇다고 예전처럼 나를 팰 수도 없고. 호호, 그 재미에 내가 사는 거야, 네 아빠 괴롭히는 재미에."

엄마가 개구쟁이처럼 낄낄거리며 웃었다.

"에이, 너무 약한데? 겨우 그 정도로 엄마 마음이 풀리겠어?"

엄마는 다시 웃었지만 웃음소리는 점점 잦아들었다.

"뭘 한들 내 맘이 풀리겠니. 그래도 이제는 예전만큼 밉지는 않아. 그냥 옛날 생각 나면 그땐 그랬지, 하면서 한 번 더 약 올리고. 그러면서 미움도 하나씩 지워가는 거야. 게다가 보험금도 꽤 짭짤하고 말이야."

엄마가 '보험금'이란 단어에 힘을 주었다. 보험금에 대한 엄마의 말은 진심이었다. 엄마는 다 계획이 있었구나.

잠깐의 침묵이 흐르고 진이 조심스레 말을 꺼냈다.

"엄마…… 나 다 알고 있어."

진이 조심스레 말을 꺼냈다.

"뭘?"

진은 바로 대답하지 않고 엄마의 손을 슬그머니 잡았다. 입이 떨어지지 않았지만 그래도 말을 해야 할 것 같았다.

"나…… 아빠가 밖에서 데려온 자식인 거. 나 일곱 살 때, 엄마랑 처음 서울에 올라와서 이모네 집에 며칠 있었잖아. 그때 이모랑 엄마가 하는 얘기 다 들었어."

엄마는 아무 말 없이 진의 손을 가만히 잡아주었다.

한참이나 그렇게 손을 잡고 있던 모녀. 이윽고 엄마가 입을 열었다.

"네가 무슨 말 하는지 하나도 모르겠다, 얘."

순간 진은 깨달았다.

'엄마도 알고 있었구나. 내가 알고 있다는 사실을…….'

갑자기 눈시울이 뜨거워졌다. 가슴이 아련히 아파왔다. 엄마를 사랑하는데, 세상에서 가장 사랑하는데 어떻게 표현할 방법이 없어 마음이 아팠다.

"엄마, 엄마는 내가 사는 세상 그 자체야. 엄마한테는 사랑한다는 말도 부족해."

엄마가 진의 손을 부드럽게 쓰다듬었다.

"그래, 알아. 그런데 말이지, 자식이 아무리 제 부모를 사랑해도 부모가 자식 사랑하는 것에는 못 미치는 법이야. 그리고 그건 엄마뿐 아니라 아빠도 마찬가지고."

진은 입을 부루퉁하게 내밀었다. 엄마가 무슨 말을 하려는지 알 것 같아서였다.

"내일 아침에 일어나면 아빠하고……."

아니나 다를까, 아빠와 진을 화해시키려는 엄마의 말을 진이 가로막았다.

"엄마가 아무리 그래도 난 아빠가 싫어."

"왜?"

"나, 아빠가 엄마한테 어떻게 했는지 다 기억해. 엄마를 때리고 욕하고…… 게다가 아빠는 엄마한테 여자로서 큰 상처를 줬잖아."

"상처? 받았지 물론. 온몸을 가르듯 아팠지. 그런데 말이야, 진아."

엄마는 말을 멈추고 몸을 돌려 진의 머리칼을 쓸어 넘겨주었다.

"세상에 아물지 않는 상처는 없어."

진은 물끄러미 엄마를 바라보았다. 어둠 속에서도 엄마의 미소가 달처럼 빛났다.

"우리 진이가 무슨 고민을 하고 있는지는 모르겠지만, 엄마 말 한마디만 명심해. 살아 있는 한, 세상에 아물지 않는 상처는 없는 거야."

진은 고개를 끄덕였다. 그러곤 눈을 감았다. 잠이 올 것 같지 않았지만 어느 순간 잠의 휴식 속으로 빠져 들어갔다.

세상에 아물지 않는 상처는 없다.

어째서인지 그 말이 자장가처럼 진을 편안히 감싸주었다.

마녀가 되다

평일임에도 불구하고 서울행 고속버스는 거의 만석이었다. 휴, 진은 조그맣게 숨을 내쉬고 창에 머리를 기댔다. 조용히 생각을 정리할 시간이 필요했으나 세상은 그녀를 방해하고 싶어 안달이 난 모양이었다. 시끄러운 소리에 고개를 돌리니 옆 좌석에 앉은 남자가 이어폰도 끼지 않고 휴대폰으로 TV를 시청하고 있었다. 가뜩이나 예민해져 있던 진은 눈살을 찌푸리며 남자가 보고 있는 휴대폰 화면으로 시선을 던졌다. 진은 자신의 눈을 의심할 수밖에 없었다.

"지금 뭐 보고 계신 거예요?"

진의 목소리가 힐난하는 것처럼 들렸는지 남자가 움찔하며 방송을 끄려 했다.

"아니, 아니, 같이 좀 봐도 될까요?"

진이 다급히 말하며 고개를 쑥 내밀었다. 남자는 황당해하면서도 휴대폰을 진 쪽으로 조금 밀어주었다.

"……뛰어난 화술과 매력적인 외모로 인기 급상승 중인 칼럼니스트 겸 방송인 탐 킴. 방송에서는 젠틀하고 쿨한 이미지만을 보여온 그에게도 남다른 가족사가 숨겨져 있었습니다. 가족을 위해, 가족을 숨길 수밖에 없었던 탐 킴의 고백을 지금부터 함께 들어보시죠……."

탐이 나오고 있는 방송은 다큐멘터리를 표방하고 있지만 사실상 연예인 홍보물에 가까운 프로그램. 진은 숨을 죽인 채 방송에 몰입했다.

"……희귀 난치성 질환을 앓고 있는 아들과 치매 증상이 있는 어머니. 탐 킴은 아픈 어머니를 위해 한국에 정착하기로 결심했고, 고맙게도 미국에서 만난 아내도 그의 결정을 따라주었습니다. 그러나 쉽지 않은 한국 생활. 결혼 이 년 만에 얻은 아들은 선천성 심장 기형이라는 진단을 받았습니다……."

후에 이어지는 방송 내용을 요약하면 다음과 같았다. 평범한 직장 생활로는 감당할 수 없는 아들의 치료비. 우연한 기회에 방송 출연을 하게 된 탐은 생각지 못하게 큰 인기를 얻게 되었고 각종 방송과 광고 출연료, 책 판매 인세로 아들과 어머니의 병원비를 댈 수 있었다.

"……방송을 통해 얻은 인기로 경제적 어려움은 덜었으나 탐의 마음을 무겁게 짓누르는 죄책감…… 그의 밝은 미소 뒤에는 항상 가족과 자신을 사랑해주는 팬들에 대한 미안함이 숨어 있었습니다……."

방송에 나와 천연덕스럽게 인터뷰를 하는 탐. 탐은 인기가 떨어질 것을 우려해 지금껏 자신의 결혼 사실을 밝힐 수 없었다고 했다.

"아내와 아들에게 항상 미안했습니다. 평범한 가족이라면 당연히 누리는 외식 한번을 같이 못 해줬으니까요. 미안해하는 저에게 괜찮으니 힘내라는 응원을 해준 아내에게 고맙다는 말을 전하고 싶습니다. 여보, 사랑해……."

탐은 그러면서 눈물을 흘렸다. 연출력이 뛰어난 것인지 탐의 연기가 뛰어난 것인지, 보고 있던 진마저도 눈물이 글썽거렸다. 이런, 또 속을 뻔했네.

때마침 어디선가 "거, 조용히 좀 합시다"라는 소리가 들렸다. 옆 좌석의 남자가 주섬주섬 가방에서 이어폰을 꺼내 꽂았다. '같이 들을래요?'라는 의미로 남자가 이어폰 한쪽을 내밀었다. 진은 괜찮다고, 고맙다고 말하고는 창문 쪽으로 고개를 돌렸다.

'참 기막힌 타이밍이네.'

추수가 끝난 가을 들판을 바라보며 진은 속으로 중얼거렸다.

돌이켜보면 정말이지 기막힌 타이밍이었다. 새벽 퇴근길에 탐을 우연히 만난 것도, 옛 남자친구의 결혼 소식을 우연히 알게 되어 탐에게 연락을 한 것도, 돌잔치를 통해 우연히 탐의 실체를 알게 된 것도, 옆자리 남자의 휴대폰에서 탐이 나온 방송을 보게 된 것도 하나같이 기막힌 타이밍이었다. 이런 걸 두고 우연을 가장한 운명이라고 하는 걸까? 그렇다면 진의 운명은 참으로 지랄 맞은 운명이었다.

마치 저주에라도 걸린 듯, 지랄 맞은 운명.

마녀식당이 있는 골목에 도착하니 어느덧 해가 뉘엿뉘엿

기울고 있었다. 낮에도, 밤에도 속하지 않는 마법 같은 시간이었다. 진은 빛과 어둠이 서로 뒤섞이는 이 시간을 가장 좋아했고, 찰나에 그쳐버리는 이 시간을 늘 안타까워했다.

'왜 가장 아름다운 시간은 순간이 되어버리는 걸까?'

이 시간이 다행스럽게 느껴졌다. 어서 빨리 빛이 사라지고 완전한 어둠이 깔려야 했다. 이성이 사라지고 마법이 지배하는 시간에 진은 해야 할 일이 있었다.

진이 두근거리는 심장을 부여잡고 한 걸음 한 걸음 식당을 향해 다가서는데 발목에 부드러운 솜뭉치가 닿는 느낌이 들었다. 내려다보자 녹색 눈을 반짝이는 검은 고양이가 그녀의 발목에 머리를 비비고 있었다. 오랜만의 만남에 진은 무릎을 굽히고 앉아 녀석의 목덜미를 쓰다듬어주었다. 진이 고양이에게 말을 건넸다.

"네가 나를 따르는 이유가 정말 그것 때문이니?"

고양이가 갸르릉 울음소리를 냈다. 진은 고양이의 대답에 한숨 섞인 미소를 지었다.

"그래, 나도 알고 있었어. 나도 처음부터 알고 있었어. 아마도…… 알고 있었던 것 같아……."

진은 일어나 식당 앞으로 걸어갔다. 고양이도 진 곁을 따랐다. 문은 잠겨 있지 않았다. 문을 밀고 안으로 들어가자 언제나처럼 풀을 태우는 냄새가 희미하게 풍겨왔다. 어둠에 잠긴 식당. 안쪽 주방에서 불빛이 새어 나왔다. 고양이가 에스코트라도 하듯 앞서 주방으로 향했다. 그 뒤를 따라 주방으로 들어갔다. 조리대 앞에서 마녀가 요리를 하고 있었다. 조리대 위에는 큼지막한 고깃덩어리와 각종 향신료, 허브 등이 놓여 있었다.

마녀는 진에게 눈길을 주지 않았다. 유연하고도 익숙한 손놀림으로 서두르지 않지만 너무 느리지도 않게 요리에 열중할 뿐이었다.

"길용이는요?"

진이 먼저 입을 열었다.

"그 아이는 이제 식당에 나오지 않을 거야."

마녀가 아무 감정도 읽을 수 없는 건조한 말투로 이야기했다.

"그게 무슨 말이에요? 길용이를 노예계약에서 풀어준 건가요?"

"노예계약은 무슨. 처음부터 노예계약 같은 건 없었어."

잠깐 동안 멍해 있다가 진이 재차 물었다.

"무슨 말이죠? 노예계약이 없었다니. 요리를 먹는 대가로 걸었던 조건이잖아요."

그제야 마녀가 손을 멈추고 고개를 들어 진을 바라보았다.

"그 아이의 소원이 뭔 줄 아니? 네 곁에 있는 것이었어. 그래서 난 그렇게 해줬던 거고."

진은 입을 벌렸지만 말이 되어 나오지 않았다.

"이곳에서 일한다면 자연히 네 곁에 있을 수 있는 거니까, 요리를 먹을 필요도 대가를 치를 필요도 없었지."

여기까지 말을 마친 뒤 마녀의 눈과 손은 다시 요리로 돌아갔다. 도톰한 고기 중간에 칼집을 내고 그 안에 새빨간 액체를 흘려 넣었다.

"어, 어떻게 그런 짓을……."

심한 충격에 말을 미처 맺지 못하는 진을 마녀가 빤히 쳐다보았다.

"내가 뭘? 나는 그 애가 원하는 대로 해줬을 뿐이야. 덕분에 그 애는 지독한 괴롭힘에서도 벗어날 수 있었어. 이 정도면 내가 그 애한테 감사의 인사를 받아야 하는 것 아니니?"

마녀는 진이 말할 기회도 주지 않은 채 계속해서 말을 이어나갔다.

"어차피 앞으로는 볼 일도 없는 아이야."

"그건 또 무슨 말이에요?"

길용이를 다시는 보지 못한다고? 그 애의 순수한 미소와 눈빛을 다시는 보지 못한다고? 어째서인지 진은 심장이 덜컥 내려앉는 기분이었다.

그런 진의 속마음을 읽은 마녀가 차가운 조소를 날렸다.

"이제 이 마녀식당도 문을 닫을 테고 그러면 일꾼도 더 이상 필요 없으니 그 애를 볼 일은 앞으로 영원히 없을 거란 얘기야."

"식당 문을…… 닫는다고요?"

진은 꼭 앵무새처럼 굴고 있었다.

"그럼 식당을 계속할 생각이었니? 모든 걸 알고 나서도?"

마녀는 눈은 웃지 않은 채 입술로만 차가운 미소를 지었다. 진의 심장까지도 얼어붙게 만드는 미소였다.

많이 알아갔다고 생각했는데…… 진은 마녀가 무척이나 낯설었다. 심지어 그녀의 정체를 알게 되었는데도 아주 멀게만 느껴졌다.

진은 가방에서 사진 한 장을 꺼내 마녀가 볼 수 있도록 조리대 위에 올려놓았다. 아빠가 준 사진이었다. 사진 속에서 마녀는 사랑에 빠진 소녀의 모습으로 환하게 웃었다.

사진을 본 마녀의 입가에 작게 경련이 일어났다.

"한 여자가 있었어. 사랑을 믿을 만큼 순진한 여자였지. 지금의 너처럼. 여자는 한 남자와 사랑에 빠졌어. 남자는 온갖 달콤한 말로 여자를 꾀어냈고 여자는 자신의 모든 것을 남자에게 바쳤어. 하지만 언제나 그렇듯…… 남자는 여자를 배신했지."

요리로 돌아간 마녀는 유리병을 열고 그 안에 든 파란 기체를 고깃덩어리 위에 쏟아부었다. 드라이아이스처럼 생긴 기체는 고기를 감싸듯 내려앉더니 금세 고기에 흡수되어 사라졌다.

"남자는 자신에게 이미 아내가 있다는 사실을 여자에게 숨겼어. 처음부터 사랑은 없었던 거야. 거짓 위에 세워진 것은 그게 무엇이든 거짓일 수밖에 없는 거니까."

여기까지 말을 마친 뒤 마녀는 고깃덩어리에 검은빛이 도는 가루를 뿌렸다. 그러고는 가루가 고기 표면에 잘 묻도록 조물조물 문질렀다.

"여자는 자신을 속인 그 남자에게 저주를 퍼부었어. 내가 당한 고통을 네 딸도 똑같이 당하게 될 거라고. 그리고 그를 떠났지. 그런데 얼마 후에 자기 배 속에 새 생명이 자라고 있다는 것을 알게 됐어. 자신이 내린 저주에 스스로 걸려든 꼴이었지. 여자는 그해 겨울이 가기 전에 아기를 낳았고 아기는 딸이었어. 그 아기는……."

진이 대신 마녀의 말을 완성했다.

"그 아기가 바로 나군요."

마녀는 진의 말이 들리지 않는다는 듯 눈썹 하나 까딱하지 않고 제 할 말을 이어나갔다.

"나는…… 아니, 여자는 아기를 그 남자의 아내에게 주었어. 남자의 아내가 아기를 잘 키워줄 거란 걸 알기에 내린 결정이었어. 그땐 여자 혼자 몸으로 아기를 키운다는 게 쉽지 않았으니까 어쩔 수 없는 선택이었지."

"비겁한 변명이네요."

마녀가 잠시 뜸을 들였다 입을 열었다.

"난 변명 따위는 하지 않아."

"그런데 왜 돌아온 거죠?"

마녀는 진의 눈을 똑바로 바라보았다. 대답은 하지 않았다. 그러나 그 눈빛 속에는 너도 이미 알고 있지 않느냐는 무언의 답이 실려 있었다. 진이 경악하며 소리쳤다.

"나를 가르치기 위한 거였군요!"

마녀가 진에게 한 걸음 다가왔다. 진은 마녀 반대편으로 한 걸음 물러섰다.

"난 언제나 너를 지켜보고 있었어. 넌 너무 나약했어. 그게 나는 항상 걱정이었지. 난 너를 강하게 만들고 싶었어. 내 저주가 너에게 현실이 되기 전에 널 강하게 만들어야 했어. 그래서 너에게 마법을 가르치기 위해 마녀식당을 열기로 계획했던 거야."

진이 주먹으로 쾅, 조리대를 내려쳤다. 모서리에 놓여 있던 접시가 흔들거리다 바닥으로 떨어지며 산산이 부서졌다.

"진미식당이 망하게 된 것도 당신 소행이었던 거야?"

진은 뒤로 점점 물러섰다. 등 뒤에 서랍장이 닿아 더 이상 움직일 수 없을 때까지 마녀에게서 멀어지기 위해 뒷걸음을 쳤다.

"전부는 아니야. 약간, 아주 약간만 내 힘이 들어갔을 뿐이야. 선택은 언제나 네가 했어."

마녀가 진에게 다가가려 했지만 진이 손을 들어 막아섰다.

진 주위에 방어막이 쳐지기라도 한 것처럼 마녀의 발이 우뚝 멈춰 섰다.

"당신은 정말 끔찍해."

진의 얼굴이 고통으로 일그러졌다. 가슴이 갈기갈기 찢기는 기분이었다.

"모든 게 너를 위한 거였어."

마녀의 말에 진은 어깨를 들썩이며 웃었다. 웃는 게 웃는 게 아니라는 말처럼 웃음은 곧 울음이 됐다.

"나를 위한 거였다고? 그런데 그거 알아? 내가 지금까지

당한 고통은 모두 다 당신 때문이었어. 나를 위한다는 당신의 잘못된 선택 때문에 내가 지금 이런 고통을 당하고 있는 거라고!"

진은 악에 받쳐 소리를 질렀다. 후들후들 떨리던 다리가 결국엔 무너져 내렸다. 털썩 주저앉은 진에게 마녀가 다가와 시선을 마주했다.

"지금이라도 바로잡을 수 있어. 준비는 거의 다 되었어. 이제 굽기만 하면……."

진은 고개를 저었다. 끝까지 듣지 않아도 마녀가 무슨 말을 하고 있는지 알고 있었다. 마녀가 요리를 만들고 있을 때부터 알아보았다. 마녀는 탐에게 저주를 내릴 스테이크를 만들고 있었던 것이다. 진이 식당을 담보로 경희 아줌마에게 복수를 할 때 먹었던 바로 그 스테이크였다.

"저 스테이크를 먹기 위해 나는 또 뭘 대가로 내놓아야 하죠?"

"네가 먹을 필요 없어. 내가 먹을 테니까."

진은 놀란 눈으로 마녀를 보았다.

"대가는? 아무리 마녀일지라도 마법엔 대가가 따른다는 것을 알고 있어요."

"너를 위해서라면 내 목숨도 내놓을 수 있어. 내가 무슨 대가를 치를지는 염려하지 않아도 돼."

마녀의 말과 시골집에서 엄마가 했던 말이 동시에 재생버튼을 누른 것처럼 겹쳐 들려왔다. 진을 위해서라면 불구덩이에도 뛰어들 수 있다는 엄마. 진을 위해서라면 목숨도 내놓을 수 있다는 또 다른 엄마. 진은 이 진지한 상황에 피식 힘없는 웃음을 터뜨렸다.

한동안 침묵이 흘렀다. 주방 한구석에서 앞다리를 베고 누워 있던 검은 고양이마저도 털 하나 까딱하지 않고 침묵을 지켰다.

마녀식당에 들어서기 전까지, 진은 탐에게 저주를 내릴 수 있는 마법의 요리를 먹을 생각이었다. 피가 뚝뚝 흐르는 복수의 스테이크를 먹을지, 아니면 다른 어떤 요리를 먹을지 구체적으로 정한 것은 아니었으나 탐을 용서치 않으리라는 것은 확실했다. 그리고 지금 이 순간에도 탐을 용서할 수 없다는 것은 변하지 않는 사실이었다.

문득 이제는 악마처럼 느껴지는 탐의 얼굴에 아빠의 얼굴이 겹쳐 눈앞에 떠올랐다. 인간으로서의 양심을 저버렸던 아빠는 늙고 병들어 제 몸 하나 마음대로 움직이지 못하는 신세였다. 하늘이 내린 벌이었을까? 마법이 아니라도 언젠간 죗값을 받게 되는 것이 우주의 이치인 걸까?

'아빠도, 탐도 지옥에 떨어져 마땅한 사람들이야!'

진은 분노에 바들바들 떨며 그리 생각했다.

'탐을 지옥에 떨어뜨릴 거야. 지옥의 개에게 사지가 찢기고 불구덩이에서 영원히 고통에 울부짖게 해줄 거야!'

악에 받친 진의 목소리가 속으로 외쳐댔다.

하지만…… 그와 동시에 영혼 저 깊은 곳에 있는 또 다른 목소리가 진에게 무어라 속삭이고 있었다.

얼마나 시간이 지났을까. 마녀가 무릎을 펴고 일어나 화로 앞에 섰다. 두툼한 무쇠 프라이팬을 불 위에 올렸다. 그 모습을 멀거니 바라보고 있던 진이 마침내 입을 열었다.

"그만둬요."

진은 고개를 들어 마녀를 직시했다.

"내가 해요. 요리도 내가 하고 먹는 것도 내가 하겠어요."

마녀가 말했다.

"대가를 치러야 해."

진은 고개를 끄덕였다.

"알아요."

진은 크게 숨을 들이쉬었다가 내뱉었다. 심장이 일시에 정지했다. 숨을 고르며 진이 천천히 입을 열었다.

"대가는 내가 마녀가 되는 것으로 하겠어요."

마녀가 눈을 가늘게 떴다.

"평생의 업이 될 거야. 벗어날 수 없어."

진은 망설이지 않고 대답했다.

"알아요. 각오는 되어 있어요."

진은 바지 주머니에서 머리끈을 꺼내 머리카락을 질끈 하나로 묶었다. 검은색 앞치마를 매고 손을 씻었다. 『마법의 책』을 꺼내와 조리대 위에 올려놓았다. 밤은 점점 깊어가고 있었고 주방에는 진 혼자였다.

진은 표지를 가만히 쓸어내렸다. 만질 때마다 소름이 끼쳤던 책이 웬일인지 벨벳을 만지듯 부드럽게 느껴졌다. 마치 주인의 손에 얌전해진 날짐승의 등을 쓰다듬는 기분이었다.

책 위에 손을 올린 채로 눈을 감았다. 크게 심호흡을 하고 눈을 떴다. 이제 직감에 의존해 움직일 때였다. 머릿속을 텅 비우고 마음을 열었다. 책을 펼쳤다. 한 번 더 책장을 넘겼다. 그리고 한 번 더. 필요한 레시피는 모두 얻었다.

자신을 위한 세 가지 요리.

이 밤이 지나가기 전에 세 요리를 완성할 수 있을까?

걱정하지 않았다. 시간은 충분했다. 밤은 길었다.

동이 트기 한 시간 전, 요리가 모두 완성되었다. 완성된 요리 중 첫 번째 것을 오븐에서 꺼냈다. 황금빛 털을 가진 송아지 심장 안에 찔레꽃잎과 한여름의 폭풍 등을 소로 넣어 만든 요리. 진은 아기 머리통만 한 그것을 도마 위에 올렸다. 요리는 언뜻 일그러진 하트 모양으로 보였다. 모양 유지를 위해 꽁꽁 묶어두었던 실을 풀고 커다란 카빙 포크와 나이프로 스테이크 두께 정도로 슬라이드하여 내열접시에 옮겨 담았다. 마지막으로 샤프란과 새벽 햇살이 주재료인 소스를 위에 뿌려 테이블로 가지고 나왔다.

큼지막한 접시 가득 담긴 심장 구이. 진은 앞치마를 풀고 테이블 의자에 앉아 하얀 냅킨을 무릎 위에 펴놓았다. 그러고는 포크와 나이프를 들어 심장 구이를 먹기 시작했다. 쫄깃쫄깃한 식감, 입 안 가득 퍼지는 찔레꽃 향기, 진하디진한 고기의 풍미. 꽤 많은 양이었음에도 진은 한 조각도 남기지 않고 말끔히 요리를 먹어치웠다. 배가 빵빵하게 불러왔다. 그러나 아직 디저트가 남아 있었다.

디저트는 딸기 생크림 케이크였다. 지름 십오 센티의 작지 않은 케이크. 시트 사이에는 천사들이 마시는 우유로 만든 생크림이 풍부하게 들어갔고 샹그릴라에서 채취한 야생딸기가 촘촘히 박혔다. 겉에는 역시 같은 종류의 생크림으로 넉넉히 아이싱하고 딸기를 풍성하게 올려 장식했다.

진은 이 케이크와 함께 먹을 커피도 준비했다. 악마가 먹고 배설한 커피콩과 저주받은 땅에서 재배한 커피콩을 각각 2분의 1 비율로 블렌딩한 원두를 지옥의 유황불로 로스팅해 미리 손수 갈아놓았다. 이제 추출 작업만 하면 완성이었다. 프렌치 프레스에 커피 가루를 넣고 끓여놓은 축복받은 천상의 물을 부었다. 천천히 공을 들여 추출한 커피. 커피는 밤하늘보다 깊고 어두운 색을 띠었다.

진은 테이블로 돌아갈까 하다가 조리대 위에서 그냥 먹기로 했다. 먼저 커피를 한 모금 마셨다. 쓰디쓴 커피의 맛. 뜨거운 커피가 식도를 타고 내려가며 쓰라린 통증을 남겼다. 곧이어 배가 뜨끈해지면서 속이 화끈거렸다. 얼굴이 절로 찌푸려졌다.

'더럽게 맛없네.'

단맛과 신맛은 거의 없이 쓰기만 한 커피는 그래도 향은 깊고 풍부했다. 희미하게 유황 냄새가 섞여 있었지만 그럭저럭 참을 만했다.

케이크를 한 입 입에 넣었다. 봄 햇살에 눈이 녹듯 생크림이 사르르 녹아들었다. 한 입 더 입에 넣었다. 부드럽고 폭신한 생크림과 싱싱하고 탱탱한 딸기의 조화는 완벽했다.

'세상에서 가장 행복한 맛이야.'

이번엔 행복감으로 눈이 저절로 감기고 입가에 미소가 떠올랐다. 진은 달콤하고 상큼한 케이크와 뜨겁고 쓰디쓴 커피를 번갈아 먹었다. 천국과 지옥을 오가는 듯 맛의 차이는 극명했고 그에 따라 진의 기분도 행복과 불행을 왕복했다.

마지막 케이크 한 조각과 커피 한 모금을 먹은 후 진은 주방을 나왔다. 홀에는 잔잔한 조명이 비치고 있었다. 마녀는 보이지 않았다. 검은 고양이도 사라지고 없었다. 문득 고양이에게 이름을 지어줘야겠다는 생각이 들었다.

문을 열고 밖으로 나가자 어둠이 옅어지고 있었다. 이제 곧 해가 떠오르고 새들이 지저귈 것이다.

마녀로서 맞이한 첫 번째 밤이 이렇게 끝나가고 있었다.

에필로그

밤사이 내린 비로 하늘은 맑고 바람은 잔잔한 날이었다. 모처럼 식당이 쉬는 날, 진은 영화를 보러 가기 위해 버스를 기다리는 중이었다.

'영화 시작 전에 도착할 수 있으려나…….'

진은 기다리고 있을 길용을 떠올리며 발을 동동 굴렀다. 고졸 검정고시에 합격하면 같이 데이트하자. 두 번이나 시험에 낙방한 길용을 고취시키기 위해 무심코 했던 약속. 그 때문에 진은 오늘 길용과 함께 영화를 보기로 한 참이었다.

'이대로라면 영화 시간에도 맞추지 못할 것 같아. 그냥 택시를 탈까?'

버스 도착 예정 시간을 보니 아직 십 분이나 더 기다려야 했다. 약속 시간에 맞춰 일찌감치 출발했건만, 버스에서 깜박 조는 바람에 엉뚱한 곳에 내리고 말았다. 덕분에 현재 위치는 완전히 낯선 동네, 사방이 아파트 단지로 둘러싸인 난생처음 와 보는 곳이었다.

'이럴 때 빗자루를 타고 슝 하늘을 날아가면 얼마나 좋아. 마법으로 소원은 다 이룰 수 있다면서 왜 하늘을 나는 빗자루는 없는 거냐고.'

초조한 마음에 진은 별 실없는 생각을 다 하고 있는데, 버스 정류장 뒤쪽에서 아이의 밝은 웃음소리가 들려왔다. 진은 마치 자석에 이끌리듯 자연스럽게 웃음소리를 따라갔다. 웃음소리의 진원지는 아파트 단지 내에 있는 놀이터였다. 그곳에서 서너 살쯤 되어 보이는 한 남자아이가 제 아빠와 미끄럼틀을 타고 있는 모습이 눈에 들어왔다. 그 앞 벤치에는 아이 엄마가 갓난아기를 안고 흐뭇한 표정으로 부자를 바라보고 있었다. 세상에서 가장 행복해 보이는 가족이었다.

단 한 가지, 행복한 미소를 짓고 있으면서도 이따금씩 뭔가 두려운 듯, 시선을 불안하게 움직이는 아이 아빠의 얼굴만이 저 행복한 가족의 옥에 티였다.

진은 이리저리 흔들리는 아이 아빠의 시선과 마주치기 전에 얼른 고개를 돌렸다. 마침 타야 할 버스가 오고 있었다.

버스를 놓치지 않기 위해 있는 힘껏 달렸다. 버스는 달려오는 진을 보고 친절히도 기다려주었다. 무사히 탑승. 진은 기사님에게 감사하다고 말하며 앞좌석에 털썩 엉덩이를 떨어뜨렸다.

가쁜 숨을 고르며 창밖을 바라보았다. 가슴이 두근거렸다.

그것이 전속력으로 달린 탓인지, 좀 전에 보았던 행복한 가족의 모습 때문인지는 판단할 수 없었다.

버스가 앞을 향해 달려가고 행복한 가족의 모습은 점점 멀어져갔다.

'내 첫 작품, 성공했구나.'

진은 회심의 미소를 지었다.

그랬다. 방금 전 놀이터에서 진이 본 것은 탐의 가족이었다. 행복한 미소를 짓고 있는 탐과 그의 아내와 아이들. 진은 한 번도 본 적 없던 탐의 미소를 보며 그가 진심으로 행복해하고 있다는 것을 알았다. 그리고 그가 두려움에 떨고 있다는 것도. 그것은 진이 간절히 바라던 소원이 이루어졌음을 의미하는 것이었다.

일이 대체 어떻게 된 거냐고? 그날, 화장실 변기에 머리가 처박혔던 그날, 진은 탐의 목소리가 고스란히 담긴 녹음기를 물증으로 경찰에 그를 고소하려 했다. 또한 인터넷에 그의 만행을 전부 폭로할 계획이었다. 그러나 누누이 말했듯, 인생은 계획대로 되지는 않는 법이다.

진은 탐을 고소하려던 순간, 그 전에 마무리 지어야 할 일이 있음을 깨달았다. 이미 오래전부터 알고 있었지만 애써 외면해왔던 진실을 찾아야 한다는 직감, 마지막 조각을 찾아 퍼즐을 완성시켜야만 한다는 일종의 직감이 진을 이끌었다.

하여 진은 마지막 퍼즐 조각을 찾아 시골집으로 향했다. 마지막 조각은 마치 진을 기다렸다는 양 쉽게 진의 손에 들어왔다. 마침내 완성된 퍼즐. 더 이상 외면할 수 없게 된 진실 앞에서 진은 마녀식당으로 돌아왔고, 그곳에서 자신이 해야 할 일에 대한 답을 얻을 수 있었다. 그것은 바로 용서였다.

용서만이 비극의 고리를 끊을 수 있는 유일한 방법이라고 생각한 진은 자신이 마녀가 되는 것을 대가로 마법의 요리 세 가지를 만들었다.

먼저 찔레꽃과 한여름 폭풍이 들어간 황금빛 송아지의 심장 요리. 이것은 섬세하고도 예리한 양심을 갖게 하는 요리였다. 참고로 찔레꽃의 꽃말은 양심의 가책. 진은 탐에게는 없는 양심을 그에게 선물하기 위해 이 요리를 택한 것이었다. 인간이 인간다울 수 있는 핵심 조건인 양심. 양심을 가진

자는 죄를 멀리하고 이미 지은 죄에 대해서는 반성과 후회라는 '양심의 가책'을 느끼기 마련이다. 제발 그도 양심의 가책을 느끼기를, 살아 있는 양심을 안고 살아가기를, 그리하여 다시는 누군가를 아프게 하지 않기를, 진은 바라고 바라는 마음에서 '양심 가득 심장 구이'를 먹었던 것이다.

다음으로는 후식으로 먹은 딸기가 듬뿍 올라간 생크림 케이크. 이것은 세상에서 가장 큰 행복을 가져다주는 마법의 케이크였다. 참고로 딸기의 꽃말은 행복한 가정. 즉, 이 케이크에는 행복한 가정을 이루게 하는 힘이 깃들어 있었다. 행복한 가정이야말로 세상에서 느낄 수 있는 가장 큰 행복이었다. 진은 탐에게 세상에서 가장 큰 행복을 선물한 것이었다.

왜 그런 요리를 만든 거냐고? 대체 뭐가 예뻐서 탐에게 행복이란 선물을 준 것이냐고? 그래, 궁금할 수 있겠다.

아기가 다쳤다는 사실에 걱정하던 탐을 진은 기억했다. 비록 탐이 자신에게는 악마 같은 존재였을지 모르나, 가족에게는 천사 같은 존재일지도 모를 일이었다. 게다가 시골집에서 서울로 오던 버스 안에서 진은 보고 말았다. 탐이 아픈 아이와 병든 노모를 공개하던 바로 그 방송을 말이다. 그는 확실히 좋은 남자, 좋은 남편은 아니었다. 하지만 그가 사라진다면? 아이와 노모에게 아빠와 아들을 빼앗고 싶지는 않았다.

적어도 진 자신의 손에 피를 묻히고 싶진 않았다. 그가 죗값을 치러야 한다면 마법이 아닌 우주의 이치라는 무언가 더 큰 힘이 그에게 벌을 내리겠지. 진의 아빠에게처럼 말이다.

요컨대, 자신을 속이고 고통을 안겨준 남자에게 양심과 행복을 선물한 여자.

자, 여기까지만 들으면 진이 세상에 다시없을 천사로 보일지도 모르겠다. 하지만 그거 아시는지? 과분한 행복을 얻은 사람은 그것을 놓치게 될까 전전긍긍하게 된다는 것을. 진이 노렸던 것은 바로 그것이었다. 진은 탐이 자신에게 과분한 행복을 느끼며 언제 그 행복을 잃을지 몰라 두려워하기를 바랐다. 거기에 양심이라는 그가 평생 가져본 적 없는 것까지 선물했으니, 그는 자신이 저지른 잘못 때문에 가진 모든 것을 잃게 되지 않을까 평생 두려워할 터였다. 양심의 가책이란 그런 거니까.

이게 전부냐고? 아직 하나가 남았다. 케이크와 함께 먹은 쓰디쓴 커피. 그 커피는 죄책감을 불러일으키는 힘을 갖고 있었다. 진은 탐에게 죄책감이라는 무거운 짐 또한 선물한 것이다. 죄책감, 그것은 영혼을 갉아먹는 얼마나 무서운 적이란 말인가.

진은 절대로 탐이 두 다리 쭉 뻗고 자게 할 수는 없었다.

아마도 탐은 단란한 가족 속에서 행복을 느끼겠지만, 죽을 때까지 양심의 가책과 죄책감에서 벗어날 수 없을 것이었다.

물론, 죽음을 내리는 무시무시한 저주에 비할 바 못 되는 싱거운 복수였다. 가끔씩은 탐이 악마에게 찢기는 광경을 보지 못한 게 아쉽기도 했다. 하지만 진은 경희 아줌마 때의 일을 떠올리며 복수를 한다 해도 자신이 얻을 수 있는 것은 아무것도 없음을 깨달았다. 마녀 또한 복수심에 저주를 내린 탓에 자신의 딸인 진을 고통의 구렁텅이로 내몰지 않았던가. 그러므로 양심과 죄책감과 행복이라는 세 가지 선물은 진이 생각해낼 수 있는 최고의 복수이자 용서였으며, 진 자신도 행복해질 수 있는 유일한 방법이었다.

또 하나……. 진이 마녀라는 사실을 잊지 마시길. 그녀가 원한다면 언제든 탐의 목숨을 거둘 수도, 지옥으로 보내버릴 수도 있다.

자, 너무 심각해지고 말았다. 어느새 버스는 진이 내려야 할 곳을 한 정거장 남겨두고 있다. 혹시 궁금하신 거라도?

맞다, 마녀식당에 대한 이야기를 빼놓을 뻔했다.

식당은 여전히 성업 중이다. 달라진 것이 있다면 한 명의 마녀와 한 명의 조수와 한 명의 노예가 있던 마녀식당이 두

명의 마녀와 한 명의 아르바이트생이 있는 마녀식당으로 바뀌었다는 점이다.

탐에게 마지막 만찬을 제공하고 얼마 후에, 진은 마녀에게 이런 질문을 던졌다.

"당신에게 마녀식당은 어떤 의미죠?"

마녀는 망설이지 않고 답했다.

"마녀는 아주 오래전부터 힘없는 이들을 위해 존재해왔어. 세상의 힘없는 이들이 손을 내밀 때 그 손을 잡아주기 위해 마녀식당은 존재하는 거야."

백번이고 옳은 말씀이었다.

진은 누군가 내민 손을 잡아주기 위해 마녀식당의 주인이 되기로 결심했다. 그리고 마녀가 된 이상, 그것은 그녀의 숙명이기도 했다.

드디어 버스가 내려야 할 곳에 멈춰 섰다. 진은 버스에서 내렸다. 약속 시간에는 삼십 분이나 늦고 말았다. 하지만 괜찮다. 길용은 기다려줄 것이니까. 저 멀리서 진에게 손을 흔드는 길용의 모습이 보였다. 그가 입은 하얀 티셔츠만큼이나 길용의 미소가 환하게 빛나고 있었다.

끝으로 한마디.

이루고 싶은 소원이 있다면 마녀식당으로 오시길.

마녀식당은 언제까지나 당신을 기다리고 있을 테니.

작가의 말

마녀식당의 이야기를 읽어주셔서 감사합니다.

『마녀식당으로 오세요』가 세상에 나온 지 5년 만에 개정판을 내게 되었습니다.

부족하고 미숙한 부분들을 고치고 다듬었습니다.

더불어 에피소드 중 하나는 결말이 바뀌기도 했는데, 마녀식당의 평행우주 Ver.1쯤으로 생각해주시면 좋겠습니다.

마녀식당 이야기를 통해 저는 신기루처럼 결코 잡을 수 없는 무엇이 아닌, 현실적인 희망을 전하고 싶었습니다.

삶에서 이따금씩 만나는 기적 같은 일들, 누군가는 운명이라고 말하고 혹은 우연이라고 표현하기도 하는 그런 마법 같은 순간들을 담아내고 싶었습니다.

이 이야기를 읽은 여러분께도 마법 같은 일이, 아니 마법이 일어날 거라 확신합니다.

대가는?

이 이야기를 즐겁게 읽어주셨다면, 그것만으로 충분합니다.

제3회 교보문고 스토리공모전 대상 수상작

마녀식당으로 오세요

초판 1쇄 발행 2016년 3월 2일
초판 10쇄 발행 2020년 4월 28일
개정판 1쇄 발행 2021년 4월 19일
개정판 5쇄 발행 2022년 1월 11일

지은이 구상희
펴낸이 김선식

경영총괄 김은영
책임편집 한나래 **디자인** 박수연
콘텐츠사업6팀장 이호빈 **콘텐츠사업6팀** 임경섭, 박수연, 한나래, 정다움
마케팅본부장 권장규 **마케팅3팀** 이미진, 배한진
미디어홍보본부장 정명찬 **홍보팀** 안지혜, 김민정, 이소영, 김은지, 박재연, 오수미
뉴미디어팀 허지호, 박지수, 임유나, 송희진, 홍수경
저작권팀 한승빈, 김재원 **편집관리팀** 조세현, 백설희
경영관리본부 하미선, 박상민, 윤이경, 김재경, 이소희, 최완규, 이우철, 이지우, 김혜진

펴낸곳 다산북스 **출판등록** 2005년 12월 23일 제313-2005-00277호
주소 경기도 파주시 회동길 490 다산북스 파주사옥
전화 02-702-1724 **팩스** 02-703-2219
이메일 dasanbooks@dasanbooks.com
홈페이지 www.dasan.group **블로그** blog.naver.com/dasan_books
종이 IPP **출력·인쇄** 민언프린텍 **코팅** 제이오엘앤피 **제본** 정문바인텍

ISBN 979-11-306-3708-2 (03810)

· 책값은 뒤표지에 있습니다.
· 파본은 구입하신 서점에서 교환해드립니다.